**光尘**
LUXOPUS

*The Handover*

# 曼城日与夜

（英）戴维·M.巴尼特———— 著

刘勇军———— 译

北京联合出版公司
Beijing United Publishing Co.,Ltd.

谨以此书献给查理和爱丽丝，他们站在通往未来的门槛上。也献给所有想要成为"跳跳虎"的人。

我曾在雅典待过一段时间，雅典是个神奇的城市。我了解我的巴黎，巴黎并非没有魅力。我到过开罗，开罗的集市对我来说是那么美妙，以至于当我从中走过，都不禁屏住了呼吸。但这些地方都不是曼彻斯特。它们不像曼彻斯特那样辉煌，充满活力，也没有曼彻斯特的浪漫，更不像那里一样充满了冒险……

——杰拉尔德·坎伯兰，《恶意陷害》作者，1919 年

# 目　录

# 第一章

## 黛茜：五点以后

那位游客尚未开口，我就知道他要说什么了。他看起来就是那种人。他留着胡子，不过他的胡子很时髦，用从博姿商店[①]买的发蜡或发油打理过，一点也不蓬乱，和艾伦叔叔那种鸟巢似的胡子完全不一样。他戴着一副小小的角质框眼镜，镜片很圆，他脸上涂了润肤霜，油光闪闪。我发誓，如今博姿商店里男人用的东西比女人的多。他挑了挑眼镜上方的眉毛，额头上的肌肉却一动不动。不知道他有没有打过肉毒杆菌？现在男人也这么做，不是吗？再看看和他在一起的那个女人。每个月做一次头发，每次的花费可能比我一周的薪水还多。她身着一件驼色大衣，脚穿闪亮的黑色靴子。

我恨不得赶快溜掉，但他用一双锐利的蓝眼睛盯着我，上下移动的眉毛在光滑而紧实的前额上没有留下任何痕迹。他开口了。

"我说……"他大声说，偏着头瞥了那个女人一眼，让她知道他

---

[①] 英国个人护理产品连锁店。——译者注（本书如特殊说明，注释均为译者注。下同）

就要问一个很有水平的问题，"社会史博物馆里为什么会有恐龙？"

我抬起头，看着霍里奇之翼展厅中央一个平台上放置的骨骼，从尾巴尖到鳄鱼般的口鼻末端，这副骨骼的长度足有七点五米。老实说，这么问倒也合情合理。只是我一周差不多要听三次。而且，这么问的，总是像他这样的人。

"再说了，"他又说，我发誓我看到他轻推了推她的胳膊，"我在《侏罗纪公园》里看到的那些家伙可都不是善类。"

"我们是曼彻斯特社会史博物馆。"我低声说，"不是交际史博物馆。"①

他们对视了一眼。很明显，他们以为我会笑得浑身无力，眼泪横流，上气不接下气。他的目光又回到了我身上，我们盯着对方看了一会儿。他说："不，绝非善类。"

我正要告诉他们我只是一名保安，不是博物馆导览员，就感觉到有个人走了过来，他们的目光转移到我的头顶上方，然后，一个洪亮的声音说："啊！看来你们已经找到巴里了！"

"巴里？"那对男女同时说，似乎为了不用再跟我说话而大大松了一口气，还差点儿昏过去。纳特走近，指着上面的骨骼，说："这种恐龙生活在大约一亿三千万年前的白垩纪早期。他们是在坎布里亚一个采石场里找到这副恐龙化石的，它叫重爪龙。我们给它起了个名字，叫巴里。"

---

① "社会史"的英文是 social history，"交际史"的英文是 sociable history，音近。
——编者注

不，才不是这样。只有纳特会把那堆古老的骨头叫"巴里"。不过他们现在的注意力都在纳特身上，这表示我可以走开，去摆满罗马陶器碎片的玻璃柜旁守着，我看了看手表，五点五分了。纳特滔滔不绝地介绍着重爪龙，但我已经听过无数遍了。他现在应该已经交接完毕、打卡下班才对。纳特是保安，和我一样。他的上班时间是从早上九点到下午五点，我从下午五点工作到凌晨一点。不知为什么，接待处的珍妮丝觉得这很搞笑。她总爱说："黛茜上晚班，纳特上白班……这不是反了吗？应该是黛茜上白班，纳特上晚班才对！"说完这话，她还会傻兮兮地用她的颤音大笑一通。如果她每次这么说，我都能得到一英镑……我抬起头，看着春天的雨顺着窗户向下流。好吧，如果珍妮丝每次说这样的话，我都能得到一英镑，那我就有钱去度假了。

再说了，事实也不是这样的。纳特上白班是不错，但是，用晚班这个词并不能完全概括我的工作。我一直工作到深夜。接替我的保安叫哈罗德，他从凌晨一点工作到早晨九点，我觉得他上的班应该叫夜班。不过，严格地讲，你也可以说他上的是白班，一直工作到纳特来交接。

纳特是保安，不是博物馆导览员，我看着手表，气哼哼地再一次这么想着。五点十分了。如果他想当导览员，大可以去申请。如果他想当保安，就应该住口，不应该没完没了地说恐龙，而是过来做好交接工作。不知道的，还以为他无家可归呢。

我决定再次冒着与时髦胡子先生说话的风险，去催一催纳特。我走到他身边时他正好介绍完，时髦胡子先生说："谢谢你，你帮了很大的忙。"他盯着纳特的名牌，"纳特·加维。你真的帮了我们很多。我要在猫途鹰<sup>①</sup>上给你五颗星！"

他也看了看我的名牌，我意识到我应该离他们远点。"还有你。"他说着停顿了一会儿，让那位女士纳闷他为什么不说话了。她也看了看我的名牌。他吸着嘴唇，那样子奇怪极了，他的眉毛又开始上下移动。"你也是，黛茜·杜克斯。"

那个女人拽了拽他的胳膊，如果他们以为他们背对着我走开，我就听不到他们的笑声，那就大错特错了。

我又不是傻瓜。我知道他们是什么意思。有一种很短的紧身牛仔短裤，牌子就叫黛茜·杜克斯，而我绝对是这个世界上最不可能把它穿得好看的人。这个名字取自美国一部老片子里的一个长发长腿的女孩，那部剧里还有一辆车和一个警长。哈哈，真是个有意思的玩笑。又矮又胖的黛茜。想象一下她穿迷你短裤是什么样子？

我瞪着那对夫妇的背影，眼睛里直冒火。要是他们知道就好了。要是他们知道我的真面目就好了。如此一来，他们那么说之前，准会考虑再三。

"别在意他们。"纳特用低沉的声音说。他人高马大的，我敢打赌有六点五英尺<sup>②</sup>，这就更糟了。在他的衬托下，我只会显得更矮更胖，

---

① 可以让用户点评的旅游网站。——编者注
② 1 英尺≈0.3 米。——编者注

尽管我对照过体重指数①标准，交叉参考了我自己的身高和体重，并且认为我的比例非常健康。在我们小时候，母亲常让我们吃水果和蔬菜。她从不让我们喝汽水，只在复活节和圣诞节允许我们吃巧克力。这几乎可以弥补她明知我们姓杜克斯却还给我取名黛茜的事儿。几乎。

"该交接了。"我生气地说，"你十五分钟前就该下班了。"

也就是说，再开放四十五分钟，博物馆就将闭馆，所有人都会离开，只剩我一个。

我对交接非常挑剔。所以我才提前五分钟来到博物馆，好完成交接，以免占用纳特的业余时间。我觉得他肯定已经结了婚，有好几个孩子，乘电车或巴士上下班，甚至要坐火车从北区返回他在郊区的小而整洁的家。至少我认为他家里很干净。我当然从未去过他家，也没问过他家是不是很干净。我上班，不是为了聊天。

"先报告一下吧。"我说。

纳特尽职地点点头，还搔了搔下巴。我心想他该刮胡子了，他的手指甲划过，花白的胡楂儿发出轻轻的咔咔声。事实上，现在我看看他，真觉得他应该多在意一下自己的外表。在他的衬衫前襟上，就在我视线的高度，有一块干掉的肉汁或豆汁，他的领带有点歪。他衬衫最上面的那颗纽扣没扣上。我们都穿同样的制服：黑裤子，白衬衫，

① 体重指数，一般写成 BMI（Body Mass Index），是目前国际上常用的衡量人体胖瘦程度以及是否健康的标准。BMI 的具体数值 = 体重（千克）/ 身高（米）的平方。——编者注

黑领带，另外还有出去时穿的黑夹克。如果我能在处理自己生活的同时，把衬衫洗得干干净净，熨烫得平平整整，就看不出纳特为什么做不到。显然，我说的不是剃须蜡和肉毒杆菌，而是一点点自尊。但这不是我该说的，我只是他的同事，不是他的老板。

"怎么样？"我说着，把目光从他衬衫上的污渍向上转移到他的脸上，他的脸皱成一团，好像是一个小学生在努力思索一道特别复杂的数学题的正确答案。

"没什么好报告的。"最后，纳特说。

这么说，显然不够好。我进行交接，就是为了让安全团队分享他们值班时遇到的可能会影响到同事的信息。总有些事情可以报告。

我有一个小记事本，警察用的那种，装在我的胸兜里，这会儿，我掏出本子，用圆珠笔尖在上面敲了敲。纳特盯着本子看了一会儿，脸上突然露出喜色。

"啊！今天下午有三个孩子在马龙展厅里闲逛。"他说，"他们把脸贴在玻璃展柜上，我说了他们两句。就是放裸体女人的那个展柜。"

纳特指的是阿芙洛狄忒①的雕像，创作于 1865 年前后，是这座博物馆的创始人兼 19 世纪主要捐助人西奥多·马龙的藏品。

"是阿芙洛狄忒。"纳特热心地说，好像我不知道他是什么意思，不过我倒是很惊讶他竟然知道，"她是宙斯的女儿。"

"是的，我知道。"我边说边做记录，"什么时候的事？"

---

① 古希腊神话中爱情与美丽的女神，奥林匹斯十二主神之一。

纳特耸了耸肩："三点吧。"

"还能更准确一点吗？"

他宽阔的肩膀耸起又落下："好吧。三点……七分。"

我一一写下："孩子们多大年龄？"

"我看肯定有十三岁。"纳特越发确定地说。我想知道他的孩子是否也是这个年龄。"他们的夹克上都别着圣玛丽学校的校徽，绿色的。"

纳特满怀希望地朝我微笑，我不禁感觉他就像一只等着人抚摸和喂食的狗。我轻轻地朝他点了点头，说："那个时间，他们不应该离校的。我明天给校长打个电话。"

"你知道，他们并没有引起麻烦，真没有。"

我把记事本放回胸前的口袋里，看了看手表。"我会查一下监控录像，看看能不能打印出图像来，然后发电邮给学校。快五点二十了，把手电给我，你可以走了。"

纳特的眼里闪过一丝玩味，我看了气不打一处来，然后他微微向我行了个礼，迈着他那穿着十二号黑鞋的大脚，踢了一下鞋跟——他的鞋该擦擦了——这下我更生气了。他说："我这就去'洞穴'里拿。"

他口中的"洞穴"指的是保安室。我真搞不懂，他为什么要给一些东西起奇奇怪怪的名字，毕竟它们本身的名字已经很好了，比如"保安室"和"重爪龙"。趁他下楼拿手电筒的当儿，我清了清嗓子，大声告诉仍在霍里奇之翼展厅里徘徊的六七个人，博物馆将在半小时后闭馆。

手电筒的外壳是橡胶的，很大，旧是旧了点儿，但照出来的光很亮，重量也适中。博物馆经理迈耶先生曾给过我一支高科技手电筒，按照母亲的话说，是个"新鲜玩意儿"，有白色的 LED 灯泡，不用电池，只要拿着它走一走，它就能自动充电。那支手电筒仍搁在保安室的抽屉里，我始终没从包装里拿出来。一件东西本来就很好了，为什么还要改进呢？

纳特挥舞着手电筒回来了，他穿着黑色夹克，外面套了一件薄薄的绿色风衣。霍里奇之翼展厅此时已经空无一人，等他走了，我会去检查其他五个展厅和咖啡厅，看看还有没有人，之后就可以闭馆了。

"天气还是很糟糕吗？"纳特说着拉上了风衣的拉链。

"下雨了。每年的这个时候都差不多。"

"好吧，那我走了。"

他站在那里，好像在等我做什么。我耸耸肩，说："嗯。"我从来都不知道在这种情况下我还能做些什么。

纳特笑着说："好吧，那就再见了。"

我看着他穿过镶木地板，走出双扇门，到了楼梯间，然后，我抬头望着重爪龙的骨架。"巴里。"我摇了摇头，与纳特背道而行，向马龙展厅走去，想看看那些孩子有没有把阿芙洛狄忒的展柜弄得乱七八糟，好向清洁工说明详细情况。

路上，我遇到了时髦胡子先生和他的同伴。我们擦身而过的时候，他们都对我微笑。我没有笑。我也不知道为什么，反正一看到他们，就觉得浑身不自在。不是因为他们在背地里笑话我，反正对这种事，甚至更糟的事，我早就习惯了。也不是因为一看就知道他们比我赚得多，穿着更贵的衣服，用着更好的护肤品（哪怕是时髦胡子先生）。而是因为……我想是因为他们看起来很开心。我不禁想知道那是一种什么样的感觉。

# 第二章

## 黛茜：巡逻

到了六点钟，我把仍在游览博物馆的几个人带到一楼入口大厅的双扇门处，在那里，我耐心地等待博物馆工作人员离开，这样就可以锁上大门，开始我那经过严格规划的夜间巡查。

和往常一样，第一个离开的是前台接待员珍妮丝。她要连续三天上全天的班，今天是第一天，而有时，她只在上午工作，通常是周六和周日，那时博物馆只开放到下午一点。以前有个周末保安，但在我来之前，他由于健康原因离职了，现在，有一家私人保安公司周末每隔几个小时就在博物馆里巡逻一次。迈耶先生表示，他仍在找人来值周末的班，但至少已经六个月过去了，还不见有人来。

珍妮丝留着一头棕色直发，戴着一副镜框很大的眼镜。她的年龄比我大，大概有四十岁了。她在门口停下，把手提袋放在大理石地上。珍妮丝似乎总是随身携带三四个手提袋，我也说不清那些袋子里装了什么。她把一条豹纹长围巾绕在脖子上，对我说："纳特和你说聚会的事了吗？"

"没有。"我皱着眉头说，"他为什么要和我说？"

"是我叫他去的。"珍妮丝翻了翻白眼，"男人啊，男人是什么呢？"

"我不知道。"我如实回答。

珍妮丝轻轻地笑了两声，好像我说了什么很好笑的话。她的笑声让我想起了我们小时候家里用的那部橄榄绿色的电话，只要有人来电话，话机就会发出尖锐的"呵呵"声。也许更像"啵啵"声。必须抵着上颚快速震动舌头，才能发出那种声音。

那部橄榄绿色的电话的听筒是竖着摆的，而不是像其他电话一样横放在底座上。母亲就是从那部电话上接到了父亲的那通来电，他说他再也不会回来见我们了。他说，他要永远离开我们。

"不管怎么说，时间就定在大约四个星期后。"珍妮丝说，"我们先去街角那家三酒桶酒吧喝一杯，再去拉贾斯坦味道餐厅吃饭。"

我盯着她，没有说话。我不明白她为什么要让纳特通知我。珍妮丝好奇地打量我："你会来的，是吗，黛茜？那天是周六，你不用当班。"

"这么说，你希望我去？"我说。

珍妮丝又笑了："你这个傻瓜。给我五块钱吧，我要付餐馆的订金。"她说完便拿起手提袋，走进了北区的毛毛雨中。

接下来离开的是经营顶楼咖啡厅的两个女人，她们都叫苏，穿着很大的外套，羊毛绒球帽向下拉遮着耳朵。一个瘦得像麻秆儿，另一个是母亲口中的"美人儿"。麻秆儿苏出门时对我微微一笑，美人儿苏向我靠过来，说："我在'洞穴'里给你放了一块美味的胡萝卜蛋糕，用锡纸包着。再见。"

这下我知道，纳特也让其他人把保安室叫"洞穴"了。过不了多久，就会只剩下我一个人还叫保安室了，那之后呢？如果大多数人认为一件事是对的，那就是对的了吗？即使是错的，也会变成对的吗？说到纳特，我想知道他为什么不告诉我聚餐的事，他应该告诉我的。他有什么理由不希望我去？

"晚上好，黛茜。"多萝茜一边说，一边领着当天工作的三名导览员走出了门口。在我看来，多萝茜的着装风格是"权威穿着①"，她穿着非常整洁的套裙，鞋子闪闪发亮，看起来很职业，也非常得体。我敢说她的年纪几乎同我母亲差不多，但看起来比我母亲年轻十岁。多萝茜是博物馆里唯一一名全职导览员，她管理着一小群来自曼彻斯特社会史博物馆之友的志愿者，那些人基本上都是退休年龄的妇女，多萝茜负责教她们了解博物馆的展览和故事。说实话，除了多萝茜，其他导览员都长得差不多，我不确定她们到底有多少人，自然也不清楚她们叫什么，反正我每天只和她们在同一个地方待一个小时。

最后，博物馆经理迈耶先生和他的秘书西玛从宽大的红木接待处后面的办公室走了出来。西玛不喜欢别人叫她"迈耶先生的秘书"，她说她是他的"私人助理"。依我看，该说她是迈耶先生的"私人小喇叭"才对。这么形容西玛真是太贴切了。她就是迈耶先生的街头公告员，像极了古代国王的传令官。她总是走到他身前宣布事情，在员

---

① 女性穿着西装上衣等，以彰显强大的气场。

工会议上发言的次数比他还多。若说多萝茜是权威穿着，那西玛就是……还有什么比权威穿着更好的词吗？超级穿着？超人可是家喻户晓的人物，就算有什么"权威人"，他的名头也不响亮，所以明摆着的，超级比权威更厉害。西玛的穿衣风格就是"超级穿着"。她的鞋跟从不低于六英寸①，她的裙子很紧，按照母亲的话说，你都能从她绷着的小腹看出她早餐吃了什么。她一定花了很多时间在健身房，所以穿着那件裙子和挺括的白衬衫，也能显出玲珑的身段。我打赌，西玛穿黛茜·杜克斯牌牛仔短裤，一定能迷死人。

"晚上好，黛茜。"西玛说。她涂着血红色的唇膏，像个刚刚饱餐了一顿的吸血鬼。相比之下，迈耶先生面色苍白，在我看来有点"病态"。也许西玛真是个吸血鬼，每天都在吸迈耶先生的血。我的眉毛拧成了一个疙瘩。我通常不会有这么傻的想法。这都是受了纳特的影响，他这人傻里傻气的，习惯把一堆恐龙骨头叫巴里。

"迈耶先生。"我看了看手表说，"快六点十分了，清洁工还没到。"通常会来两个清洁工，他们来自市里的一家清洁公司，用一个小时就能打扫完整个博物馆，范围包括六个展厅、楼梯和咖啡厅，可见他们有多敷衍。

"那是因为我们现在做了更有效率的安排。"西玛说，"他们现在每个星期来三天，都在早晨营业前，而不是每天晚上来。这样更划算。"

---

① 1英寸=2.54厘米。

我想起那三个男孩把脸贴在楼上阿芙洛狄忒的展柜上，留下了污迹。"但是一天中堆积的垃圾怎么办呢，迈耶先生？"

西玛又替他回答了："两位苏小姐会把咖啡厅打扫干净。我想为了博物馆好，我们每个人都应该多做一点，在当班时留意卫生。"

我瞥了一眼西玛涂着红指甲油的长指甲，难以想象她打扫的样子。迈耶先生心不在焉地朝我笑笑："再见，黛茜。"

我看着迈耶先生和西玛一起走出去，她撑起一把雨伞，他们两个一起打，我在他们身后关上巨大的双扇门，上了锁，拉上了门闩。

\* \* \*

我喜欢在保安室里储备充足的物品，以备不时之需，所以我当然有软布和一瓶净窗剂。我把马龙展厅的柜子擦得洁净无瑕，看起来亮晶晶的，你绝对猜不到圣玛丽学校那三个邋遢的小蠢货曾把嘴和舌头贴在玻璃柜上，我根据他们留下的证据判断，他们就是这么干的。我一度怀疑他们就是每天在我上班的路上找我麻烦的那伙人。但应该不是。巴士站的那些男孩是暴徒。弄脏玻璃展柜的充其量只是一些小蠢蛋而已。"蠢蛋"是个好词，母亲常这么说。我几乎能在柜玻璃上看到自己的影子，没化妆，黑色的头发向后梳成马尾。要是关掉所有大灯，只留大厅天花板上昏暗的安全夜灯照明，我就能清楚地看到自己的倒影。就算我喜欢这样，我也不会那么做。我以前也化妆，虽然不如西玛的妆那么浓，甚至没有母亲在我们小时候化的妆浓，但就像生活中的许多事情一样，我从来都不觉得自己做得好。也许我该在员工之夜前向罗茜学习一下化妆技术。

　　擦干净柜子，我就要进行第一次巡逻了，我在出发时关掉了大灯。我总是从入口大厅开始，反复检查大门，即使我知道大门很安全，毕竟是我亲自上的锁。但做任何事都得按照顺序，不是吗？必须有一套系统的方法和步骤。在你投机取巧的那一刻，犯错就在所难免，准会出现漏洞。这时，事情一定会出岔子。

　　我检查了迈耶先生、西玛和多萝茜的办公室，确定门锁好了。我有钥匙，需要进去时很方便，但通常用手电筒透过玻璃墙往屋里照一下，确定一切正常，就足够了。一楼的斯坦迪什展厅是举办临时展览的地方。目前这里正在举办摄影展，摄影师在20世纪70~80年代曾在《新音乐快讯》杂志工作。展出作品中有一些黑白照片，可以看到面色沉郁的年轻男子或在桥上抽烟，或局促不安地站在一片片荒地之上，这些人要么是歌手，要么是乐队里的吉他手，他们的名字都有着虚无主义的色彩。"虚无主义"是个好词。不过母亲是不会说这个词的。我认为，所谓虚无主义，就是相信生活毫无意义。对此，母亲倒是可能会有同感。照片里的大多数年轻人现在都不在人世了。老实说，我并不认为每张照片都具备高水准，大部分都很粗糙模糊，用手机拍的照片要比这些好得多。但有一张一直很吸引我。照片里的年轻人留着一头黑发，把一支香烟放到嘴边，脸上的表情就像捣蛋时被人当场捉住。他不是通常意义上的那种帅哥，但他身上有一种特质，很脆弱。从照片的说明可知他在四十年前自杀了，是在家中的厨房里上吊的。他生前还是个流行歌星什么的。生活到底糟糕到了什么程度，你才会结果自己的性命？还是在你自己的厨房里？在你该把别人递给你的东西都放在盘子里的时候？这太自私了。有些人并不清楚他们来到这个世界是为了什么。

我关掉所有的灯，只举着手电筒，借着一束黄色的光芒，沿着宽大的楼梯向二楼走去，那儿有三个主展厅，左边的是霍里奇之翼展厅，重爪龙的化石就在那里，马龙展厅位于中间，刚刚擦干净的阿芙洛狄忒展柜在里面；右边的是利弗展厅。那个展厅的墙壁上挂着厚厚的挂毯，这些挂毯其实是大曼彻斯特区各个工会的横幅。比如伯里、威根和索尔福德等地区，这些横幅都是在棉布上绣着圣经或共济会的场景，无一例外地都以红色为背景。我用手电依次照着横幅，要是有人有意为之，完全可以藏在这些巨大的旗帜后面。不过倒是没人这么做过。横幅上的标语有"团结则存，分裂则亡""团结就是力量"等，还有一面精心制作的旗帜上有这样一句话："伟大之所以伟大，是因为我们跪着。让我们站起来！"我从来没有加入过工会。我不像罗茜，我从来都不喜欢加入这样或那样的组织。

楼上是咖啡厅，没什么特别，卖热饮、汽水、蛋糕、烤面包或意式热三明治，有时还卖用微波炉加热的焗烤马铃薯，所有这些都由两位苏小姐搞定。这里有两个较小的房间，一个摆着课桌和椅子，当地学校有时在里面举行教育会议，另一个用来展览西奥多·马龙及其家人的个人物品，包括西奥多本人的头骨。那可能是我最不喜欢的房间了。我觉得问题全在那颗头骨上，它就放在玻璃柜里的天鹅绒垫子上。这显然是西奥多的心愿。他在遗嘱中提到，要将他的头骨蒸煮后置于他创建的博物馆中展出。你为什么要那样做？你为什么要提醒人们死亡？我盯着他的头骨看了一会儿，看着有些发白的顶骨和漆黑空洞的眼窝，然后关上了灯。我一路走下楼梯来到一层，保安室位于入口大厅和斯坦迪什展厅之间。第一次巡逻到此结束。

我在保安室写报告，我每小时巡逻一次，每次巡逻后都把新情况写进去。哈罗德凌晨一点来接班时，我会把手写报告交给他。他从未看过。保安室的废纸篓里放满了我前一天晚上写的报告。他至少该把报告丢在西玛办公室里那个可回收垃圾桶里。我从没见过哈罗德在九点换班时把报告移交给纳特，这让我很不爽。真不敢想象他们交班时竟那么敷衍。我打赌哈罗德连口头报告都不会做，就像我在知道纳特明显不会给我书面报告之后，我只能勉为其难，让他口头报告。

写完报告，我会查看每个展厅的监控录像，让桌上的两台电脑显示器同时播放画面。没有什么问题。另外两次巡逻过后，我休息了一会儿，吃了从家里带来的鸡肉三明治，又吃了美人儿苏放在保安室桌子上的胡萝卜蛋糕。

然后，我去拿书。

# 第三章

## 黛茜：妹妹和母亲

这本书很大，用绿色皮革装订，书页都发黄了，脆弱易碎，放在西奥多·马龙遗物展馆中一个锁着的展柜里，柜里还陈列着他的所有其他书籍。这本书是维多利亚时代的作品，讲的是希腊神话，几个星期以来，我一直在休息时间看这本书。我费力地把书拿到楼下的保安室，谁让我不喜欢在西奥多那空洞眼窝的注视下读书呢。我倒是这么看过几个晚上，但按照母亲的话说，这只会让我"神经过敏"。

我对普罗米修斯的故事很感兴趣，但不知是谁把我一直用作书签的明信片挪到了书的后面，这实在很烦人。书都是锁在柜子里的，但只要有导览员在场就可以拿出来看，她们有柜子的钥匙。

有时，学生或学者会要求看这些书。我的明信片现在夹在俄匊斯女神的那一页。这个名字很拗口。"俄——匊——斯——"我大声读了好几次，可就是觉得这个名字不适合一位女神。我看了几行这一页的内容，发现俄匊斯是痛苦和焦虑的女神。还不错。我很期待能读到这一章。通篇讲的是一个笑话，应该说是讽刺故事才对。母亲常说，讽刺是最低级的智慧，但罗茜总是爱挖苦别人。

明信片上印的是希腊米科诺斯岛上的海港。是罗茜多年前度假时带回来的。背面没有字。她说她懒得找邮局把明信片寄回家给我，也懒得打听怎么买邮票。我把明信片从俄匊斯的那页中拿出来，仔细地往回翻，找到了普罗米修斯的那一章。

普罗米修斯是泰坦巨人。泰坦巨人出现的时候，都还没有奥林匹斯山众神。普罗米修斯用黏土创造了人类，还从众神那里偷了火种交给人类，让他们有光，可以做饭和取暖。奥林匹斯山的统治者宙斯为了惩罚他，用锁链把他锁在一块岩石上，派一只鹰啄食他的肝脏。普罗米修斯的肝脏会在一夜之间再长出来，第二天老鹰又来吃他的肝脏，就这样陷入无限的循环中。也许这听起来有点残忍，但做错了事，我觉得就该受惩罚。

这让我想起了我九岁那年发生的事。我尽量不总去想那件事。罗茜说过去的事就让它过去吧，总的来看，她这么说的确很善解人意。她并不常提起那件事，只在我提起时说上几句。但是，每次谈及此事，我总是能感觉到她很紧张。她眼神闪烁，还总是舔嘴唇。考虑到发生的事，我对此一点也不惊讶。我常想去看心理医生，但我们都默认不谈此事。这是我们的事，与别人无关。再说了，罗茜是对的，过去的事就让它过去吧。

休息时间一过，我就把书拿回楼上，小心地锁在柜子里，然后从相反方向开始巡逻，从西奥多家族展厅一直巡检到保安室。我写报告，又去巡逻了两次。我从电脑里取出光盘，贴上今天的日期，放在架子上，博物馆每个展厅的监控录像记录也都放在那个架子上。除了巡逻，清理阿芙洛狄忒展柜，还有看那本书，录像里什么都没有。

一点差五分的时候，我在保安室里烧水，两分钟后，大门的蜂鸣器响了。我让哈罗德进来，他裹着围巾，戴着羊毛帽，长鼻子冻得通红，大衣的肩膀处都被雨水打湿了。

"早上好。"哈罗德咕哝着说，虽然严格来说他是对的，但他说这话的时间总让我感觉怪怪的，毕竟现在还是三更半夜。他解开围巾，挂好外套，我给他冲了一杯咖啡，加了两块糖和一匙咖啡伴侣。

"嗯。"他说，我猜他这是在表示感谢，只是方式比较粗鲁。他双手捧着咖啡。"天气很不好。"哈罗德很老了，我不知道他多大年纪，不过肯定有七十多岁，骨瘦如柴，肩膀微微佝偻着。他放下杯子，从口袋里掏出梳子，对着挂在墙上的小圆镜把雪白的头发梳理整齐。

我很好奇，是什么驱使哈罗德这样的老人，干这种几乎见不到人的工作。但我从来没有问过他，这又不关我的事。我把我手写的报告交给他，还向他简要说了一下当天发生的事，基本上与纳特和我说的那三个孩子把脸贴在玻璃柜上的事差不多。哈罗德心不在焉地点了点头，忍住哈欠，把报告放在桌上。明天，报告就会被扔进垃圾桶，但我什么都没说，只是把手电筒给了他。

交接班完成后，哈罗德送我进了风雨中，我低下头，步履匆匆地向夜班巴士站走去，上了车，我就能回到家。"嗯。"他咕哝着说，我想这可能是表示再见。

\* \* \*

　我尽可能安静地进屋，但空气中飘浮着淡淡的烟味，可见罗茜还没睡。这栋排屋很小，门厅直通楼梯，楼上有三间卧室和一个浴室，客厅在左边，厨房在后面，我就是在那里找到了我妹妹。通往院子的门敞开着，她站在门口抽烟。

　罗茜今年三十二岁，比我小两岁。她又高又瘦，一头长发是草莓金色的。她穿了一件绿色翻领毛衣和一条牛仔裤，她从门口转过身来，向我点了点头。她看起来很累，眼袋很重。

　"妈妈还好吗？"我边问边脱下外套，搭在小餐桌旁一把椅子的椅背上。

　"不太好。"罗茜叹息着回答。其实她不应该像那样站在房子里抽烟，可外面在下大雨，她显然今天过得很不顺，我也就没说什么。

　"她的病情恶化了？"

　"只是心情不太好而已。"罗茜说着弯下腰，在门阶的一个茶托上摁灭了香烟。她关上门，坐在桌旁，我给自己做了一个三明治，泡了一杯茶。我没有问罗茜要不要喝，因为她面前摆着一大杯红酒。我其实并不喜欢她在照顾母亲时喝酒，但依然没说什么。

　罗茜比我年轻，却比我显老，精于世故。母亲说我像她，罗茜则像我们的父亲，但事实上我们两个都不记得父亲了。在我们很小的时候，他就离开了这个家。他只是一个模糊的存在，然后便彻底消失了。

"已经一点半了。"我说着拿起三明治和茶坐在桌边,"你七点还要起床。"

"别提醒我。"罗茜呻吟着说。她趴在桌上,额头贴着胳膊,然后抬头看着我,"我不知道我还能坚持多久,黛茜。"

"别这么说。"我低声道。如果我们不再坚持,就意味着……母亲不再需要我们了。我无法面对那样的结果。

"总会有那么一天的。"罗茜轻声说,"迟早的事。癌症……"

"医生说过,只要护理得当,她没有理由不能多活几年。"我坚定地说。

我知道罗茜在想什么,她说过很多次了,但这次她没有。再说,也许她太累了,也许她厌倦了说同样的话。她觉得母亲没有得到适当的护理。罗茜在一家机器制造厂的办公室上班,从早上八点工作到下午四点,当我在博物馆工作时她来照顾母亲。我通常夜里两点睡觉,早上七点起床,那时候罗茜还没出门上班。我白天照顾母亲。我们两个有什么事,都安排在周末,就像西玛说的,我们一起分担照顾母亲的责任。母亲通常晚上睡得很好。我心想,果然不出所料,这是可行的。

罗茜举着手机看了一会儿,便递给我。上面有一张照片,是一个男人骑着山地车,沐浴在阳光下。她说:"你觉得怎么样?"

我仔细看了看照片。"长得倒是不错。"我说,又仔细看了看照片下面的一段介绍,"这里说他有两个孩子,所以可能是个不错的人。"

罗茜拿回手机,做了个鬼脸:"啊,两个孩子,算了吧。向左滑。"

"有孩子有什么不好?"我说。

"孩子不跟他，一看就知道他离开了他们。妈妈说我长得像爸爸，但那并不意味着我想要一个像他那样的男人。"罗茜从烟盒里抽出一支香烟，在烟盒上的图片里，一个人患了癌症，躺在床上，打着点滴，身上连着各种仪器，马上就要死了。母亲就躺在楼上，我不知道她怎么还能抽烟。罗茜点了烟，在那儿坐一会儿，一直看着我。她的左手漫不经心地揉着右前臂。伤疤就在那里。她有时会这样做，比如她累了，想心事，或者是生我的气了。我感觉很不自在。所以，当她问"工作怎么样"的时候，我不禁松了口气。

我跟她说有三个孩子弄脏了玻璃展柜，美人儿苏留给我一块胡萝卜蛋糕，博物馆和清洁公司的合同变了。罗茜听着，走到门口抽烟。我讲了时髦胡子先生的事。"不过他的胡子很整洁，还涂了蜡和油。不像艾伦叔叔的胡子那么浓密。"

罗茜好奇地看了我一会儿："你知道艾伦叔叔不是我们的亲叔叔吧？"

我皱眉："不是吗？"

她大笑起来，但没有多少热情或幽默感："他是妈妈的男朋友。你真以为他是她的哥哥？或者是爸爸的哥哥？你难道就不纳闷，为什么我们有二十年没见过他了？"

我听了，不由得又是尴尬又是生气，每当发现一些显示自己一直很愚蠢的事实，我都会有这种感觉，所以我改变了话题："我接到了邀请，大约四周后的星期六，他们要举行员工聚会。你觉得我应该去吗？"

"当然应该。"罗茜说，"我们得给你选件漂亮衣服。"

"是接待处的珍妮丝邀请了我。纳特本应该告诉我的，但他没有。"

罗茜似乎来了兴趣。"纳特是谁？"

"上白班的保安。我肯定我以前提到过他。"

"他长什么样？"

我耸耸肩："个子很高。年纪比我大一点，爱开玩笑。"

"这不就是我喜欢的类型吗？"

我想象纳特的照片出现在罗茜手机的约会软件上。我试着猜测她的手指会向左滑还是向右滑："我不知道。"

"你喜欢他那一类型的吗？"

"我没有喜欢的类型。"

"也许你该有一个。"罗茜说着，弯下身在浅碟里摁灭了香烟。她朝楼上的大致方向挥了挥手。"现在这种情况不会永远持续下去的，黛茜，不管你怎么想，不管你有多难过。总有一天我们会找回自己的生活。"

但这就是我的生活。不照顾母亲，我不知道自己还能做什么。我只有博物馆这一份工作，这样我和罗茜总有一个人能在家。母亲若是不在了，我其实就不需要上夜班了。如果我不想上，就可以不上。

"我去睡了。"罗茜说，"明天早上我肯定会很累。不过和她待了一个晚上，工作就跟休息差不多。"

"撒切尔夫人每晚只睡五个小时，她还要管理一个国家。"我说。这也是母亲常说的话。罗茜走了，我听到她吱嘎吱嘎地上楼，冲马桶，打开浴室的水龙头，然后走进卧室，轻轻地关上门。

我把我用过的杯子和盘子洗干净，放在一边沥干水，锁上所有的门，关掉所有的灯，也上了楼。母亲的房门半掩着，我把门再推开一点，让楼梯口的灯光照在躺在床上的母亲身上。她才六十岁，但她看上去那么纤弱、憔悴，又是那么苍老。我闭上眼睛就能想象她以前的样子，总是忙忙碌碌，身材苗条，但绝对算不上瘦。我还记得以前她身上的味道，比如雅蝶喷发胶、丝卡香烟，以及"永恒春天"的气味。永恒春天是"雅芳女士"品牌出品的一款香水，我和罗茜过去常常趁母亲出门时偷偷拿来喷。母亲被诊断出骨癌已经有一年，而近六个月以来，她病弱不堪，大部分时间都躺在床上。很难记起她过去的样子，但也不是不可能。以前的她，是那么热情的一个人。

我关上门，走进浴室，轻轻地打开水龙头，以免吵醒她。我的房间很小，只容得下一张单人床，我把夹克和裤子挂起来，把白衬衫放进洗衣篮，换上了拉绒棉睡衣。

我像往常一样，看了半小时的书。我的手边向来都备着一本书。有时是从图书馆借，有时是从慈善商店里拿，有时，我甚至会买新书，但当我带着水石书店的购物袋回家时，罗茜总是对我发出嘘声，好像她认为我爱乱花钱。罗茜从不看书。

看了半小时书后，我关掉了灯，躺在黑暗中，罗茜的房间在我的一边，母亲的房间在另一边，我在心里回顾着这一天。我想到了博物馆里的古书，我读了普罗米修斯的故事，那个泰坦巨人从众神那里偷了火种送给人类。感觉好像普罗米修斯在这里做了正好相反的事，他潜入我们的房子，出于我无法理解的原因，偷走了我们所有人心里的火种。

# 第四章

## 纳特：没什么新鲜事

乘巴士回家的路上，我突然很想吃炸鸡，想得一刻也不能等。车上的座位太窄，我坐得双腿发麻，人又多，乘客上上下下，我甚至都没法把书从口袋里拿出来看。坐在我旁边的女士一定带了十二个购物袋，三卷儿童生日包装纸从她塞在我们座位中间的一个袋子里伸出来，一直撞着我的耳朵。人人都说购物街生意惨淡，所有人都在网上购物，这个女人却凭借一己之力，维持着曼彻斯特的零售经济。

我按铃下车，她瞪了我一眼，嘴里啧啧两声。她一侧腿，转向过道，我不得不大步从她身上跨过去，连推带挤，向前门走去。

"对不起……对不起……借光借光……我到站了……对不起……"

我下车到了主干道上，雨还在下，但我不在乎。总强过和那么多人挤在巴士上。要不是我有铁一般的体格，准会生病。我深深地吸了一口潮湿的空气，闻到了柴油废气和快餐的气味。我拉上风衣的帽兜，等巴士开走，我就可以穿过车来车往的马路，去德里克餐馆了。

那个叫黛茜的姑娘很有趣，做什么事都是一板一眼。现在这个年头，不应该再告诉女人要高兴一点或是得微笑，但我一直都想这么告诉她。我曾见她笑过一次。那是在一次交接班，有个醉醺醺的老头走进来，在霍里奇之翼展厅吐了一地。她见了眉开眼笑，觉得终于可以做一些真正的安保工作了，只是那也太恶心了。她当时真的很开心，整张脸都容光焕发，真是个可爱的小女人。尽管我知道那不是生命中最重要的事。

这家外卖餐馆叫德里克多米诺骨牌，招牌上的"多米诺骨牌"几个字很大，是白色的，而德里克几个字很小。窗户上都是呼出来的水汽，我推开门进去，只见店内空无一人，只有德里克站在柜台后面，戴着白色的小纸帽子，系着白色的围裙，见到我时，他布满皱纹的脸上露出了微笑。在他身后是他的儿子德斯蒙德和孙子德韦恩，他们中的一个人正在把比萨铲进大烤箱，另一个人正在穿烤肉。

"纳撒尼尔！"德里克嚷嚷道，灿烂地笑着，"今晚天气糟透了，我们能为你做些什么？"

"我要炸鸡。"我说，假装仔细看着德里克头顶上被光照亮的菜单，尽管我很清楚我想要什么，"给我来个全家桶吧，德里克。"

"全家桶！"德里克高兴地喊道。他从来都不会用正常音量说话，"四块鸡胸肉，用我们秘制的十二种香草和香料腌制！肯德基只有十一种香料呢，纳撒尼尔！我们多了一点点！至于鸡翅膀……你要辣的，还是原味的？"

我把五官皱成一团："辣的。"

"辣鸡翅！"德里克吼道，"四份薯条，一桶自制凉拌卷心菜，还有一瓶两升的……"

他脸上挂着微笑，等待我拿主意。我马上说："我要七喜，德里克。不，等等，还是芬达吧。"

"芬达！"德里克说，仿佛是在白金汉宫的阳台上宣布王室新成员诞生了。他把这些都写下来，转身把单子贴在他和厨房之间的一个架子上，对着他的儿子和孙子喊："一个全家桶！"这时，门上的铃响了，一位女士走了进来，她身材矮胖，戴着一副镜片很厚的眼镜，头发裹在热带颜色的包头巾里，头巾外面还罩着透明的塑料防雨帽。她盯着菜单。

"玛丽娜！"德里克高兴地叫道。她对他咕哝了一声，继续看菜单。

"法律诉讼的事儿怎么样了，德里克？"我说着数出钱，放到柜台上。

"暂时没什么消息。"他大声道，"那些律师啊，都准备去度春假了，不是吗？他们不是去坐游艇，就是去他们在托斯卡纳的别墅，花的钱都是从像你我这样可怜的劳动者身上赚的。"

"他们还是要让你关门吗？"

"如果我不改名字的话。"德里克道，"我当然死也不改名字。这里是我的滑铁卢①，纳撒尼尔。是我的'塞莫皮莱'②，我的罗克渡口③。"

我并没有指出，说到罗克渡口，他可是站错了队。他深吸了一口气。
"这里是我的阿金库尔④！"德里克伸出两根干瘪的手指，指向远方
的一大群律师，他们一直在往他店内的擦鞋垫上堆放越来越多的恐
吓信。

玛丽娜啧啧两声，把伞柄砰的一声放在柜台上。"我会帮你给他
们点颜色瞧瞧。"她说。

"这可说到点子上了！"德里克笑道，"英国弓箭手一旦被法国人
俘虏，手指就会被砍断，这样他们就再也不能举弓射杀敌人了。大战
之前，英国人也跟丘吉尔似的，向法国佬挥挥两根手指，让他们知道
他们还能打。"德里克疯狂地向雾蒙蒙的窗户挥动着每只手上的食指
和中指，"你说对吗，纳撒尼尔？"

玛丽娜斜眼看着我："他怎么知道？"

德里克靠在柜台上，拍了拍我的胳膊："我的朋友纳撒尼尔在博
物馆工作！曼彻斯特的博物馆！什么历史知识之类的，他在行得很。"

"我是一名保安。不过，是的，我的确很有兴趣。"

---

① 比利时的一个小市镇，以发生于 19 世纪的滑铁卢战役而闻名，这次战役结束
  了拿破仑帝国，也是拿破仑一生的最后一战。
② 希腊北部海域附近的一个山口，是古代几次战斗的地点，最著名的是公元前
  480 年 8 月波斯人和希腊人之间的战斗。
③ 位于南非，1879 年，祖鲁战争中的一场战役在这里发生，史称罗克渡口战役。
④ 1415 年 10 月 25 日，英法两国在法国圣波尔县阿金库尔爆发了一次军事冲突，
  是英法百年战争中的一次战役。

德里克用力地点点头："去你的，阿金库尔法国佬，去你的，多米诺的律师。"他又朝窗户做了几次 V 字形手势，这时一个穿着自行车服的男人走了进来，见状吓了一跳，他看了一眼德里克那扭曲的五官，便匆匆退了出去。

玛丽娜把注意力转回到菜单上："唉，要我说，这都怪你，你这个老傻瓜。我的意思是，你明明开的是比萨店，偏起了多米诺骨牌这么个名字，肯定要有麻烦的。"

"啊，哈哈！"德里克一拍柜台，得意地喊道，"这正是我要说的！我并不是开比萨店的，对吧？我的主要业务是卖多米诺骨牌！因此才有了这个名字！"

德里克指着柜台的另一端，那里确实放着六个又长又窄的木盒，瓷砖墙上贴着一个褪色的牌子，上面写着："多米诺骨牌，五英镑一副。""我是卖骨牌的。"他说，"比萨、炸鸡什么的，只是副业。"

"还有招牌。"我尽可能婉转地指出，"颜色是一样的……上面还印着多米诺骨牌……"

"我是做多米诺骨牌生意的，还能用什么做广告呢？"德里克夸张地向我眨了眨眼睛，"招牌上用的都是红色、白色和蓝色，可见我是一个非常爱国的当地企业家①！天佑女皇！"

玛丽娜摇摇头，把注意力转向我："我认识你吗？"

"他叫纳撒尼尔·加维。"我还没开口，德里克就说，"我打赌你认

---

① 英国国旗由这三种颜色组成。

识他父亲。"

"马库斯？"老太太说，看上去很钦佩。

德里克摆摆手，示意她并非如此。"不，不是。是特伦斯·加维，大家都叫他特里·加维。"他摆出拳击的姿势，在脸前挥着拳头，"他的外号是'黑色轰炸机'。重量级拳手。我在电视上看过他和克里斯·科迪对阵，那肯定是1981年的事。"德里克开始原地跳跃，对着空气打拳，"我从没见过像特里·加维出拳这么快的人。"

"爸爸。"德斯蒙德在厨房里说。

"是的，是的，我知道，医生嘱咐我不能过度劳累。"德里克说着，又朝他那个隐形对手打了一拳。

"不，爸爸，全家桶好了。"

德里克咧嘴一笑，转身从德斯蒙德那里接过我的茶，说："纳撒尼尔·加维先生，你的炸鸡全家桶好了！现在赶快带着全家桶回家，享受德里克多米诺骨牌提供的美味佳肴！有的吃就吃吧，以后怕他们要逼我们关店了！我们提供各种各样的原创和非商标侵权菜肴，现在，玛丽娜大美人，你想吃点什么？"

"我要一个麦克巨无霸。"玛丽娜说，我向门口走去，全家桶藏在我的风衣下摆后面。

"真会选！"德里克喊道，"这款汉堡以我敬爱的祖父麦克的名字命名。再见，纳撒尼尔！我们很快就会再见面的！记住阿金库尔战役！"

* * *

　　从没见过像特里·加维出拳这么快的人。他的拳头不知从哪里冒出来，你的眼角余光还来不及看到模糊的影子，他的拳头就打在了你的头上，你的耳朵嗡嗡作响，眼前金星乱转。有时，他的拳头力量太大，你被打得脑袋一歪，一头撞在橱柜一角、门上或墙上。有时还会被他打到出血。我记得有一天我从学校回来，发现母亲瘫倒在厨房的门边，一道鲜血顺着她的脸颊流到木门上。我跑去打电话叫救护车，但我尚未发现父亲就在房间里，我整个人已经仰面倒在了地上，盯着天花板，电话的拨号音在我耳边响着，电话的零件散落在地毯上。

　　我不知道母亲做了什么，要遭受这样的虐待。一半的时间里，没有人知道自己做了什么，以至于要受惩罚。没人能记得自己说了什么错话，或做了什么错事，他们只记得后来发生了什么。父亲哭了，抽抽噎噎地拥抱每个人，一个劲儿地道歉，并保证再也不会发生这样的事。事后，他会给我们收拾干净，跟我们聊天，就好像我们是傻瓜，会伤害自己。他带我们出去吃炸鱼薯条，有时还带我们去酒吧，要是他手头宽裕，就带我们下馆子。我们会见到他的熟人，他们笑着说："特里，你把你的老婆和孩子怎么了？看起来好像你们在擂台上打了十二回合似的。"父亲会微微笑着告诉他们，电表里没钱了，我和母亲摸黑找硬币，结果脑袋撞到了一起。所有人听了都哈哈大笑，我和母亲也不例外。回到家后，父亲和母亲关门上床，我就用枕头蒙住头，这样就听不到从他们房间里传来的床铺弹簧的嘎吱声了。第二天一切正常，第三天，也许再过一天，这样的事就会重演，像往常一样，没人知道自己做了什么，竟要遭受这样的惩罚。

＊　＊　＊

我回到家，屋里很暖和，灯光倾泻下来，电视上传来《下午茶》新闻节目的柔和声音。我把全家桶放在客厅的桌子上，脱下外衣。这就是我以前和父母一起住的房子。现在他们两个都不在人世了。不再有喊叫，不再有哭泣，不再有弥补，也不再有人挨打了。

电灯和电视都由插在墙上的定时开关控制。我的下班时间一到，中央供暖系统就会启动。我不喜欢回到一个又黑又冷的房子里。一个人住已经很糟糕了，要是住处空空荡荡，没有半点温馨，就更糟了。这会让你觉得自己像个鬼魂，在自己家里游荡。

我想知道哪个更糟，是一个人孤独地坐在这里，还是像黛茜那样值班，每个人都在六点下班了，她还要一个人一直工作到老哈罗德凌晨一点来接班。至少我想出去的话还能出去，比如，去酒吧。突然，我想起忘了把员工聚会的事告诉黛茜。该死！珍妮丝知道了一定会骂死我的。不过，我可以明天告诉她。反正那是一段时间以后的事。要是黛茜对她所谓的交接班不那么挑剔就好了。那些报告纯属废话，博物馆里什么事也没发生过，当然也就没什么值得报告的。

我脱下靴子，放在门边，坐在离暖气片最近的椅子上，腿上放着一个托盘，上面摆着全家桶。我先吃炸鸡块，再吃辣鸡翅，最后吃薯条。这些东西今晚吃不完，但我的胃口确实很不错。我把剩下的当明天的午餐。我吃饱了，就用锡纸把食物包起来，放在炉子上，等凉了再放进冰箱。然后，我给自己泡了一杯茶，加一点牛奶和两块糖。我真该戒糖才对。我拍了拍自己的肚子，摸起来又大又硬。我看了一会儿电视剧，讲的是有人想搬到希腊，从片子里可以看到古老的废墟。我不禁想起了博物馆。在那里工作真不错，我喜欢。来这里参观的人不少，可以和他们聊一聊，相处一会儿，但又不至于人流如织，让你忙得团团转。有些人恨不得早点下班回家。想必他们是要回去和家人团聚，有事要做，或是有朋友要见。

我试着看书，看的是达芙妮·杜穆里埃的短篇小说。老电影《群鸟》就是根据其中一篇故事改编的，却更叫人压抑。我有点累了，不想看书，便打了个盹儿，醒来时已经十点了。新闻又开始了，内容似曾相识，都是同样的报道，没有什么新鲜事发生。

从不曾有新鲜事发生。

# 第五章

## 纳特：父与子

"我想改名叫本斯。"本开门让我进屋时说。现在才刚刚早上七点过一点，空气中依然弥漫着一丝寒意，但愿寒冷的天气很快就能过去。过去几天，确确实实已经有了点春天的气息。本还穿着他的宝可梦牌睡衣睡裤，衣服上那只黄色兔子的脸上糊了一大片麦片污渍。这玩意儿叫什么来着？比卡波？我应该多注意这些东西的。

"吃过早饭了吗？"我说。本的早餐一向都是我来安排的。

"你迟到了，我不清楚你还来不来。"露西娅说着，从小门厅尽头的厨房门口探出头来。

"我只迟了几分钟而已。"我的眉头拧在了一起，"我从不缺席。"

这是事实。露西娅七点半开工，而本八点半才上学，所以我总是七点过来，安排他吃早餐，为他穿好衣服，再送他去学校，那之后，我乘巴士到市里，九点开始工作。我们就是这样安排的，就像我每隔一周接本去我家过周末。这是我们的安排，我一直坚持执行，从不失约。我没有一次不出现。

本拽着我的夹克的袖子："我想改名叫本斯，爸爸。"

"不管怎么说，我已经给他吃过早饭了。"露西娅走进门厅，抚平裙子说。她照了照楼梯底部的圆镜子，从栏杆边上取下外套。她看起来很漂亮，可谓美艳动人。我很想这么告诉她，但我没有。在我们还是夫妻的时候，我就从来没有说过这样的话，或者按照她的说法，至少是我说得还不够多，在我们的婚姻显然不能继续下去的时候，她就是这么告诉我的。如此一来，现在才说，就有点奇怪了。太迟了，也起不到什么作用。

露西娅弯下腰，在本的脸颊上亲了一下，本马上擦了擦："放学后见，孩子。"

"叫我本斯。"本说。

"什么？"我说，"你想改名叫什么？"

"本斯。"露西娅叹了口气说，"本，就是他的本名，鬼知道'斯'代表什么。也许是为了模仿歌手杰斯，或者别的什么，可能我太忙了，没有留意到。他还想要玉米辫和文身。这事还是你来处理吧。"

"也许没什么特别的含义。"我说。露西娅看了我一眼，这种眼神很熟悉，意思是我的关注点全错了。然后她就走进了寒冷幽暗的清晨，留下我和我儿子本在一起。

我单膝跪下，和本差不多在同一高度。他十岁了，这会儿他噘着嘴看着我。我们盯着对方看了一会儿，我说："本斯？"

"我希望大家都这么叫我。我的朋友们已经开始这么叫了。我希望你、妈妈、外婆、店里的辛格先生、马路对面的棒棒糖夫人、约翰和所有人都叫我本斯。"

"好……吧。"我说，拍了拍他富有弹性的黑色鬈发，"玉米辫？我不知道学校允不允许。"

"他们在试图压制我的文化传统。"本噘着下嘴唇说。

我吃了一惊："这话是从 YouTube 或其他网站上学的吗？"

"不是。我去穿衣服了。"

本上楼后，我进了厨房。水槽里堆着跟早饭相关的物品，还有看起来像是昨晚用过的餐盘。露西娅向来不怎么整洁。我倒是不介意，我其实对什么都不介意。我是个很随和的人，不过我对露西娅太宽容了，这就是问题所在："你这人也太闲散了！"她对我大发雷霆，好像这是一件坏事。我向来都认为这是一种积极的态度。我从不发脾气，不伤心，不叫喊。我小时候已经受够了这些情绪。我把洗碗机里的东西都拿出来放在一边。橱柜里还有我住这里时用过的茶杯和玻璃杯，那时，这儿还是我们的家。我的目光落在一个布满裂缝的马克杯上，上面用人人都讨厌的漫画字体写着"最佳老爸"几个字。这是本两岁时送给我的父亲节礼物。很明显，这份礼物不是他准备的，是露西娅买的。不知道她是否真的相信这句话。我把杯子放在台面上，看了一会儿。我不禁纳闷她为什么还留着。她为我买杯子已经是八年前的事了。当时我们还在一起，日子过得还算不错。我想知道，她留着杯子，是不是有什么深意？

我刚把碗碟再次装进洗碗机，正要把写字板放进小抽屉，本在我身后说："那我可以文身吗？"

我关上洗碗机的门，听到机器发出令人满意的嗡嗡声。我考虑了一下本的要求："什么样的文身？"

本翻了翻白眼："妈妈说你准会这么问，她和我赌一英镑。她说得给我立规矩，而你从不约束我。"

我认为不是这样的。我要是不能好好教育孩子，就成不了"最佳老爸"，不是吗？我考虑着应不应该把那个杯子带回家用。

"不行。"我坚决地说，"不可以，你不能文身。"

"那玉米辫呢？"

"不行。"

"你能叫我本斯吗？"

"不行。"我暗自一笑。我很擅长立规矩。不知道露西娅对此将作何评判。

"讨厌！"本大喊一声，突然哭了起来，一扭头跑出了厨房。我听见他噔噔噔地走上楼梯。好吧，规矩。现在的事肯定越矩了，我得去处理好。我一边琢磨该怎么做，一边默默地拿起"最佳老爸"马克杯，放回满是灰尘的橱柜深处，关上了柜门。

\* \* \*

我们出发的时候，霜冻已经散去，天光大亮，但乌云密布，云层很低，看不到太阳。我想抓住本的胳膊，但他躲开了，我不确定这是因为十岁的他不想被人看到老爸紧紧抓着他不放，还是因为他觉得我很"讨厌"。

我们离开家后，本几乎没跟我说过话。我跟着他上楼，狠狠地教训了他一番，不许他说话没大没小，尤其是对着父亲，但他似乎不怎么明白，也没有什么悔意。我气坏了，不仅仅是因为他说的那些话。我本来有个好消息要告诉他，可现在这种情况，我不知道该不该和他说。我几乎可以看到露西娅皱着眉头瞪着我，一边摇着头，一边责怪我是在鼓励坏行为。

尽管如此，我还是说了："你猜怎么着？"

他的肩膀在黑色棉服里耸了耸。

"我说，你猜怎么着？"

"什么？"他终于说道。

"我有两张曼城队的球票，星期六的。"

本隔周都会去我家里过周末。最近，想找点事跟他一起做实在太难了。以前，我们去希顿公园看看动物中心的山羊和猪，嘲笑羊驼，被孔雀追着跑。我们可以去室内游泳池游泳，还可以去踢球。我带他去过博物馆一两次，看恐龙巴里。甚至在一个周末，我身上也没什么钱，我们就带着一壶茶，坐地铁去机场看飞机起飞和降落。可现在本十岁了，对以前那些事不再感兴趣。我不太确定他想做什么。所以，当导览员主管多萝茜因为她丈夫要住院做疝气手术而让给我两张球票时，我立马就接受了。

"看完球，我们可以去吃比萨。"我说，等着他向我表达他无尽的谢意。

"不会是去德里克的店吧？"本闷闷不乐地说。

"不，去个好馆子。比萨快递①什么的。"

本继续走着，双脚踩在水坑里。"曼城队啊。"我说，皱着眉头，以防他认为我说的是别的意思，"他们将对阵阿斯顿维拉队。"

"嗯。"本说，依我看，他的态度有点含糊不清。

"你有别的打算吗？"我说，语气有点过于讽刺了。事实证明他的确有。

"周六有一场《堡垒之夜》②锦标赛。"他慢吞吞地说。

我不知道那是什么，在哪里举办，或要花多少钱，但我决定答应他："好。什么时间？我们可以去待一会儿，再去看球赛？"

本大笑两声："不用去。那是一款游戏，线上游戏。我想我可以把我的游戏机带到你那儿去。"

"原来是电子游戏。"我说，"不过游戏什么时候都能玩吧？嘿，我们可以一起玩，对吗？先去看球赛，再去吃比萨，然后一起玩。"

"要在网上和别人一起玩，所以才叫锦标赛。一开始是一百人，坚持到最后的人就是胜利者。比赛下午三点开始。"

下午三点，很好。刚好是曼城队对阵阿斯顿维拉队的时间。"可还有球票呢。"我说。我讨厌自己声音里的绝望和牢骚，"你知道球票多少钱吗？你知道我上次去看比赛是什么时候吗？"

以前我和露西娅还没离婚的时候，我有一张季票，每周都去阿

---

① 原文为 Pizza Express，连锁店名。

② Fortnite，游戏名。

提哈德球场[①]，在那之前我去缅因路球场[②]。到现在为止，我已经有四年没看过球赛了。说来也怪，人们总以为独自生活比养一家子人能攒下更多的钱，尤其是像我这样很少外出的话。但是，我好像从来就没有钱，所以当多萝茜给我票时，我很高兴。我以为本也会很高兴。

"你去看球吧。"当我们转到他学校所在的那条街上时，他提议道，"我可以一个人在家。"

老实说，我考虑了几秒钟。不过，把一个十岁的孩子独自留在家里，合法吗？我把这种想法抛到了脑后。周末本来就是我们父子团聚的时间。我在想，也许我可以说服他周末去看比赛，可他却说："我一点都不喜欢足球。"

*　*　*

在我七岁那年，一个星期六的早上，父亲抓住我的肩膀，问："是曼联队还是曼城队？"

我不知道该怎么回答。我听过大一些的男孩子聊过足球，但我不太喜欢，甚至不太理解。我毫无把握地猜了一下："曼联？"

父亲一巴掌拍在我的脑袋侧面，他的力道虽然不足以把我打倒，却还是打得我一趔趄。

"你该选曼城队。"他纠正我说，"我爸爸支持曼城，我支持曼城，

---

① 曼城队的主场球场。

② 从 1923 年至 2003 年为曼城队主场，后拆除，该队主场迁至阿提哈德球场。

所以你也得支持曼城。事情就是这样。"他抓住我的胳膊，我一缩，他的眉头立即皱了起来。他用粗糙、长满老茧的拇指摩擦着我的皮肤。"你没有选择的权利，你天生就是这样的，就好像你的肤色是天生的一样。那么，你支持哪个球队？"

"曼城。"我顺从地说。

他看了看表，把《曼彻斯特晚报》扔向我："我要你在三点前背下首发十一个人的名单。"

我很清楚我记不下来会发生什么，所以我记住了。就这样，我成了曼城队的球迷。

\* \* \*

"你是曼城队的球迷。"我们在学校门口停了下来，我对本说，"我，你爷爷，你的曾祖父，我们都是。"

他想了想："如果我去看足球，你能叫我本斯吗？"

我叹了口气，想起了本在家里说的话。我希望你、妈妈、外婆、店里的辛格先生、马路对面的棒棒糖夫人、约翰和所有人都叫我本斯。

"也许可以……"我停顿了一下，"等等，约翰是谁？"

"什么？"

"你在家里说你想让大家都叫你本斯，还提到了棒棒糖女士……"

"是棒棒糖夫人。"

"棒棒糖夫人。然后你提到了'约翰'。"

本耸了耸肩："约翰是妈妈的男朋友。"

他说完便冲进学校的大门，向一群穿着棉大衣的男孩子跑去。

露西娅为什么没告诉我她在和别人约会？

# 第六章

## 黛茜：信封里的小册子

我一到博物馆，就发现有人把重爪龙的骨架推倒了，化石都散落在地板上。纳特正试图把骨头拼在一起，结果却弄得一团糟。一根大腿骨从它的脖子里伸了出来，它的头耷拉在一块髋臼上，我很生气，不停地告诉他不要乱碰……不要乱碰……

"不要乱碰！"我大喊一声。过了一会儿，我的大脑终于开始运转，才意识到自己身在何处，就像一艘潜水艇冲破了平静深海的漆黑海浪。我在床上。我是在做梦。我看了看收音机闹钟：七点三十一分。罗茜刚刚出门上班。肯定是她大力关门的声音把我吵醒了。我又倒在枕头上。睡过头不是我的作风，我一定是忘了把闹钟设到七点了，这可一点也不像我。

我裹着柔软的晨衣坐在餐桌旁，凝视着窗外灰色云层间的一块块蓝天，第一杯咖啡刚喝到一半，就有叫喊声传来。

"黛茜！黛茜！你在吗？黛茜！"

你得学会分辨母亲的喊声，比如语气的变化，音调的转变，以及声音的高低，从中可知她只是想要一杯茶，还是身体又疼了，或是需要你去帮她找电视遥控器，又或者赶上心情好的时候，她想找你聊一聊。这会儿，我马上就听出今天她的状态并不好。飘下楼的声音有些颤抖，听起来很虚弱，夹杂着一种压抑的羞耻感。我刚走到楼梯的顶端，一股难闻的臭味就扑鼻而来，我马上就明白了是怎么回事，不禁心中一凛。

"对不起，对不起。"母亲呜咽着说，我搀扶她在床上坐起来。她的身上沾满了粪便。这种情况虽然不常见，却也时有发生。显然是药物的副作用。尤其是在她熟睡的时候。看到这种景象，闻着那股气味，我不由得心中作呕，但我用嘴深吸了几口气，开始把羽绒被拖到地板上。床单被褥都得撤下来清洗。我抱着她，把睡衣从她的头脱下来，卷成一团，扔在羽绒被上。

"我想最好带你去洗个澡。"我一边检查现场一边说。她伤心地点点头，让我扶她下床去洗手间。我打开淋浴，等温水流出来，才搀她进去，确定她抓着镶嵌在瓷砖墙上的栏杆站稳了，才返回卧室撤下床单和枕套。污迹到处都是。

我把这些东西全都卷起来放在楼梯平台上，老实说，要洗干净，还不如拿去花园里一把火烧了省事，但我们没钱总买新的床上用品。我回到了浴室。母亲站在水柱下，赤裸的身体瘦骨嶙峋，皮肤松松垮垮地包着骨头。她看着我一直哭，眼泪和洗澡水混在了一起。

"对不起。"她说。

"没关系。"

"不。"她的呼吸很粗，她深深地吸了一口气，轻轻地哀号了一声，"没有哪个女儿应该看到自己的母亲这样。不该是这样的。"

我拿起法兰绒毛巾，用宝滴牌沐浴乳给她擦洗，用丰富的泡沫覆盖她的身体，不仅是为了洗去恶臭和污渍，这样一来，也为了我不必去看她下垂的乳房和苍白、毛发稀疏的私处。

"你也不想的。"我喃喃地说。这就像我们是某部长期上演的舞台剧的演员，剧本已经毫无新意，比如《捕鼠器》①之类的。接下来她会告诉我，她不想成为负担。

"我不愿意成为你和罗茜的累赘。"果然不出所料，她说道。

"你不是，转过去，我帮你洗洗背。"现在轮到我了，轮到我讲台词了，仅此一次，我很想看看不按剧本走会发生什么。但就好像有个隐形的提词员蹲在马桶后面，催促我往下说。所以我说了我常说的话："再说，我们小时候，你也是这么照顾我们的。现在只是兜了个圈，回到了原点而已。"

"我想是吧。"母亲像往常一样说，"你是个孝顺女儿。你们两个都是。"

我想知道，罗茜为母亲清洗满身的粪便时会说什么。我想知道，她们的剧本是什么样的。不是我自夸，但我很确定罗茜对母亲不像我这么有耐心。

我给母亲穿上睡袍，让她坐在她房间的椅子上，我去把床单和睡

---

① 阿加莎·克里斯蒂最著名的舞台剧，从 1952 年 11 月 25 日开始，每晚上演，连续 50 余年上演 20000 多场，至今不衰。

衣放到沸水里煮。我在厨房和楼梯上喷洒了半罐佳丽牌空气清新剂，但臭味依然挥之不去。母亲看着我换上干净的褥子和新羽绒被，在抽屉里给她找到了一套干净的睡衣。我在她置于床边的小盒子里装满了一包包超强薄荷糖。母亲很喜欢吃超强薄荷糖，怎么也吃不够。她现在不哭了，我总算松了口气。我觉得，比起弄得满身是粪，我更怕别人哭。母亲一直是罗茜所说的那种坚强的老狐狸。我从小到大好像都没见她掉过眼泪，甚至在父亲离开时也没有，不过我得承认，那个时候我还很小，并不清楚关起门来发生过什么。也许这就是母亲一开始坚强起来的原因。癌症做到了连父亲都做不到的事：让母亲哭了。

收拾的时候，有那么一刻，我萌生了一个邪恶的想法，一个可怕的主意。我这次不想按剧本演。我想象自己没有迅速给母亲把身体弄干净，没有在她哭的时候安慰她，而是把脸贴近她的脸，闻到她身上的臭味，我皱起了鼻子。

"我受够了。"在想象中，我恶狠狠地对她说，我所说的每一个字都充满了怨恨，她吓得往后退缩。

"黛茜……"她说着，惊恐地睁大了眼睛。

我就是这样的人，不是吗？我很可怕。在发生了那件事之后，在我做了那件事之后……谁会不怕我呢？我做了件坏事。所以我肯定是坏人。

但我不喜欢我在想象中对母亲说这些话时她脸上的表情。这让我很伤心，胃里一阵翻腾。我希望我从未做过那件坏事。我觉得自己不是个坏人，尽管我知道我的的确确是个坏人。当然，我不会把我想象中的那些话说出来。

"都弄好了！"我反而轻快地说，像酒店里铺床那样把羽绒被的一角向下叠起来，"要再睡一会儿吗？"

"我还是在椅子上坐一会儿吧。"母亲说着，环视了一下四周，"你看见遥控器了吗？"

我在床头柜上找到了遥控器，她用力按来按去，直到五斗橱上的小电视里出现了《早安，英国》的画面。"早饭想吃什么？"

"两个蛋？水煮荷包蛋？再来一片吐司？还要一杯茶。"

\* \* \*

上午剩下的时间，我一直在用吸尘器打扫整个房子，清洁窗户内侧，擦桌子和窗台，在阿斯达网上购物，我买的东西明天就能送来。十一点半，邮件啪嗒一声落在门垫上。其中一封信是医院寄来的，上面有母亲下次体检的预约日期，我在厨房的日历上标记出这个日子，然后用一块花形磁贴把信固定在冰箱边上的金属板上。还有一个白色A4信封，收件人是杜克斯太太，这可能是我们三个中的任何一个。如果你三十多岁了，人们通常都会认为你已婚。罗茜有一次差点儿就嫁人了。她订了婚，可惜没能走到最后。所以她才回来住在家里。

我从没想过结婚，但我有过男朋友，那人挺不错的。大家都以为我们会订婚，甚至有一天将走进婚姻的殿堂，只是情况并非如此。我想到了罗茜手机上的交友软件，里面有很多男人。现在的人都是这样找男朋友的，不是吗？毕竟，如果从来都不出门，还怎么找男朋友呢？想必只能在工作场所里找。可惜那种地方的男人乏善可陈。我想到了纳特，在我的梦里，他笨手笨脚，想把重爪龙重新组装起来，想着想着，我又开始生气，尽管那不是真的。

我给自己煮了一杯咖啡，坐在餐桌旁，把手里的信封翻过来。说实话，我觉得不会有人给我写信。这封信八成是医院寄给母亲的。我试探性地按了按信封，感觉像杂志之类的。那很可能是给罗茜的。

我突然产生了一种不计后果的冲动，决定不管怎样都要把信封打开。就算是给罗茜的，她也应该告诉他们她的全名，这样才不会产生疑问。我走到厨房抽屉边，拿了把刀，沿粘着的信封封盖下面剪开。罗茜喜欢撕信，把信封弄得参差不齐、乱七八糟，我可受不了。

里面装的不是杂志，而是一本宣传册。封面上有一位老太太，面带微笑，坐在一张电动椅上，按下扶手上的按钮，椅子会倾斜或向前移动。一位年轻女士正给她端来一杯茶，那位女士穿着蓝色无袖上装，面容和善。椅子旁边的桌子上有一瓶花。封面的顶端有一行字：天堂临终关怀及老年痴呆症专科护理中心，屡获殊荣。

我盯着小册子，心中越来越愤怒，直到我听到母亲喊："黛茜？黛茜！"我砰的一声把宣传册放在那杯已冷掉的咖啡旁，朝楼上走去。

✻  ✻  ✻

四点刚过，罗茜便走进家门，我也已经穿好博物馆的制服，准备出发了。我要乘坐的巴士四点半到达，乘坐那趟车，正好可以在我上班前抵达城里。从罗茜下班回家到我离家去上班之间，并没有太多的交叉时间。所以今天我必须分秒必争。

"这是给你的。我不小心打开了。上面没有你的全名。"罗茜走进厨房时，我把已经装回信封的小册子塞进她怀里，"至少，我猜是你要求寄来的。我知道我没咨询过，我没向妈妈说起这件事，她今天够烦的了。"

罗茜用疲倦的黑眼睛盯着我。"是什么？"她说着，从信封里拿出了小册子，"啊，是的。寄来了。是的，是我要他们寄的。"

"你以为我是傻瓜吗？"我咬牙切齿地说，"你以为我不知道临终关怀是什么？去那种地方的人就是在等死。"

"身患绝症的人在那儿能得到临终关怀照顾。"罗茜叹了口气，把小册子放在桌上。她甚至都没脱外套，就在揉手臂上伤疤所在的部位。"那儿他妈的不是……大象墓地。"

"别在我面前爆粗口。"我说，转身去水槽把水壶装满。我总是在罗茜下班回来的时候给她泡一杯茶，才出门上班。"你不觉得应该先和我商量一下吗？"

"我只是想多打听一点信息而已，黛茜。"罗茜平静地说，她脱下外套扔在椅背上，随后重重地坐了下来，"没什么目的。我上个月还拿了一本阿尔加维①旅行小册子，但我他妈的是不会去的，是不是？"

"你想去，不是吗？"我说着，敲了敲茶壶，用力把茶袋扔进杯

---

① 葡萄牙的一个大区，是葡萄牙的主要度假胜地。

子里，"度假？八成是和你在手机软件上认识的男人一起去吧？"

罗茜朝我皱了皱眉，她的嘴抿成一条直线。"事实上，我是想去。你是什么意思，黛茜？就因为我在白天工作和整夜照顾她之间抽出五分钟，偶尔梦想着去度假，我就成了十恶不赦的人了？"

"别用'她'来称呼她。她是我们的妈妈。"

"她是一个病得很重的女人。"罗茜压低声音，厉声道，"她得了癌症，黛茜。晚期癌症。我只是觉得提前了解一下可能需要的所有信息，是个好主意。也许暂时还不需要，但说不定以后用得上。等到……情况恶化的时候。"

我什么也没说，只是贴着茶杯边缘挤了挤茶袋，把它扔进了垃圾筒，又使劲地搅拌牛奶。罗茜再次开口的时候，她的声音平静了一些。"她怎么样？"

"今天早上她弄了一身粪便。"我简短地说，一面把茶放在她面前。

罗茜用手抹了一把脸："老天，我要说的就是这个，黛茜。我们不是……我们不是保姆。"

"我们的确不是，我们是她的女儿。"我说。

"这正是我的意思。"罗茜说，"我只是觉得这对你和我来说有着不同的意味。"

我们沉默了良久，小册子就放在我们之间的桌上，道出了需要说的一切。最终，我打破了沉默："我做了炖菜，在冰箱里。盛出一碗，用微波炉加热三分钟，给妈妈吃。碗会很烫，给她的时候换一个碗。"

罗茜点点头，叹了口气，起身走到冰箱前，拿出一瓶酒。她给自己倒了一大杯。我说："我给你泡了杯茶。你还没喝呢。"

她什么也没说，拿着酒走进客厅。我听到电视打开，播音员说下一个节目就要开始了。那个节目名叫"阳光下的新生活"。我还有两分钟才必须出门等车，于是我跑到楼上母亲的房间。她在打盹儿，手里拿着一包打开的特强薄荷糖。我轻轻地从她手里拿走薄荷糖，放回床头柜上，在她的额头上轻轻吻了一下，便走了出去。我砰的一声关上前门，没有和罗茜说再见。

# 第七章

## 黛茜：丢东西了

现在天黑的时间晚了很多，虽然时间依然会向前推进，但至少能让罗茜不那么暴躁。不过我喜欢黑夜。这是我们之间的另一个区别。母亲常说那是因为我出生在冬天，而罗茜出生在夏天。她喜欢春天，享受阳光照在皮肤上的感觉，我想这就是她总是梦想去遥远的地方的原因。从四月初起，她的心情大大好转了，我正好相反。我觉得夏天太热，阳光太强，很不舒服。我还觉得自己在闪耀的阳光下太过于……可见。我喜欢潮湿的天气，天色灰蒙，浓重的黑夜早早降临。我喜欢雾气弥漫，脚下的落叶沙沙作响。我喜欢晴朗的夜晚，月亮低垂，感觉星星离得那么近。在阴暗的冬天，更容易藏身。

然而，天黑得晚，还带来了其他元素，我说的不是春天的羊羔和筑巢的飞鸟，而是那帮经常在购物街游荡的男孩，而那儿正好是我乘巴士的地方。我从来没有仔细观察过他们，不过总有五六个男孩聚在那儿，虽然并非每次都是同样的几个人。要是那些男孩干了抢劫之类的勾当，而我在警察的要求下不得不描述一下他们，我只能说他们的年纪从九岁到十五岁不等，不过我其实也不是很清楚。这年头，孩子们的个子比我小时候那会儿高多了。那几个男孩肤色各异，正是人们所说的多重因素的混合，多元文化。从某些方面来看，这是件好事，如果他们没有给我带来那么多的困扰，我也会这么认为。

还有不到一分钟巴士就要到了，我低下头，匆匆地赶往车站，盼着他们看不到我。可偏偏事与愿违。有一个男孩叫道："看看是谁来了！疯子黛茜！"

我不清楚他们怎么会知道我的名字。下了班，我总是用长外套或夹克衫遮住我的博物馆名牌，毕竟再小心也不为过。你不会想让陌生人跟你说话，好像他们认识你似的。我怀疑他们是从父母那里得知了我的名字，他们的父母中有人认识母亲或罗茜，还知道发生过什么事，或者自以为知道。肯定是有人听说过什么。比如一些传了很久的流言蜚语。我站在巴士站，背对着那些男孩子。我不喜欢这样，这使我处于不利地位。我的神经都刺痛了，整个身体处于高度戒备状态。其中一个男孩唱起了歌，他有些喉音，还不在调上。"疯子黛茜，给我你的答案吧……"他的声音渐渐低了下去。他并不知道剩下的歌词是什么。如果我能如愿以偿地当上警察，他们就不会这么跟我说话了。

从记事起，我就梦想成为一名警察。母亲说我有点过分痴迷了。在我大约七岁的时候，有一天，五岁的罗茜对我说："你当警察，我当强盗，我们就可以一直一起工作了。"母亲听了哈哈大笑。我过去常常用麦片包装盒的背面做成警徽和警官证，用毛毡笔尖整齐地写上"黛茜·杜克斯警官"几个字。在学校，每当谈到长大后想做什么时，我总说要当警察。我过去常常带着虔诚的态度看电视剧《警务风云》，还会记下他们使用的所有俚语和行话。有一次，母亲甚至带我和罗茜去参加当地警察局的开放日。我参观了牢房，看到审讯室的桌子上放着一台录音机。警局里有一块很大的磁性白板，和家里冰箱旁边的那块差不多，我可以想象警察用记号笔在上面写出嫌疑人的名字，用磁铁把证人的供词吸附在上面。带我们参观的警察送给每个孩子一枚徽章，上面写着"我是罪犯克星！"我小声叫他不要给罗茜，因为她想当银行抢劫犯。他笑了，但罗茜狠狠瞪了我一眼。她还是拿到了徽章，不过我从没见她戴过。我戴了好几个月，现在那枚徽章依然保存在我的卧室里。

当然，在我九岁生日之后，再没人提过我去警察局的事。

不过，这并不意味着我已经忘记了从电视剧、电影和书籍中学到的一切。我能感觉到自己的皮肤在刺痛，能听到身后男孩们的窃窃私语。他们在谋划着什么。我看见巴士沿路开了过来。我从口袋里掏公交卡，然后招手，让司机知道我要上车。就在巴士驶近，司机示意我巴士即将进站时，我忽然感觉有什么东西碰了我的后背，于是我猛地转过身去。

一个男孩站在我身后，惊愕地睁大眼睛，从他的表情可知他没料到我这么快就转过身来。他在那伙男孩中算年龄小的，瘦得皮包骨，比我高不了多少。在他后面较远的地方，几个大一点的男孩大喊大叫，还互相拍手。有那么一会儿，我的目光与那个男孩的目光相接。我很想问问他为什么这么做。我知道这听起来很奇怪，但他看起来似乎很想告诉我。他想解释。只是现在没时间了，巴士已经停下，随着液压系统发出咔嚓一声，车门打开。我转身上了车，那个男孩逃回了同伴身边。

我向司机出示我的乘车证，然后扭了扭肩膀。"我背上有什么东西吗？"我怀疑是鸡蛋、西红柿，或者更糟糕的东西。司机把手从玻璃隔板下面伸出来，扯下了我外套上的东西。是一张黄色的便利贴，上面用圆珠笔整齐地写着几个字："疯女人，请勿接近，危检。"

司机同情地看了我一眼，把纸条递给我，关上了车门。"是危险，不是危'检'。"我说，我实在想不出还能说什么。我走到后面，巴士驶离车站，我连忙扶着杆子站稳。我一个人坐在座位上，透过脏兮兮的窗户看着外面那群帮派的小混混，只见他们拍着那个小一点的男孩的胳膊，还揉搓他的头发，庆祝恶作剧成功。

我一进博物馆就记起了那个梦，但那副长着鳄鱼大嘴的重爪龙骨架好端端地立在那儿，每一块发黄的骨头都在原来的位置上，反正还是人们知道的那个样子。我和纳特完成了交接班，一如既往，没有什么事可报告。我沮丧极了，恨不得大声问问纳特有没有尽职尽责地留意一切。

"黛茜。"他说，"这里是博物馆，不是……"他似乎在寻找某种合适的类比，最后说，"……不是电影《布朗克斯—阿帕奇要塞》[1]。"

我看着他，眉头拧成了一个疙瘩："不可能是，不是吗？那是一

---

[1] 原文名为 *Fort Apache, the Bronx*，1981 年上映的美国犯罪剧情片。从警官墨菲的视角，描绘了纽约臭名昭著的南布朗克斯的生活。——编者注

部关于纽约警察局的电影。"

"不过你知道我的意思。"他温和地说，"我不知道你以为会发生什么事，但什么事都没发生过。"

"很好。"我说，我承认我可能比平时唐突了一些。那群男孩子的事对我的影响要比我想象得更大。我琢磨着是不是该和纳特说说这件事，却又马上想到我为什么要告诉他。但有时候能有个人说说话也不错。要是告诉母亲，她要么就是吃药吃得迷迷糊糊，听不懂我在说什么；要么就会因此心烦意乱。如果告诉罗茜，她要么瞥我一眼，让我冷静冷静；要么亲自跑到购物街那儿，狠狠修理他们一顿。我永远都说不准我的家人会干出什么事来。这一次，我只想把心里的事告诉别人，让他们听我诉说，而不是让他们觉得必须给我出主意，教我怎么办，或者由他们来解决。纳特看起来是那种愿意聆听的人。我觉得他自己没什么麻烦事，不会在听我讲的时候分心。我甚至还从口袋里拿出了那张皱巴巴的便利贴，想给他看。

"黛茜？"我眨了眨眼睛，意识到纳特正皱着眉头看着我，"你还好吧？"

"我有什么不好的？"我说。我不得不承认，我的语气很不善。我希望他能离我远点。我看了看表。"五点了。你该回家了。"

"你没收到备忘录吗？"

我瞪着他。什么备忘录？我不喜欢被孤立。我还没来得及去看我的信件架，也没有机会去保安室的电脑上登录我的博物馆电子邮箱。

"六点钟闭馆后有个员工会议。"纳特说，"西玛是这么说的。"他揉了揉下巴。他依然没刮胡子。"但愿不是什么坏事。"

"为什么这么说？"

纳特向我投来一个古怪的眼神。"也许我在太多地方工作过，总觉得临时召开员工会议从来都不是什么好消息。"他歪着头，盯着我看了好一会儿，我不禁觉得有点尴尬和不自在，"我真希望能和你一样，黛茜。你总是让人觉得好像什么坏事都不会发生在你身上。"

我低头瞥了一眼手里的便利贴。疯女人，请勿接近，危检。我把它塞回口袋。"总有人过得不如你。"我说，"我妈妈常这么说。"

\* \* \*

我决定在员工会议开始前先去巡逻一趟，让我恼火的是，纳特非要跟我一起去。"我只是想看看你是怎么做事的。"他说。就因为纳特非要和他在博物馆看到的每个人都聊上几句，巡逻时间比平时拖长了一倍。真搞不懂他怎么会有那么旺盛的精力。我不知道他怎么能走到完全陌生的人面前，那么轻松地和他们说话。

利弗展厅没人，他没法和别人聊天了。厚重的工会横幅隔绝了博物馆其他地方的噪声。纳特站在那里，盯着一条横幅上特别复杂的刺绣，好像他以前从来没有见过。他巡逻过吗？我有点纳闷他整天都在做什么。

我正要去楼梯，突然有东西吸引了我的目光。展厅中央有四个大玻璃展柜，我走到离远端墙壁最近的那个柜子边上，仔细地端详着。每个展柜里都放着代表北方重要产业的不同展品，比如采矿、钢铁、农业，以及纺织品。当我凝视展柜时，我看到纳特的倒影出现在我的头顶上方。

"怎么了？"他说。

"有点不对劲。昨天那里有一支织梭，我敢肯定。"

纳特向前倾着身子，凝视着架子："是吗？"

"是的。那可是最古老的织梭之一，保存完好。来自罗奇代尔的卢姆制造厂。"

纳特看起来特别无动于衷，或者说，至少他在玻璃上的倒影是这样的。"也许它被他们挪到别处去了。"

"那么，挪到哪儿去了？"

"这有关系吗？"

我扭头看着他："也许不是他们挪走的。也许是被偷了。就在今天。"我没有说"是在你的眼皮底下被偷的"，毕竟我的意思已经很明显了。

纳特皱眉："谁会偷呢？"

"我不知道。"我说，他显然看不出事情的严重性，我不禁大为光火。"很多人都有可能。"我压低了声音，"只要能得到像这样一件记录着纺织业历史的古董，利物浦有很多博物馆什么都做得出来。"

他扬了扬眉毛，也压低了声音："杀人放火也在所不惜？"

"好吧，也许不会。"我承认，随即便看到他强忍笑意，他在嘲笑我，"没关系。现在该我值班了。我会处理的。"

我向楼梯走去，继续巡逻，纳特快步跟在我后面，在顶层的展馆里追上了我，那儿摆放着西奥多·马龙的个人物品。

"黛茜。"他说，"对不起。我只是跟你开个玩笑而已。"

"算了。"我说，"我要去向西玛报告。"

纳特瞥了一眼手表："还有半个小时就开会了。我想我还是在这儿等着吧。"

"好吧。"我说着，瞥了一眼天鹅绒垫子上西奥多那颗煮熟的头骨。就让他一个人坐在这里，和那东西在一起吧，我才不要在这儿多待一刻。

"我喜欢这里。"他说，好像他能读懂我的心思，"这儿很安静。"他一定留意到我在看头骨，因为他蹲在玻璃柜后面，傻乎乎地说，"唉，可怜的西奥多！我认识他，霍雷肖，他是最爱开玩笑的一个人①。叽里咕噜，叽里咕噜。②"

不可思议的是，我竟然大笑起来，但我连忙假装自己是在咳嗽。纳特的头从头骨后面探出来，他对我咧嘴一笑。"我要去写报告，说明展品丢失的事。"我说。

"开会时见。"纳特点了点头，坐到其中一把椅子上。

"是的。"我皱着眉头说，"的确如此。"

我走下楼梯，心里很困惑，但不仅仅是为了丢失织梭的事。

---

① 《哈姆雷特》的对白。
② 《神探夏洛克》的对白。

# 第八章

## 纳特：哭泣的少年

我很确定黛茜在嘲笑我的口技表演。她假装咳嗽，其实是在笑。我很确定。

她走后，我从书架上拿了那本书。真讨厌，又有人动了书签。今天肯定有人看了这本书。我打赌，准是穿凉鞋的那家伙。我的意思是，我知道春天就要来了，但谁会在这种天气穿凉鞋？还不穿袜子？他的脚趾肯定会跟奥茨上尉①一样冻掉的。

书签是一张旧了的米科诺斯岛明信片，这本书讲的是希腊神话，与这个书签倒也相得益彰。不知道是谁放进去的。书签夹在普罗米修斯那章，他从天堂偷了火种给人类。也许那个穿凉鞋的家伙就希望有人能帮他偷点火，暖暖他的脚。我飞快地向前翻阅，找到我在读的故事。俄匍斯，是痛苦与焦虑的女神，是战争和宿怨的根源，各种纷争与冲突都是她引起的。

---

① Captain Oates，英国南极探险家，丧生于南极的暴风雪中，尸体至今未找到。

露西娅为什么没告诉我她在和别人约会？

老实说，这倒不是说她应该告诉我，我也没必要为此事烦心。我并没有为这件事心烦。好吧，也许有一点。我们是离婚了，可我们还是本的父母。为了我们的儿子，我们难道不应该达成……我不知道该怎么说……不该达成统一战线吗？

我几乎能听到露西娅说，现在这么做已经有点太迟了。因为到最后我们并没有形成什么统一战线。俄狄斯肯定是在我们家播下了不和谐的种子。有时，我们的家简直就是献给她的一座神庙。

也许真正困扰我的，是本竟然能这么平静地对待此事。约翰是妈妈的男朋友，好像这是世界上再普通不过的事了。本和他很熟吗？他和露西娅在一起多久了？他多久来一次？他和本一起玩过《堡垒之夜》吗？他留宿吗？是不是就睡在我们以前的卧室里，就躺在我们的床上？

如果露西娅和这个约翰结婚了呢？

如果本开始叫他爸爸怎么办？

我拼命盯着那本书，希望能让自己的思绪不再围绕约翰打转。俄狄斯的母亲是司夜女神尼克斯，父亲厄瑞波斯掌管着冥界最黑暗角落里的宫殿。"关于厄瑞波斯的记录很少。"我大声读道，"他在历史上名不见经传。"我抬头看着西奥多·马龙那颗光亮的头骨。如果我也这样呢？等本长大了，而我就像厄瑞波斯一样只是个脚注，对任何人的历史都没有影响呢？

* * *

　　临时会议在斯坦迪什厅举行，在那里，他们把展现曼彻斯特摇滚史的照片推到后面，摆上了三排椅子，还在前面为西玛和迈耶先生安排了讲台。迈耶先生慈祥地笑了笑，但公布消息的人显然是西玛。她面带笑意，我却并未从中得到多少安慰。我想象一条鲨鱼笑眯眯地张开大嘴，一口咬掉你的腿。

　　我们都聚集在一起，等着黛茜把最后一个参观者送出去，锁上前门。我对她笑了笑，朝身旁的空座位点了点头。她咬着嘴唇，看了看其他四五把空椅子，我意识到我让她为难了。我甚至不知道我为什么要指着身边的空椅子，但现在她纠结不已，一方面不明白自己为什么应该坐到那里，另一方面又在琢磨如果不坐的话会不会伤害我的感情。从她脸上的表情我就能看出她在想什么。我能像看书一样把黛茜·杜克斯的心思看得一清二楚。最后，她坐到了我旁边，不过与我隔了一个座位，似乎对自己的妥协相当满意。

　　"人都到齐了吗？"西玛从前面问。

　　"哈罗德还没来。"黛茜指出。

　　西玛秀眉紧蹙："不，他不会来，不是吗？我们都觉得没必要叫他来开会。我稍后会把所有细节通过电子邮件发给大家。"

　　"那我们为什么还要开会？"黛茜不解地皱着眉头说。这实在是……那个词该怎么说来着？……不是"可爱"。我想她肯定不喜欢别人用这个词来形容她。也许是"动人"。她实在是很动人。

西玛没理会她，只是敲击着讲台上的笔记本电脑。在她身后的白墙上随即出现了博物馆的标志。很好。会上要看演示文稿。没人这么说过。

"现在有件事通知大家，这件事和你们所有人都有关。"西玛说，黛茜立刻举起手。西玛深吸了一口气，她的吸气声清晰可闻。她说："黛茜，什么事？"

"你说的事是和失窃有关吗？"

西玛噘起嘴，眯着眼睛："失窃？"

"利弗展厅失窃了。也许其他地方也丢了展品。"

西玛看了迈耶先生一眼，摇了摇头。"我以后再跟你谈这件事。我把你们叫到这儿来，是为了……"

黛茜的胳膊又举起来了。"我们要失业了吗？"她看了我一眼，"临时召开员工会议，从来都不是什么好消息，不是吗？有人这么和我说过。"

我感觉到西玛的目光落在了我身上，我开始拨弄衬衫的袖口。"不。"西玛平静地说，"没有人会失去工作。反正今天不会。我可以继续说了吗……"

黛茜还没来得及开口，西玛就拍了拍笔记本电脑，另一张幻灯片出现了。上面写着：曼彻斯特社会史博物馆通宵狂欢节。她骄傲地盯着这几个字看了一会儿，转身对我们说："我们要在复活节假期前办个活动。其他博物馆也搞过，效果很不错。我们计划举办售票通宵营业活动，为一些展品设定趣味故事，还会出售食物和饮料。活动以家庭为中心，肯定会有很多孩子在家长的陪同下来参加。到时一定非常好玩。"

"应该叫'博物馆奇妙夜[①]'。"珍妮丝说。

西玛冷冷地看着她："那是电影的名字。"

"那就叫'博物馆逸事录[②]'。"多萝茜说。

"那是一本书的名字。"西玛说。

"'天黑以后'怎么样？"黛茜建议，"我现在看的一本书就叫'天黑之后'[③]。"

西玛大声地叹了口气："听着，活动就叫曼彻斯特社会史博物馆通宵狂欢节。现在没必要讨论这个问题了。"

"你在看《天黑之后》吗？"我问黛茜，我这么说，主要是因为我一直都没开口，觉得有必要说点什么，以示真诚。

"是的。"黛茜说，"是村上春树写的。"

"我还以为是威尔基·柯林斯写的短篇小说集[④]呢。"我说。黛茜皱着眉头盯着我看。

"我没看过那本书。"她说，仍然看着我，"村上春树很不错。我可以借给你看。"

"后面的读书俱乐部开完了吗？"西玛不耐烦地说，我们闻言都

---

① 20 世纪福克斯电影公司出品的一部奇幻喜剧片。

② 英国小说家凯特·阿特金森的小说。

③ 日本作家村上春树的作品。

④ 威尔基·柯林斯创作过同名作品。

回过头，把注意力放在她身上，"总之，希望各位那天晚上都能来上班。还请大家多多宣传，票卖得够多，活动才会成功。博物馆更密切地与社区接触，可以说是非常重要的，正是通过这样的活动，我们才能扩大品牌影响力。"西玛若有所思地看着我，"你有个儿子，对吗，纳特？也许你可以带他一起来。"

"要是我能让他离开游戏机，我一定会的。"我高兴地说，瞥了一眼黛茜，她飞快地低下头，盯着自己的手，"但是，是的，你这主意不错，我会带本来。"

* * *

父亲唯一一次带我去工作的情形，至今仍然历历在目。不是他干过的那些杂活，比如建筑工地、工厂和仓库，那些活计他向来做不了多久。他从不把这种零工视为好工作，只是为了填补时间，赚点钱花花，他在此之外所做的，才是他眼里的好工作。他这么认为，所以我也得这么认为。

我不应该出现在那种地方的。在此之前，我从未说过我想去，他也从来没有提出要带我去。他总是晚上去，大都是在周末，而在这些时候，我通常和母亲待在家里，等他回来时，我已经睡着了。他输了，就非常沮丧，不知道会干出什么事来；他赢了则兴高采烈，同样不知道会干出什么事来。不管输赢，他通常都喝得烂醉，钱包里的钱被他喝掉一半。

但这次母亲没法照顾我了。就在父亲出门工作的半个小时前，她接到一个电话，说她的母亲，也就是我的外婆住进了医院。

"还是让你妹妹来照顾他吧，宝贝。"父亲说。

"弗洛拉也得去医院，特里！"母亲焦急地说，"那也是她妈妈！"

"外婆怎么了？"我问，但没人回答我。

"那就找个邻居。"父亲说着把他的手套塞进了一个运动包里。

"特里，你就不能带他一起去吗？给他买罐汽水，让他坐在后面。他不会惹麻烦的。"

他们的目光都在我身上。八岁的我坐在沙发上，穿着睡衣，抱着脏兮兮、毛都磨没了的毛绒兔子，它是我喜欢的玩具。父亲叹了口气："好吧。给他穿好衣服。不能带那只该死的兔子。我可不想让别人认为特里·加维的儿子是个该死的娘娘腔。"

我知道父亲是个拳击手，还曾在电视上看过他的比赛，但这是我第一次在现场看他打拳，对此我毫无准备。我们去了一条环形公路上的一家破旧旅馆，父亲让我坐在一个大房间后面的塑料椅子上。他给了我一罐可乐和一袋薯片，说比赛结束后来接我。

"外婆不会有事吧？"我问他。他茫然地看着我，耸了耸肩，便走开了。

房间里闹哄哄的，一股刺鼻的气味直冲过来，而且比在电视上看要明亮得多。这里太亮了，刺痛了我的眼睛。闪耀的灯光前飘着一团团香烟烟雾，空气中飘浮着浓烈的酒味、汗味和涂擦剂的刺鼻气味。观众大都是男性，他们似乎无法老老实实坐在椅子上，总是跳起来，挥舞着拳头，大喊大叫，嘴里还骂骂咧咧的。两个满身赘肉的男人正在对打，他们的比赛已经进入了尾声，我坐下来，看着父亲走进一扇门不见了。那两个人疲惫不堪，靠在对方身上，伸着无力的拳头，断断续续地朝对方的上腹部打去。在我看来，他们更像是跳舞，而不是打拳。

比赛结束后，两名身穿比基尼的女士绕着拳击台走了一圈，她们举着卡片，上面写着下一场比赛在十分钟后开始。那些男人都对着她们大喊大叫，吹口哨，而我坐在那里，眼睛睁得大大的。我知道什么是脏字儿，我听父亲说过很多次，有时母亲也会说。但是，那些男人对着两位女士把脏字喊得那么大声，喊了一遍又一遍，这样的阵仗我还是第一次见。

人群刚刚安静下来，一名身穿黑色西装、打着领结的男子就走上了拳击台，对着麦克风说下一场比赛马上开始。我没听清第一个拳击手叫什么，但我永远不会忘记那个人说父亲的名字的方式："'黑色轰炸机'加……维……"

如果说那些男人对着两位女士大呼小叫，让我惊奇地睁大了眼睛，那他们吼叫着说我父亲，则把我吓得缩在椅子上，我想让自己尽可能变小，还把T恤衫的袖子向下拉，遮盖住我裸露的胳膊。

我以前从没听人说过这种话，就像我从来没听过男人对女人那么说话一样。仅一个晚上，就让我遇到了两个人生中的第一次。而这，只是个开头而已。

父亲的对手比他矮，但父亲的肚子上只有脂肪，另一个男人的肚子则像一块厚木板。父亲挥出一拳，胳膊上部会微微抖动，另一个男人的手臂就像用石头刻出来的一样。父亲出其不意打我和母亲的脑袋时出拳是很快，但和与他搏斗的那个人相比，他的移动明显慢了很多。

要是我带了我的兔子来就好了，所以我只能抱着可乐罐，努力不去看，却无法把眼睛移开，我看到那个白人一拳接一拳地打在父亲的脸上、肚子上和下巴下面。他好像全身上下都挨了拳头。有一次，一股鲜红色的血还从他的鼻子里喷了出来。

在每回合休息期间，两位女士都会举起写有数字的卡片，父亲不得不坐在拳击台的一角，有个男人给他擦去身上的血，似乎在责骂他。每当铃声一响，父亲从小椅子上站起来时，我就祈祷这一切快点结束，我不知道父亲还要站在那里让那个男人打多久。

事实证明他并没有站很久。好像是在第四回合，那个男人一拳打在父亲的肚子上，跟着又是一拳，正好击中父亲的下巴，父亲被打得转了个圈，脸朝下摔倒在地。我喊了一声，我也记不清自己喊了什么，拳击台我这一侧的人全都扭头，对着我指指点点，还不停地笑，我哭了起来。那个穿西装的男人俯身向父亲，数到了十，父亲试图撑着地站起来，最后还是屈服了，他趴在拳击台上，脑袋转向我，他的眼睛对上我的眼睛，眼神是那么冰冷。

赛后，父亲换回了平时的衣服，肿胀的脸上贴着小膏药。他过来接我。"别再这样了。"他低声说，拽着我的胳膊把我拖出了房间。

我们回到家，就见母亲和弗洛拉姨妈正坐在客厅里抱头痛哭。外婆在医院去世了。

# 第九章

## 黛茜：黑狗从未离开过

一直以来，在我眼里，纳特都不是个爱看书的人。我不知道为什么会这样认为。其实我觉得我是根本没有想过他是否喜欢看书这个问题。罗茜很少读书，只看那种名人八卦杂志，一页又一页的文章中间夹着某个电视节目主持人或演员在公园遛狗的照片，而那绝谈不上他们最好的一面。我从没见过母亲捧着书看。我也不记得小时候她给我们读过书。

我想知道，纳特会不会给他儿子读故事。他儿子叫本。不知道他会不会带本来参加博物馆的开放活动？不知道他妻子是否也会来？

纳特是否带他的儿子或妻子来，是否爱读书，这对我来说都不重要。我只是从不觉得他爱看书而已。他竟然提到了威尔基·柯林斯。我从未听说过这个作家。我决定等回到保安室后把这个名字记下来，看看他都有什么作品。

"大家有什么问题吗？"西玛说。她一直在说通宵狂欢节的事，但我没怎么听。我举起手来。西玛朝我点点头："什么事，黛茜？"

"是关于失窃的事。"我说。

西玛的眉毛皱在了一起："啊，是的，你说过了。开完会后再谈吧。有谁对曼彻斯特社会史博物馆通宵狂欢节有什么问题吗？"

珍妮丝说："通宵狂欢……这名字听起来也太粗鲁了。"她笑着说出自己的观点。

西玛瞪着她："这是重塑品牌，珍妮丝。曼彻斯特社会史博物馆通宵狂欢。你已经拿到备忘录了。"她环视了一下房间，"对于这个活动，大家还有什么问题吗？"

没人举手，于是西玛笑着说："很好。我会把所有的幻灯片用电子邮件发给大家。谢谢你们留下来开会。"

我不得不把门打开，让大家出去。美人儿苏说她在保安室又给我留了一块蛋糕，这次是红丝绒的。迈耶先生和西玛走了过来，我侧身走过去，挡住了他们的去路。

"失窃的事还没谈。"我说。

西玛翻了翻眼睛。我不知道她是以为我没看到，还是觉得就算我看到了，她也不在乎。"是什么来着？"

"利弗展厅的 D 展柜里丢了一个织梭。"

"也许是拿去清洁或修复了。黛茜，展品向来都有离开博物馆的情况。还有可能只是放回了仓库。"

"是你放回仓库的吗？还是送去修复了？"我问。从西玛的表情我可以看出，我的问题可能比我预想的还要尖锐。

"我不知道。"西玛冷冷地说，"我办公室里有一份清单。应该在我桌子后面的架子上，就在一个蓝色文件夹里。你可以随便查阅。"

我点点头，走到一边，让他们过去。"如果不是呢？如果目录上没有呢？"

西玛耸了耸肩："那样的话……明天来找我。我相信肯定有个合理的解释。晚安，黛茜。"

他们都走了，只剩下纳特还在大厅里。我指着门："再见，纳特。"

他穿了外套，但没有扣上扣子。他停顿了一下，说："那本书好看吗？"

纳特是怎么知道那本书的？所以他才会提起监控录像？他是不是一直通过录像监视我？他有没有看到我把书从西奥多展厅拿到保安室里看？我又没做错什么。我有权休息，况且西奥多展厅里的书也不是不能触摸。

"就是你在会议上提到的那本书，《天黑之后》。"纳特澄清道，"是谁写的来着？一个日本作家？"

"啊。"我如释重负地说，"是村上春树。是的，很好看。"我记得我说过要借给他，"你想借去看看吗？"

"你说很好看，那么是的，请借给我吧。"纳特好奇地看着我，"我也不知道为什么，但我真没想到你喜欢看书。"

真有趣，我也是这么想他的。我想知道为什么我们看起来都不像爱看书的人。不知道好书之人都长什么样子。门开着，一阵冷风吹了进来。

"啊。"纳特说。

"我该锁门巡逻了。"我说，"你该回家了，回去看你儿子本。"

纳特看起来好像有话要说，却改变了主意，他系好外套的扣子。"那么晚安了，黛茜。祝你值班愉快。"

博物馆里终于只剩下我一个人了。所有人七点才离开，按照母亲的话说，这搞得我"脑袋一团乱"。我突然产生了一种奇怪的感觉，这还是我第一次这样，仿佛空荡的博物馆变得很沉重，空无一人的空间是一个实实在在、能触摸到的东西。

母亲说这是黑狗①，我小时候最怕它了。她总说"黑狗在我身上"，我听了就在想象中寻找黑狗，那是条猎犬，体形巨大，流着口水，如同暗夜一样黑，巨大的爪子搭在她的肩上，舌头从嘴里耷拉出来。我不知道哪个更让我害怕，是她说黑狗就在那里，还是我连黑狗的影子都看不到。

那件事发生后，从我九岁起，黑狗就开始在我身上了。母亲说这并不奇怪。黑狗在她身上时，她说只有一瓶酒才能把它赶走，我听了这话，便哈哈大笑，想象着母亲挥舞着一瓶酒，在家门口的街上跑，黑狗吓得睁大眼睛，从她身边跑开。但很明显，九岁的我是不能喝酒的。

后来我才明白，人们说到"黑狗"，意思就是他们抑郁了。我一

---

① 在英语中，black dog（黑狗）一词也表示抑郁，这种说法源于丘吉尔的一句名言：心中的抑郁就像黑狗，一有机会就咬住我不放。——译者注

直认为抑郁代表伤心，但黑狗扑来，与悲伤并不相关。小鹿斑比[①]的妈妈被猎人杀死了，失去了心爱的玩具，一群男孩在巴士站叫你疯子黛茜，这个时候你的感觉是悲伤。但抑郁是不一样的。它会让你感到疲倦，无精打采，就像你真的背着一只狗走来走去。心中抑郁，你会很难把要做的事都按顺序排列好，脑子里没有清单，一切都是乱糟糟的，根本不可能确定应该先做哪一件。这意味着你无法集中精神读最喜欢的书，最后只能盯着墙壁，什么都思考不了，一连几个钟头就这样过去了。

幸运的是，现在我不是经常遇到黑狗。我晚上忙于工作，白天还要照顾母亲。我承担不起黑狗趴背的后果。因此，当我转身关掉所有的灯，发现黑狗在阴影中走来走去，才会那么惊讶。

我先巡逻了一圈，停下来用手电筒照了照原本放置织梭的空展柜，然后去西玛办公室查看修复清单。小书柜里有很多活页夹，我找到了标有"修复"字样的夹子，在西玛的书桌旁坐了下来。这里比保安室亮得多，通风也好得多。在这样的地方工作，真是愉快的体验。里面摆着植物，放着饮水机，还有窗户。透过百叶窗的缝隙，我可以看到漆黑的夜空和街灯的光芒。白天和西玛、珍妮丝、多萝茜和纳特这些人一起工作，是什么感觉？我想那需要跟他们说话，不时闲聊上几句。而我从来都不擅长此道。

档案中只有一页记录的是有哪些展品被送出博物馆进行清洁和修

---

① 动画片中的角色。

复。而那个织梭不在目录上。我查看了前三个月的清单，确定织梭并不在其中。我把做修复公司的名字和电话号码抄在便利贴上。也许明天可以打个电话给他们，确认织梭是不是被送到了他们那里，却没有做记录。我把便利贴放进口袋，它让我想起了口袋里的另一张黄色纸条，就是那个男孩在巴士站贴在我背上的那张。

老实说，我不认为那些男孩子真的知道我九岁时发生了什么，毕竟没有多少人知道那件事。但有时候有些事确实会张扬出去，人们暗示，交头接耳，就这样一传十、十传百，到最后，人们只是模模糊糊地知道发生过一件事，剩下来的只有疯子黛茜这样一个残忍的绰号。我有很久都没想起那件事了，大概有好几年了。现在会想起，只是因为此前和罗茜说话时，她摸了手臂上的伤疤。我甚至不认为她会去想发生过什么。在我看来，她从来都不会想那件事。

我把活页夹放回去，锁上办公室，去保安室检查存档的监控录像。我快速回看了近二十四小时的记录，看到人们在利弗展厅匆匆进出，他们向展柜里张望、交谈，甚至还有人接吻。在这个范围内看不出织梭是否在柜子里。我在想有没有可能像罪案剧里那样，把画面变得清晰一点。纳特进进出出，轻松地和人们交谈。我放慢画面看了一会儿，只见他和两个老太太一起哈哈大笑。然后游客逐渐减少、消失，就只有我在昏暗的夜灯光线下巡逻。监控录像每段八个小时，与我们值班的时间一致。在接下来的录像中，利弗展厅一片寂静，没有任何动静，后来哈罗德到了里面。我只在这段录像中见过他一次，看到他拖着脚走过光滑的地板。他显然没有尽职完成巡逻工作。我看见他往柜子里看，有一次，他还对着柜子的玻璃调整了一下领带。之后好长一段时间什么都没有，只有晨光开始从窗户里透进来，然后，录像就到头了。

我加载下一段录像，从今天早上九点纳特出现开始，可以看到他大步穿过镜头，然后第一批游客开始慢慢进入。

好吧，这实在令人沮丧，根本毫无结果。我重放了纳特当班时的录像，当时博物馆正是最热闹的时候。好几次有几个人围着那个展柜，完全可能有人趁机拿走织梭，但是所有的展柜都是锁着的。除非是出于某种原因，纳特没有上锁。我得找他谈谈。但这意味着所有工作人员要么参与犯罪，要么对有人公然偷织梭的行为视而不见。

好吧，再看监控录像也没用了。我又去巡逻了一趟，然后决定提前休息一下。我从西奥多展厅的架子上取下《希腊神话》，在保安室里看了起来，小心翼翼地不把美人儿苏的红丝绒蛋糕屑掉在书页上。有人又移动了米科诺斯岛的明信片，这可真叫人恼火。真想不到这本书在白天竟这么受欢迎。

普罗米修斯的故事看完了，下一篇讲的是迈达斯国王。这个故事可谓家喻户晓，但我还是看了起来。这其实是人们所说的"警世故事"。很多希腊神话都是关于神和人互相残杀或发生性关系，但这篇故事寓意丰富，告诉人们在许愿时一定要小心。我个人认为，只要比迈达斯多几分小心，就能更好地控制通过触摸把东西变成金子这件事。其实没有必要到处摸别人，不是吗？不过我最喜欢的部分不是把东西变成金子，而是潘神和阿波罗较量音律，迈达斯为裁判。迈达斯认为潘神的技艺最好，阿波罗一气之下，就让他长出了两只驴耳朵。迈达斯只得用头巾把驴耳朵包起来，只让他的理发师看，并要求他发誓保守秘密。可是理发师很想把这件事告诉别人，于是就在田野里挖了个洞，把秘密告诉了那个洞。理发师说出了秘密，心里十分畅快，但一阵风吹来，洞边的草低声说："迈达斯长了驴耳朵。"

这听来很有意思，但其实不是，迈达斯在消息传出后自杀而死。也许那天迈达斯正好碰上了黑狗。也许他是太过羞愧，才结束了自己的生命。有时我真希望能和别人谈谈那件事。

我把书放回到展柜，上锁的时候，我的目光落到了西奥多·马龙那颗光滑的头骨上。这里没有风吹过，秘密不会泄露出去。我知道那么做很傻，完全不是我的风格，但还是一时兴起，打开了头骨展柜的盖子，探头向里看去，头骨散发出蜂蜡的味道，还有一股淡淡的漂白剂味。然后，我低声说出了我的秘密。

# 第十章

## 纳特：猜不透的她

"这又不是什么秘密。"露西娅说，"我只是一直没找到合适的时机告诉你。每天早晨，我和你只能见上五分钟。"

我打定主意今天早来一会儿，这样我就能安排本吃早餐，还不会觉得自己又干了什么要挨骂的事。我本不想提起约翰，但一进门，我就脱口而出："你为什么不告诉我你在和别人约会？"

"想必是你告诉他的吧。大嘴巴。"露西娅说着，朝本吐了吐舌头。他咯咯地笑了起来。见他们相处得如此轻松，我不由得心生嫉妒。为什么我和本在一起，是那么尴尬？

"你们是认真的吗？"我说。

"他是个好人。"露西娅说，她并没有直接回答我的问题，她穿上外套，拿起包，"也许找个时间你们可以见见面？"

我咕哝一声，不置可否。露西娅在本的脸颊上轻轻一吻，说放学后去接他。她走后，我先安排本吃早餐，他在客厅里一边看漫画一边吃，我则整理厨房。

打开洗碗机，我忍不住皱起了眉头。所有东西的摆放位置都不对。筷叉篮放错了边。碗放在了放杯子的地方。盘子也放反了！我从来不会这样在洗碗机里摆放餐具，我和露西娅一起生活了很久，我很清楚，如果她真的愿意整理洗碗机，她会和我一样弄得整整齐齐。

这么看来，洗碗机里的东西是约翰放进去的。也就是说，约翰昨天来过。他来喝茶，也许还干了别的。他可能留下过夜了。也许在我到达前五分钟，露西娅才让他离开。

我决定明天再早来一点。

我们步行去学校的路上，本很健谈，但现在似乎不该问他约翰昨天有没有在家里过夜。他可能都不知道，我也不想吓坏他。他给我讲了昨天学校里的事，同学们讲了自己的父母是做什么的，还说了他们最希望爸妈做什么工作。鼓励孩子们对父母的谋生方式有不合理的期望，就如同给负载已经很重的父母们施加不必要的压力，如果那些父母有工作的话。

"太搞笑了。"本笑着说，"凯顿·雷诺兹说希望他爸爸是个银行劫匪。"

"这有什么好笑的？"

"因为他爸爸是条子。"本说，几乎笑折了腰。

"条子是什么？"

"就是警察。联邦警察。"

我的眉头拧在了一起，说："你从什么时候开始说话像个小混混的？"

本耸了耸肩，停下来看了看水沟里的一只死麻雀："那我文身的事呢？"

"还是不可以。"

"玉米辫呢？"

"关于我的工作，你是怎么跟他们说的？"我说，趁机换了话题。

"我告诉他们妈妈是医院的护士。"本走在我前面说，"我还说你是保安。"

"那你希望我们两个做什么工作？"

本歪着脑袋走着："我说妈妈应该继续当护士，因为她能挽救人们的生命，让他们恢复健康，没有比这更好的工作了。"

"我打赌她知道你这么说，一定很开心。"我低声道，"那我呢？"

本转过身来面对着我。"侦探！"他笑嘻嘻地说。

"侦探？就像凯顿爸爸那样吗？"

"不！"本说道，又笑了起来，"不是警察，是像皮卡丘那样的大侦探。"

我只觉得一头雾水。在我的印象中，皮卡丘是动画片《宠物小精灵》里的一只黄色兔子。它的工作基本上就是住在一个小球里，时不时出来和其他生物战斗，不是吗？现在想起来，本喜欢的这部《宠物小精灵》还涉及了很多动物权益问题，不过这个问题还是留待以后再谈吧。我们来到了学校所在的那条街，我说："这么说，皮卡丘现在是个侦探了？"

"当然！戴着一顶小帽子，拿着一个放大镜。它侦破了很多罪案，还破解了很多谜团。"

"你希望我做这样的工作?"

本耸了耸肩,我们在学校门口停了下来:"总比在一个无聊的博物馆里当保安酷多了。"

我决定下次再告诉他通宵狂欢节的事。我探过身,想亲亲他的脸颊,他一闪身躲开,跑进了操场。

* * *

"早上好,哈罗德!"我说着脱掉外套,挂在"洞穴"的钩子上,本来哈罗德的灰色雨衣挂在上面,但他已将衣服穿好,此刻正坐在椅子上,气冲冲地瞪着我。

"你迟到了。"他说。

"三分钟而已。"我欢快地说,"丁斯盖特街的街尾发生了事故。"

他咕哝了一声,从口袋里拿出羊毛帽子,戴在他那头稀疏的白发上。哈罗德真是个奇迹。即使工作了一整夜,他也没有丝毫疲态。我怀疑他大部分时间都在"洞穴"里睡觉。我知道,换了我也会睡觉。让我工作那么长时间,我肯定做不到。我喜欢睡觉。

"有什么要报告的吗?"

哈罗德朝我扬了扬眉毛:"以前有过吗?"

我烧了壶开水,用勺子舀了一些咖啡,放进"最佳老爸"杯子里。我一时心血来潮,决定从露西娅家里拿走杯子。"你没听说吗,哈罗德?出事了。博物馆失窃了。就跟《世纪犯罪》一样。"我朝他眨了眨眼睛，他把围巾围在脖子上，"利弗展厅的织梭不见了。真奇怪，黛茜居然没跟你说。"

"她说了。"哈罗德一边说，一边收起装有餐盒的手提袋，"她还写了三页报告。"他朝办公桌点了点头，"如果你想看的话，就在垃圾桶里。"

我摇了摇咖啡伴侣的罐子，把最后一点粉末舀了出来。"我休息时会再写点。我很擅长写报告的，昨天就写了一份很详细的报告。不过，你应该把纸放进可回收桶里，我们都应该为拯救地球尽一份力，他们说我们只有十年左右的时间来解决气候变化问题。"

哈罗德嗤之以鼻。他说："估计我还来不及担心，就已经离开这个世界了。"

还是说点令人高兴的事吧。我转移话题，说："你觉得黛茜怎么样？"

"我这人不爱想太多。"哈罗德耸了耸肩说，"为什么这么问？"

说实话，我也不知道自己为什么这么问。可我还是不顾一切地继续问道："你难道不觉得她……我不知道怎么说……她不爱说自己的事？我们都对她不太了解。"

说完这话，我才意识到我其实也不是很了解哈罗德。我不知道他为什么都这把年纪了，还要这么辛苦地工作，不知道他是自己住还是和家人一起住，甚至不知道他住在哪里。他好奇地瞪了我一眼："你为什么想多了解她？"

"我没有！"我说，"我想我只是对人感兴趣。"

"你也太爱打听事了。"哈罗德边说边摇着头向门口走去，"我可以告诉你一件黛茜的事。"他又说，"她总是在我打卡上班的时候给我泡一杯咖啡。所以，下班回家前记得再买一罐咖啡伴侣。"

哈罗德走了，我觉得很有趣。不同的人在我们的生活中来来往往，除了他们选择向我们展示的面孔，我们从不曾真正了解过他们。我捧着"最佳老爸"马克杯，喝了一大口咖啡。

\* \* \*

但对有些人，你知道你所看到的，就是真正的他们。比如接待处的珍妮丝。我只是溜达时从她那边经过，就已经知道她姐夫要去检查前列腺，她家的猫身上生了虫，她买了电影票要去看《冰上小鹿斑比》，她还得趁午餐时间把六条装的短衬裤拿去德本汉姆百货公司退掉，因为这些衬裤绝不可能是包装上写的十二码。

"我想说的是，纳特，"她压低声音小声说，我只好凑过去，才能听清楚，"穿上衬裤，我的屁股看起来就像装在一个网袋里的两个足球。"

珍妮丝大笑起来，笑声怪异又尖细，就在我趴在前台上时，她突然捏了捏我的上臂。

"啊呀。"她说，"你健身吗？"

"没有。"我说着挺直身子，有点慌乱地摆弄着我的领带，"我只在这里工作。①"

珍妮丝又笑了，笑得前仰后合，不得不摘下眼镜擦眼睛。"纳特，

---

① "健身"的英文是 workout，纳特的回答对应的英文原文是 workhere。——编者注

你真有趣。"她说，"要我说呀，你可真是个小淘气。"

我很不自在地朝她眨了眨眼睛："是吗？"

"是的。"她戴上眼镜说，"我不是叫你告诉黛茜员工聚餐的事吗？"

"啊，是的。"我皱着眉头说，"我给忘了。真对不起。我会告诉她的。"

"没关系，我已经和她说了。"她又压低了声音，我迫不得已，只能再次趴在前台上听她说，"你不觉得她有点……奇怪吗？"

"黛茜？"我说，尽可能拖延时间，好琢磨该如何对答。

"是的，就是黛茜。"珍妮丝说着翻了翻白眼，她拍拍我的前臂，脸上露出一副责备的神情，"你不觉得她有点……"珍妮丝现在完全不出声了，只是用口型在说话。我花了好一会儿才明白她对我说的是什么。傻里傻气。

"珍妮丝！"我说，"你这么说可不好。黛茜很可爱！"

珍妮丝满脸不悦。"好吧，肌肉先生。别为这点事发火。"她突然咧嘴一笑，"我已经够可怜的了，从百货公司买的衬裤码数都不对。我的屁股是十二码的。"

她说完，又爆发出一阵带着颤音的笑声。珍妮丝离婚了，我一度怀疑她这个笑声也是她离婚的导火索之一。

幸好这时一对中年夫妇推着婴儿车走了进来，他们想让儿子看看恐龙，我终于不必继续和她说下去了。

"啊，你们想看看我们的巴里！"我用低沉的声音说着，带他们向升降梯走去，"把你的手放在口袋里，年轻人。它有一阵子没咬人了，不过保不齐它会……"

当我按下电梯按钮，向那个瞪大眼睛的小孩眨眼时，我暗骂自己和珍妮丝说话时有点太过紧张了。我为什么一定要告诉她黛茜很可爱？我为什么这么认为？我甚至都不了解黛茜。我对黛茜，根本是一无所知。

* * *

我滔滔不绝地介绍了一番重爪龙，便留下那对夫妇和他们的儿子观赏恐龙骨架，我去其他展厅巡逻。博物馆里热闹极了。我得承认，来参观的游客真的很多。我认为这是因为我们……那个词怎么说来着？对了，不拘一格。在人们普遍的印象中，社会史博物馆或许有点枯燥，尤其是对孩子而言。尤其是我的孩子，我心想，本说希望我能有一份更刺激的工作，想起这话，我依然很伤心。但事实是，所有的历史其实都是社会史。历史只是我们讲给自己的一个个故事，从这些故事中，我们可以得知自己为什么是现在的样子。这些故事有时是真实的，有时不是。

我领两位老太太去过洗手间后，便跟着一小群日本游客，多萝茜管辖的一位导览员正带领他们参观马龙展厅。然后，我走进利弗展厅，将一面工会横幅扭曲的底部抚平。

跟着，后面的展柜吸引了我的注意。黛茜确信那儿的织梭失窃了。不过那东西没丢，它又回来了，好端端地待在原本的地方，就在架子上。就像我说的，肯定只是有人拿去清洁或修复了。

等我把这个消息告诉黛茜，她一定会很高兴。

# 第十一章

## 黛茜：巴士站的男孩们

我不太确定纳特为什么不等我脱掉外套，就拉着我去了利弗展厅，他伸开胳膊站在玻璃展柜前，像是正在电视游戏节目里炫耀奖品，他说："哈哈！"也许他觉得我要做个侧手翻什么的。

"根本就没有失窃。"他说，"肯定是有人拿走清洁了。"

我向展柜里看去。那个织梭并不像做了修复或翻新，也不像经过了别的处理，看来就是拿出来后又被放了回去。

"很好。"我说，"我现在能脱掉外套了吗？"

"我还以为你会很高兴呢。"纳特说。他的脸耷拉下来，就像一个小男孩画了一幅自认为很棒的画，妈妈却说不能把画贴在冰箱门上。

"你应该等到交接班时再说。"我说。我真的很不喜欢像这样做起事来毫无章法。做任何事都要讲求恰当的时间和恰当的地点，别人刚进门，就非要带着他们上楼看织梭，可算不上是在正确的时间做正确的事。

我知道我可能有点脾气暴躁，但让我乱发脾气的不是纳特，而是巴士站的那些男孩。他们又来捉弄我了。

* * *

一开始我没有注意到他们，去巴士站必须经过一排商店，我今天出门有点早，便停下来看外卖店的人干活。有两个人站在梯子上，把写着"德里克多米诺骨牌"的红、白、蓝三色招牌取了下来，换成了一个写着"麦克巨无霸"的白绿色招牌。

一个瘦削而结实的男人一边监督，一边和一位身材矮小的女士聊天。那位女士戴着色彩鲜艳的头巾，靠在格子花呢购物手推车上。

"看来他们还是说服你了，德里克。"女士说着发出了深沉的笑声。我从没去过德里克比萨店，他们提供的是比萨和炸鸡，而我不喜欢吃。我听说过一个关于外卖的故事，有人买了炸鸡，结果发现不是鸡肉，而是老鼠肉。另一个版本是人们买了炸鸡，吃着吃着咬到了一个硬物，从嘴里拿出来一看，竟是一枚结婚戒指，而鸡肉实际上是人手。也许我不是听说的，而是从书里看到的。现在我想起来了，没错，不是鸡肉，而是老鼠肉，肯定是这样的。

"才不是！"德里克说，我猜他就是德里克多米诺骨牌比萨店的店主，"我这叫先发制人，主动改了店名。"

"所以你就把店名改成了'麦克巨无霸'。"那女人摇着头说，"才出油锅，又入火坑。"

"我上次告诉过你，你来光临，是我们的荣幸，亲爱的玛丽娜，麦克是我祖父的名字……"

一辆脏兮兮的白色面包车停在路边，打断了他。一个年轻人跳下车，打开后车厢，拖出一个大纸板箱。德里克交给司机一些钱，货车开走了。

　　"这是什么？"玛丽娜问。德里克用钥匙边缘打开了箱子。

　　"你知道吗，我之所以给我的店起名叫德里克多米诺骨牌，是因为我卖多米诺骨牌？"德里克一边说，一边在箱子里翻找。他拿出一件米色雨衣，得意扬扬地举着："卖食物只是副业。看看我的新产品！只有特大号！我现在改卖大码雨衣①了，看到了吗？"

　　"你真是个白痴。"玛丽娜说着，拉住购物车的把手走了。

　　我看了一眼手表，匆匆向几码外的巴士站走去，这时才注意到那帮男孩斜靠在附近的混凝土柱桩上。我尽力记住他们每个人的样子，以防万一。他们有五个人。最大的两个大概十五岁。一个是白人，头发剪得很短，穿着蓝色的厚夹克和灰色的慢跑裤。另一个是加勒比黑人，T恤外面套着一件黑色外套，还戴着一条很粗的金链子。另外还有一个白人男孩，非常胖，一个亚洲男孩，瘦得像麻秆，这两个都小一点。最后一个男孩是个瘦小的加勒比黑人，比所有人都要小上好几岁。

　　我不得不背对着他们站着，我不喜欢这样。汽车在潮湿的路上驶来驶去，人们赶在天黑前出来购物。即便是在午后的嘈杂声中，我也能听到他们那低沉的喉音。

---

① 店名为"Big Macs"，表示"巨无霸"汉堡包，而在英文中，mac 也有雨衣之意。

“去呀。”

“我不想去。”

“你想加入帮派吗，小子？

“上次就是我去的。”

“那就再做一次。”

我的每一块肌肉都绷紧了，我的拳头时而握紧时而松开，脖子后面的汗毛都竖了起来。我几乎可以感觉到一个男孩距离我越来越近，感觉到他向我走来的每一步。我强迫自己直视前方漆黑的道路，直到最后一秒才转过身大叫：“哈！”

来的是最小的那个黑人男孩，我一叫，他吓了一大跳，眼睛睁得大大的。他太小了，又是那么瘦弱，我几乎为他感到难过，紧跟着我看到了他手里的东西。那是一个蓝色的小塑料袋，提手处打了个蝴蝶结，里面装满了狗屎。不是他，就是他的伙伴，从固定在路灯柱子上的箱子里掏出了狗屎。他怔怔地站了一会儿，一直盯着我看。一想到他要用狗屎做什么，我就不寒而栗。我的手猛地伸出来，扣住了他的手腕，他不停地扭动，“嗷”地叫了一声，塑料袋掉在了地上。

我什么也没说，只是盯着他的眼睛。他吓坏了。我心中怒火燃烧。我没跟他说话，但试着用我的眼睛把信息传达给他。你不会想惹我的，小家伙。你知道你为什么叫我疯子黛茜吗？你知道我在比你还小的时候做过什么吗？想让我告诉你吗？听完了，你就会哭着鼻子跑回家找妈妈了。

我们就这样站了好像一个世纪，我紧握着他的手腕，直到我听到巴士的轮胎在路上嗖地快速移动，我才松开手，转身背对他走了起来。我上巴士的时候，一声又一声"疯子黛茜"的呼喊声响起，车门在我身后咯吱一声关上，我才意识到自己一直屏着呼吸。

＊　＊　＊

纳特跟着我来到保安室，我挂好外套，查看了一下办公桌。桌上有个咖啡杯，杯中还残留着一些咖啡，杯子上面写着"最佳老爸"。他很抱歉地拿起杯子，说："我去洗干净。啊，对了，我买了一罐咖啡伴侣。"

"是从小猫罐里拿的钱吗？"我说。

"没关系。反正大减价。"

"你应该从小猫罐里拿钱。"我说，伸手去拿架子上的罐子，"我们设置小猫罐，就是这个目的。"

小猫罐其实是一个旧咖啡罐。我想一定是纳特给它起名为小猫罐的。不管是什么东西，他总要起个名字。我伸手去拧盖子，但手哆嗦得厉害，我也不知道为什么。事实上，我知道原因。巴士站发生的事，让我现在依然紧张，怒气难平。我能看到纳特皱眉看着我。

"黛茜，真的没关系。只是一英镑而已。"

"当然有关系！"我喊道，"这很重要！做事情得有条有理！"

接下来就好像出现了两个我，一个是隐形的，是一个复制品，但也是我，这个隐形的我惊恐地盯着真正的我号哭起来。

"黛茜。"纳特温柔地说，从我手里接过罐子，放在办公桌上。我是怎么了？我从不掉眼泪，尤其不会在陌生人面前哭。"你还好吧？"他问。

我当然不好。顺风顺水的人不会无缘无故哭鼻子。但我什么都不会对纳特说。紧跟着，隐形的我吃惊地看着真正的我滔滔不绝地说了起来。我开始给他讲那些男孩在巴士站做了什么。这些话从我的嘴里一股脑儿倒了出来。纳特从架子上撕下一长条厨房卷纸递给我，我大声地擤了擤鼻子，还擦了擦眼睛。

我看着他，又看着桌上的马克杯。"你也是人家的爸爸。"我说，"为什么小孩这么讨厌？"

他摇了摇头："我不知道。"

"我的意思是，他们为什么做那样的事？他们为什么要伤害别人？"

他又摇了摇头："这很难说。他们的家庭生活是怎样的，他们经历了什么麻烦，这些都不可能知道。对一些孩子来说，比起在家里，加入帮派更有家的感觉。"

我又擤了擤鼻子："你这话，像是在为他们找借口。"

"我没有，我真的没有。你所经历的一切太可怕了，黛茜。发生了这样的事，我真的很抱歉。"

纳特伸出手，放在我的前臂上。我盯着他的手看了好一会儿。我不习惯别人碰我。他看到我在看他，就把手拿开，轻声道了歉。即使隔着白衬衫，他摸过的地方也感觉像是在燃烧。

"我认为你不能把一切都归咎于父母没把孩子教好。"我说，"有些孩子即便拥有快乐的童年，也会做坏事。"

纳特点点头："啊，这是关于先天与后天的古老争论。那么，你认为孩子生性本恶吗？"

"我觉得小孩子确实会无缘无故地干坏事。"我平静地说。接下来是一段长时间的沉默。我把纸巾折起来，扔进垃圾桶。我昨晚给哈罗德的报告还在里面。

"也许你可以换个车站。"纳特轻快地建议道。

我皱起眉头看着他："为什么？"

他的五官皱成一团。"这样一来，那些孩子就不会骚扰你了。"

"但是，干坏事的是他们，为什么要我改变习惯？难道不应该是他们改变自己的行为，让我可以像往常一样生活吗？做错事的不是我。"

"当然。"纳特表示同意，"是的，实际上你说得对。"他停顿了一下，"我的意思是，到目前为止，只有便利贴和狗屎，但是……黛茜，你担心吗？他们会不会变本加厉？会不会干出更离谱的事？你觉得是不是应该报警？"

此时，我才意识到我和纳特说的完全是两码事。他完全误解了我生气的真正原因。我觉得自己真是太蠢了，竟然会在他面前崩溃。现在他肯定觉得我又软弱又愚蠢。我转向我的包："我给你带书来了。村上春树写的那本。"

他从我手里接过书，先翻到后面看看，才翻开封面。他看着我的藏书票，一时间，我们都没说话。我在我所有的书里都放了藏书票，其实就是一些打印纸，是我在街角的商店里复印的。藏书票上写着"本书为黛茜·杜克斯所有"，旁边是两个竖栏，就跟从图书馆借到的书一样。对我的书，以及把书借给谁，我向来很讲究。因此，藏书票的底部写着："请将本书原样归还，否则我将要求你赔偿新书。"我在第一栏上写了今天的日期，在第二栏写上了另一个日期。

"我给你一个星期的时间。"我指着日期说，"应该够用了。这本书很薄。"

纳特看起来有点不知所措。"好吧。"他说着扬了扬眉毛。

他对我很好，只是有点理解错误，所以我说："如果你要多看一段时间，就告诉我。我好改一下还书日期。"

纳特笑了笑，但他的笑容中透着奇怪和勉强。他把书放在上衣口袋里。我看了看表，说："你该走了。"

纳特点点头，穿上外套。我伸手去拿小罐，我的手不再颤抖，我很容易地打开了盖子，拿出一英镑硬币。

"你肯定是一英镑？"

"当然。"纳特说着把钱放进了裤子口袋。他停顿了一下，说："黛茜，听了你的话，我很担心你。你会小心的，对吗？如果那些男孩再来找麻烦……听着，我不希望你出事。"

"为什么？"

他皱起眉头："什么为什么？"

"你为什么不希望我出事？"

纳特看起来有些惊慌："因为……因为……你就是这么说的，不是吗？事实的确如此。"

我考虑了一会儿："好吧。"

现在，我该让所有人离场，关闭博物馆了。我目送他们离开。纳特、珍妮丝、西玛、多萝茜、迈耶先生，还有导览员，他们都走了，终于只剩下我孤身一人了。只剩下我沉浸在自己的思绪中。

我想到了那帮孩子，当我抓住那个男孩的手腕时他脸上的表情浮现在了我的脑海里。

我想到了罗茜手臂上的伤疤。

纳特全搞错了。

我心烦，不是因为我担心那些男孩会对我不利。

我心烦，而是因为我怕自己可能会对他们不利。

# 第十二章

## 黛茜：继续约会吧

我巡逻了一圈，然后去利弗展厅查看织梭。我打开展柜，把织梭拿了出来，虽然不戴白手套，任何人都不能触摸展品。我把织梭翻过来倒过去，仔细查看。它看起来和之前一模一样。我看不出有什么理由要把它拿走再放回去。我把织梭放回原处，锁上柜子。我心想，这是一个谜，只是谈不上什么刺激的谜题。

巡逻结束后，我看了纳特和哈罗德值班时的监控录像。没什么可报告的，尤其是哈罗德当班期间。他又出现在了利弗展厅，拖着脚走过地板，看着自己在展柜上的倒影。不管是正式的还是非正式的，我在录像中都没看到有人归还织梭。不过监控录像系统很不稳定。画面总是很模糊，对焦不准。在那些犯罪题材的电视剧中，他们总是说，"把画面弄清楚点！"随即画面就会变得无比清晰。但这在博物馆的老旧系统下是根本不可能的。

我点击播放马龙展厅的监控录像，总算碰到了一件有意思的事。画面受到静电干扰，一直闪烁着雪花。我的眉头皱成了一个疙瘩，我走过去，盯着装在展厅角落里的摄像头。上面有一个小小的红色光点在闪烁。我检查了其他展厅的摄像头，它们也都在闪光，但都是绿色的。

回到马龙展厅，我摸着从摄像头沿墙壁向下延伸的电缆，电缆的尽头隐藏在踢脚板里。然而现在底部的电缆被粗暴地从墙里拉了出来，裸露的电线露在外面，这是安全隐患。我去"洞穴"——我是说保安室——找了些电工胶带把露出来的电线包住。肯定是哪个小孩子干的，大概是在纳特当班的时候发生的，不然就是闹老鼠了。我回到保安室，给西玛发了一封邮件，说明了摄像头电缆的事。

\* \* \*

我下班回到家，罗茜还没睡，她坐在厨房里，一边喝一大杯葡萄酒，一边刷手机。

"妈妈好吗？"

"还不错。"罗茜说，"甚至可以说很好。心情很不错。"她从烟盒里抽出一支香烟。

这一天经历了这么多，听到这个消息，我很开心。我说："你该去睡觉了。早上还要工作。"

"现在已经是早上了。谢天谢地，今天是星期五。"她从手机上抬起头来，"我星期六有个约会。"

"是我认识的人吗？"我一边说着，一边把水烧上，把茶袋扑通一声放进杯子里。

她向我挥舞着手机："不。是从这里认识的。我终于找到了一个靠谱的人。"

罗茜走到后门去抽烟，把手机递给了我："你觉得怎么样？"

那个男人叫伊恩，三十五岁，是个水管工，住在迪兹伯里。他离婚了，没有孩子，是曼联队的球迷。他喜欢看电视剧《浴血黑帮》，爱吃印度菜，常看一级方程式赛车，是彼得·凯的粉丝。他希望可以结交朋友，甚至期盼找到喜欢的人，晚上有时会去逛酒吧，有时会舒舒服服地在家里看电视。从照片看他是个光头，留着胡子，看起来像是在西班牙的海滩上拍摄的。

"我觉得你可以找到更好的人。"我说着把手机还给了罗茜。

她大笑起来："你就看到这么一点信息，怎么可能知道他好不好？也许他是个很出色的人。"

我挤了挤茶包里的水，把它扔进脚踏垃圾桶里。"可能吧。这就是问题所在。除非你见到他，否则不可能知道他是什么样的人。可是到那时，就太晚了。"

"老天，黛茜。"她说，但语气并不刻薄，"就是见个面而已，又不是非要嫁给他。不喜欢，大不了就不要再见，总得冒点险。你也应该试试。"她深深地吸了一口烟，把烟喷向寒冷的夜空，"你上次和男人约会是什么时候？"

"达伦之后就没有了。"我轻声说。

罗茜一边咳嗽一边用拳头捶着胸口："天哪，黛茜，那都是多少年前的事了！你难道不想……你知道的。你难道不想有人陪你吗？"

我想起纳特在保安室把手放在我胳膊上，他的触摸带给我的感觉。除了母亲和罗茜，或者在博物馆和别人短暂的交流，我已经很久没有与其他人深聊过了。

　　"我哪里有时间呢？我夜里得工作，白天还要陪妈妈。"

　　"还有周末啊。"罗茜撚灭了香烟说，"把你的手机给我。"

　　"干什么？"

　　"我也给你下载个交友软件。"

　　"我不需要，罗茜。"

　　她伸出手："给我。"

　　她花了一分钟安装手机软件，又把我的详细信息输了进去。她用批判的眼光看了看我，说："五英尺四英寸？还是五英尺五英寸？"

　　"五英尺四英寸半。"

　　罗茜用手指捏住我的发梢："赤褐色。"

　　"灰褐色。"

　　"爱好呢？"

　　"没有。"

　　"你喜欢读书。"

　　我皱眉："那不是爱好。只是我必须做的一件事。就跟呼吸或吃饭差不多。"

　　罗茜看我的眼神就像我来自另一个星球："那就写健身、社交、看电影、去酒吧。"

　　这些事我都不做。

"往后站站。"她说，把手机的相机镜头对准了我，"嗯。老实说，现在不是你的最佳状态。你的样子有点……严厉。"她改变了主意，不给我拍新照片，而是翻看我的手机相册。她抬头看着我："为什么有这么多鸟的照片？"

我耸耸肩："我喜欢鸟。"

最后，她说："就这张吧。你现在是老了一点，但变化不大。这张照片里的你化了妆，还带着笑容。

"让我看看。"我说，伸出手要手机。照片是很久以前拍的，感觉像是一千年前的一个夏天。拍摄地点是凯瑟菲尔德①的圆形露天竞技场。拍摄人是达伦。正是在那天，他伤透了我的心。

\* \* \*

"笑一笑。"达伦说。

"我在笑呢。"我咬牙切齿地说。

"笑容再大一点。"他一动不动地站了一秒钟，然后把我的手机还给了我。

"为什么用我的手机，怎么不用你的？"我一边说一边把手机放回手提包。

"因为你看起来很漂亮，很快乐。我希望你记住那是什么感觉。"

我轻而易举就能把自己带回那段记忆中，就像我可以想象我最喜

---

① 古罗马城堡遗址。

欢的书中的场景。天空湛蓝无比，没有一丝云彩，太阳直射下来，在那个美好而炎热的七月的一天，凯瑟菲尔德苍白的石头上都洒满了阳光。圆形露天竞技场周围的酒吧里都很热闹，哗啦一声，有人把一盘饮料掉在了地上，一阵欢呼声随即响起。有人喊道："开除这个耍把戏的！"和煦的微风吹拂着，铜管乐队的音乐声随风飘荡。

我觉得达伦说的话怪怪的，不是像母亲口中的"风趣幽默"。我把这个想法告诉了他。他透过眼镜看着我，在他印着"绅士联盟"几个字的 T 恤上擦了擦手。

"对不起。"他这么说。

"有什么对不起的？"

"我一直在想你对我说的话，以及发生的事。"

"你不必为我难过。"我说。我的嘴巴有些发干，于是瞥了酒吧一眼。我不怎么喝酒，但此时，我真希望达伦能问我要不要喝一杯冰啤酒。

"我说对不起不是这个意思。"他说。他盯着自己的肚子，把 T 恤拉出来，好像这是他第一次注意到自己的肚子很大。我对他的肚子倒是早有留意，但我不介意。这才是真实的他。他这个人不算英俊，也不是很幽默，穿着打扮更谈不上时髦。在和别人相处的时候，他总是有些木讷。他很爱看书，还喜欢 DVD、漫画和黑胶唱片。他对这些东西的了解，更甚于他对人的了解。我们去安静的酒吧聊天，主要聊他喜欢的东西。有时我们沉默地坐着。我们偶尔也做爱，只是谈不上激情，不过我并没有太多经历可作对比。有件事他不知道，我在他父母家的卧室里找到了他的笔记本电脑，在里面发现了他喜欢的东西。他在一个隐藏文件夹里存了很多从网上下载的色情照片，里面的女人都穿着超级英雄的服装。对此，我从来没有说过什么，因为关于达伦，我介绍了这么多，但我不是也永远成不了他特别钟爱的神奇女侠、猫女或神力女超人。我们能在零工时合同①工厂里邂逅彼此，已经很幸运了，我们的工作是找到人们在购物网站上购买的商品，并在规定的二十四小时内发货。我们白天满足别人的愿望，晚上舒适地忍受彼此的愿望。

直到这一刻。

"那你为什么道歉，达伦？"

"我不能再这样下去了。"他说，仍然盯着自己的肚子，让这话听起来像极了电影中的台词，可能这真是一句台词，"在你对我说了那些话之后，我真的不能再这样下去了。"

我什么也没说，他终于抬头看着我："你让我感到害怕，黛茜。"

\*　　\*　　\*

"是的，这张照片不错。"我说着把我的手机交给罗茜，让她上传照片。我绝对不会用那个愚蠢的手机软件。但很久以前我就知道，跟我妹妹相处，顺着她，要比和她对着干容易得多。跟罗茜·杜克斯吵架，你永远也赢不了。

---

① 雇员根据雇主需要随叫随到，工作量、工作内容和时间均不固定，并且没有任何保障的雇用协议。

"都弄好了。"过了一会儿她说，"现在你只需要等帅哥给你发信息，要是不耐烦等，你也可以联系他们，但我不建议这么做。你也不愿意显得很绝望。"

她着重强调了"显得"二字，好像她是想说，你并不愿意显得很绝望，即使你真的很绝望。

"谢谢你。"我说，不过我只是出于礼貌才这么说。她喝干了杯里的酒，打了个哈欠。我说："明天有人来收垃圾。你把垃圾桶放到外面了吗？"

"我忘了。"她说，强忍住另一个哈欠，"我现在去。"

"我来吧。你去睡觉。"

她点点头，给了我一个疲倦的微笑。"有首老歌唱的是，情况只会越来越好，对吗？振作起来。给自己找点乐子，黛茜。这是你应得的。"

我把叮当作响的沉重垃圾桶推到院子的尽头，打开大门，沿着后巷泥泞的小路把垃圾桶拖到黑暗的岔路上，在街灯橘黄色的光亮下，其他垃圾桶杂乱无章地堆在一起。如果人们把垃圾桶摆放整齐，那么垃圾清理工干起活来就会容易得多。我很想去把垃圾桶摆好，但我太累了。我打开家里的垃圾桶，想看看为什么这么重。里面装了大约四分之三，基本上都是空酒瓶，还有两三个威士忌酒瓶。

家里只有罗茜喝酒。垃圾清理工每两个星期来收一次垃圾。我估计了一下垃圾桶里的空瓶子数量，又在心里做了个计算。她喝了很多的酒。我从口袋里掏出手机，在谷歌上搜索一瓶酒里含有多少酒精，一个女人一周喝多少单位的酒精是安全的。

我心算了一番，结果很不乐观。我知道罗茜喜欢喝酒，但没想到她喝这么多。而且威士忌还没算在其中。

我心想，不过是又多了一件要担心的事而已。况且罗茜看起来……也还不错。她能掌控自己的生活，对自己很有信心。但是，外表很可能是假象。我拿着手机，又看了看罗茜上传到约会软件上的照片。照片里的我很开心，脸上洋溢着笑容，在明媚的阳光下，我穿着夏日连衣裙，看起来很漂亮。然而，拍完这张照片的五分钟后，我就独自站在那里，眼泪止不住地往下流，铜管乐队在演奏，完全无视我的痛苦。我们所知道的永远没有我们自以为的那么多，尤其是对他人的了解。

我们不可能了解别人的行为和反应。达伦害怕我，所以逃了。他可以这么做。也许罗茜也害怕我，可是她逃不掉，只好用别的办法将我赶走。她的方法就是喝酒。

发生了那样的事，我不应该怪她。

# 第十三章

## 纳特：好爸爸

"很高兴终于见到你了，纳特。我听说过很多关于你的事。"约翰握着我的手，用的力道有点过于大了。他和我一样高，不过块头更大，在紫色的衬衫和黑色的西装下面，他的胸和肩膀都很宽。他的皮肤闪闪发亮，胡须修剪得整整齐齐。他简直就是平民版的伊德瑞斯·艾尔巴①。

老实说，我不太确定我对约翰是否有好感。

"露西娅告诉我你是博物馆的保安。到了晚上，展品会不会像电影里演的那样活过来？哈哈。"

事实上，我觉得我一点也不喜欢约翰。

"我？我是做房地产的。现在大赚了一笔。尤其是像莫斯塞德区这样的地方。不，不要笑。几年前，社会保障性住房都卖给了私人房东，现在他们要把房子甩卖出去，我们就买了下来，把那个地方进行

––––––––––––––––

① 英国演员。

了贵族化改造。"

事实上，我很确定我非常不喜欢约翰。

"是的，停在前门的奥迪车是我的，全电动。我只告诉你，这辆车差不多八万五千块呢，哈哈。"

算了吧，我非常讨厌约翰。

"本斯！伙计！给你带了件礼物。大侦探皮卡丘豪华限量版。他们在极客彻斯特给我留了一个。是的，我和那家店的老板是熟人。他们店里一共才有两个。"

我在认真考虑是否可以绑架约翰，把他绑起来，带到很远的地方，扔进深井里。

本抱着这个毛绒玩具，好像这是他这辈子得到过的最好的东西。露西娅走进客厅，她穿着蓝色紧身连衣裙，戴着耳环。

"你要出去吗？"我说，立刻觉得自己犯傻了。在星期五的晚上，她穿着隆重，做了头发，涂了口红，是不会坐在家里看电视的。又或许她会。或许她和约翰的关系就是这样。

"我明天不值班，周末本又去你那里，我想我得抓住这个机会。"她嫣然一笑。她的举止有些古怪，感觉很陌生。我花了好一会儿才恍然大悟。我意识到，她很幸福。

"我的一个同事在北区新开了一家泰国 - 加勒比融合口味餐厅。"约翰说。这餐厅听起来可不怎么样。"今晚他们开张，只接待受邀的客人。曼彻斯特的一些大人物都会来。"

"爸爸，我们下午茶吃什么呢？"本说着，把皮卡丘放在他去我家常带的小行李箱上。箱子旁边的手提袋里放着他的游戏机和一堆缠在一起的电线。

"也许去德里克多米诺骨牌那儿。"我说，"要不要吃全家桶？你最喜欢了。"

约翰狂笑起来："听起来好像很好吃！纳特，说到大人物，露西娅告诉过我你老爸是'黑色轰炸机'。"他佯装对着本出拳，逗得本哈哈大笑，"我记得我爸看过他的几次比赛。你老爸的右勾拳真厉害。"

"是的，的确是。"我说着站了起来，"准备好了吗，本？"

本拉长了脸："我们必须走路吗，爸爸？有好几英里呢。"

"就算要走，也只有一英里。呼吸新鲜空气对你有好处。"

"可我还拖着箱子和游戏机。"

"我来拿。走吧。"

约翰摆摆手："呀，呀，你们不需要走路。我开车送你们去。给我五分钟。"

"耶！"本喊道。

"不用了！"我说，"我们走路。"

露西娅又看了我一眼，这次她的眼神是在说：你在打一场必败的仗，应该知道什么时候必须放弃。我们还没离婚那会儿，她总是这么对我说："别像你爸爸那样。遭到了重创，千万不要逞强。大可以倒下去，了结此事。"

"好吧。"我叹了口气说。本欢呼起来。约翰咧着嘴笑了，模仿操纵方向盘的样子。他呜呜叫了两声，大笑起来："到野兽上去吧！"

我暗自叹息。给自己的汽车起名字就已经很古怪了，居然还给自己的汽车起个名字叫作"野兽"！

来到前门，露西娅给了本一个吻，告诉他乖乖听爸爸的话，然后本跟着约翰来到停在外面的车旁，把他的箱子和游戏机放进了后备厢。

"他这个人……还不错。"我撒谎道。

露西娅扬了扬眉毛："我知道你说的不是真心话，但这并不重要，重要的是他能逗我开心。"

我看着本爬进车里，约翰启动汽车，发动机发出的声音很轻。"那本呢？"我说，"约翰也能让他开心吗？"

"那其实也无关紧要。他们相处得很好，这样会方便很多。但这不是我和约翰约会的原因。我这么做，是为了我自己，又不是要给本找个新爸爸。他已经有一个爸爸了。他的爸爸很好，他爱他的爸爸。"

我能感觉到眼泪刺痛了我的眼睛，我的嘴唇在颤抖。这既是因为就在我产生怀疑的时候，有人告诉我本真的爱我，也是因为我终于接受了我和露西娅已经不再是一体的事实，她已经完全放下了。

她好像看穿了我的心思，温柔地说："你知道的，你应该试试。找个人约会吧，如果你愿意的话。你是个可爱又英俊的男人，纳特。我们两个只是没有缘分而已，不会永远都这样的。"

"我去哪儿找约会的人呢？"我轻快地说，使劲儿眨眼，把眼泪强压回去。

她耸了耸肩："现在人们都在什么地方找对象呢？网上、酒吧、做业余爱好的时候，还有就是在工作中。"

"嗯。"我怀疑地说。一声尖厉的喇叭声传来。

"你该走了。星期天见。"露西娅说。她在我的脸颊上匆匆吻了一下，我快步走向约翰和本，他们正在那辆时髦的黑色奥迪车里等我。

一路上的享受和我想象的一样豪华，谢天谢地，到我家只需要几分钟，我不用和约翰闲聊。然而，当他打开后备厢，让本去拿东西时，他趁机与我进行了一场男人之间的对话。

"纳特，我只是想说……我并不想取代你在本心里的位置。"

"好吧。"我说，心里想的却是你已经代替了我在露西娅心里的位置。紧接着，我又觉得这么想太蠢，毕竟我们都离婚好几年了。

本出现在乘客座旁边，轻敲窗户。约翰伸出手来，我振作起来，小心翼翼地握着他那有力的手。

"再见，纳特，本斯。"约翰说，我们看着他从路边把车驶走，本羡慕地摇着头。

"那车真酷。"他说，"你也应该买一辆，爸爸。"

"是的，也许我会的。"我说着拿起了他的包。这辆车差不多八万五千块呢。"我们先把东西拿进去，我再打电话给德里克订炸鸡。"

\* \* \*

有一个信念支撑我度过了整个青春期。那就是父亲有一天会老，会变得干瘪，他的肌肉会萎缩，拳头将失去力量，到时候，我将不再怕他，只会可怜他，我也将接受他一直虐待我和母亲的事实。

然而，在我十八岁的时候，他夺走了这个信念，多年来，他的脑袋里一直有个动脉瘤。在他最后一次对家人动手的时候，动脉瘤突然破裂了。

　　他早就该退出拳击比赛了，但到了 20 世纪 90 年代末，他越来越急于留住辉煌的岁月，周六晚上去破烂场地打比赛的次数逐渐增多，他的对手有的是同样疲惫不堪的老拳手，可要是遇到年轻的拳手，就只能挨一顿打，将胜利拱手送给他们。

　　他参加比赛，只能得到很少的钱，不管他拿到多少钱，通常都会拿去买酒，花个精光。他喝得酩酊大醉，自怨自艾，不可避免地把气撒在母亲身上。

　　离开学校后，我一直给一家建筑商打工，但我并未从家里搬出来，尽管有朋友希望和我在齐尔顿合租房子，好好享受曼彻斯特的夜生活和音乐。父亲的行为越来越古怪，我觉得自己不能留下母亲一个人面对他。他们都不再年轻了，但当特里·加维满足于每个周末让别人一拳又一拳痛击他的头部和胃部时，我真的很担心母亲再也承受不了他的暴力。我担心他会杀了她。

　　我的工作报酬很低，整天在露天的院子里扛一袋袋水泥、沙子和木板，风雨无阻。这份工作有一个意想不到的好处。我本来个子很高，却瘦骨嶙峋，但做了这份工作之后，我的身体开始变结实，甚至在周六晚上的争吵中，当我挡在他和母亲之间，就连"黑色轰炸机"有时也会退缩。情势正在转变，我能看到隧道尽头有光在闪烁，在不久的将来，父亲再也不能动手了。

事情的发生比我想象的更突然，结果终于出现了。在那个特别的星期六晚上，他挨了一顿痛殴，左眼青肿，嘴唇肿胀，脸颊上有一块瘀伤。我不记得一开始是怎么吵起来的，想必我永远也想不起来了。他在客厅，站在电视机前面大声咆哮，骂骂咧咧，还不停挥动手臂，母亲缩在椅子上，我与他对峙着，心想这一次我是否会迫不得已与他动手，以其人之道，还治其人之身。

接着，他不再叫喊，也不再说话，他的眼睛向上翻，他那二百五十磅①重的身体随即向后栽倒，撞向了电视机，一切都安静了下来。

验尸官得出了自然死亡的结论。多年来，那颗动脉瘤一直在他的大脑里等待时机，很可能是头部遭受了无数次打击，才会长出动脉瘤。如果他去看医生，做核磁共振扫描，也许就能发现并治疗。如果他是一个更好的拳击手，不让自己的头被击中那么多次，他可能永远不会得这种病。

他的葬礼人山人海，在教堂前面，棺材旁的一个画架上放着一张他巅峰时期的大幅照片，照片里的他低着头，戴着拳击手套。教堂的长椅上坐满了穿着廉价西装的大块头，他们都长着开花耳朵②，鼻梁都是断的。一个接一个的赛事承办者和拳击手拿起麦克风，为"黑色轰炸机"发表简短的悼词。在整个葬礼过程中，母亲一直在哭，葬礼结束后会去工人俱乐部守灵，她对我说："你难道不明白吗，纳撒尼

---

① 1 磅 =0.454 千克。——编者注
② 拳击者多次挨打而致耳朵变形。

尔？从来都不是他的错，是脑损伤的缘故，所以他才对我们不好。我就知道他本意不是这样的。我就知道肯定另有原因。"

我厌恶至极，愤而离开守灵室，以免我喝多了酒不知道会说出什么话。看在母亲的分上，我不会对死者不敬，但父亲对我们所做的一切，绝不可能这样一笔勾销。

两年后，母亲因严重中风去世。在医院里，她看起来是那么消瘦，身上插着管子，输着液。她虚弱地握住我的手腕，低声说："对我，他是个好丈夫。对你，他是个好爸爸。"

这时候，我刚刚认识了露西娅，我知道在不久的将来，我会向她求婚。我很肯定她会答应。如果她答应了，我一定会做个好丈夫，决不会像特里·加维对母亲那样对露西娅。如果我们有孩子，我一定要做个好父亲，决不会像他对我那样对我的孩子。

\* \* \*

"纳撒尼尔！"我去店里拿全家桶的时候，德里克吼道。这次我不必一个人吃，可以和儿子分享了，这才叫"全家桶"。

"店名改了，德里克。"

"欢迎光临麦克巨无霸！"他大笑着说。他指着商店的另一边，那儿有一排米黄色雨衣，"那才是我的核心业务！也许有适合你的尺寸！"

"我只要炸鸡就行了。"

"你知道卖吃的只是我的副业就好。"德里克一边说一边拍着鼻子，夸张地眨着眼睛，"你儿子来你这里过周末了？你有什么打算？"

"我有两张曼城队对阿斯顿维拉队的球票。"我说。

"太棒了！这样可以和男孩子们增进感情！"

"一点儿也不错！"我说着拿起食物，"我也是这么想的。我是说，本想玩电子游戏，但是……"

"嘘！"德里克说，"玩电子游戏什么时候都可以。但足球是美丽的运动！"

就这么定了，我拿着大餐往家走的时候这么想着。就像本亲口对我说的那样，必须给他立规矩。要让他知道什么对他最好。我们要去看足球。我们会一起玩得很开心。我已经下定了决心，不接受任何争辩。

# 第十四章

## 黛茜：又丢东西了

我到达博物馆的时候，纳特已经穿上了外套，正向大门外走："我得去接我儿子，先走了。"

"那交接班呢？"

"没什么可报告的。"他急匆匆地说，"不过他们正在检查马龙展厅里的电缆。"

我发现有人蓄意破坏监控录像线路之后就发了电邮，西玛至少迅速采取了行动。我把外套放在保安室，便匆忙赶了过去，只见两个穿着连体工作服的男人正踩着一个很高的梯子忙活着，监控摄像头上方的天花板上有一个洞。西玛也在那里，她捧着一个平板电脑，手指在上面点着。

"怎么回事？"我说，"是有人故意破坏吗？"

西玛皱着眉头看着我，其中一个男人揉了揉后脖颈，说："看起来确实像是有人把电缆从墙里拉了出来。说实话，一般情况下电缆不会像这样暴露在外面，而是应该在石膏后面。如果是哪个小孩做的，很可能会遭到严重的电击。"

西玛在平板电脑上快速输入着什么，她的指甲敲击着屏幕。

"但这只是冰山一角。"那个男人说，"事实上，拉出电缆的人倒是帮了个大忙。整个系统的线路都已经老化。很多地方都腐蚀了，存在着很大的火灾隐患。现在只能把电缆全部扯出，重新布线。"

"是的。"西玛冷冷地说，"还真是有人帮了我们一个大忙。需要多少钱？"

男人从牙缝里吸了一口气，看了一眼他的同伴："我们会发估价单的。提醒你一下，价格也许不会太便宜。在换新电缆之前，系统只能一直瘫痪。"

"什么？"我说，"监控录像不能用吗？"

西玛看了我一眼，说："那不是什么大问题。周一至周五，我们全天都有保安执勤。周末倒是个问题。只有外聘安保公司偶尔巡逻。"

那个男人扫视了一下马龙展厅："你们这里没有埃尔金石雕，对吧？"

"埃尔金石雕，真有你的。"另一个人终于开口说话了。

"我们不能请一个周末当班的保安吗？"我说。

"也许吧。"西玛喃喃地说，"我们刚刚敲定了新财年的预算。"

那人开始把梯子折叠起来："我们回办公室就发电邮，把报价发给你们。不过，如果需要我们在复活节前开工，就别耽搁太久。"

他们走后，只剩下我和西玛站在马龙展厅。西玛一直在鼓捣她的平板电脑。她抬起头，眯着眼睛好奇地盯着我，我纳闷她在想什么。

"黛茜，你在这儿工作多久了？"

"差不多六个月了。"我说。

她点了点头，在屏幕上敲击着。我说："怎么了？"

她勉强对我笑了笑："没什么。好了，继续工作吧。要考虑的事太多了。"

她走了，高跟鞋嗒嗒嗒踩在光亮的地板上，我则思考着接下来做什么，是下楼，从一层开始巡逻，还是从这里巡起？我不喜欢日常工作被打乱。我犹豫了一会儿，便决定往回走，从头开始。这时，展厅中央摆成正方体的几个长玻璃展柜吸引了我的注意。或者更确切地说，我注意到其中一个展柜里少了一样东西。

那些展柜用来展出第二次世界大战期间曼彻斯特的一些物品，包括配给的书籍和报纸，一些炸弹的碎片，以及曼彻斯特兵团参战的照片。离我最近的展柜展出的是战争对儿童的影响，按照小标签上写的，展柜的正中间应该放着一个儿童防毒面具。那个防毒面具看起来很像米老鼠，头顶的背带上有两个圆圆的黑耳朵，鼻子的部分细长上翘。但是，那个玻璃护目镜总让我觉得有点怪异和恐怖。不太像米老鼠。我不知道在我小的时候哪一个让我做的噩梦更多，是从未发动的毒气袭击，还是挂在我卧室门后的可怕面具。

此时，那个面具不翼而飞了。

\* \* \*

"又来了，黛茜。"西玛叹了口气，"不是有织梭的前车之鉴了吗？

织梭压根儿就没丢。"

"织梭的确丢了，但又回来了。"我说，"如果你愿意，可以跟我到马龙展厅去一趟，防毒面具的位置很明显。"

"也许是有人借走了，要不就是拿去清洁了。还有可能是借给学校搞活动了。"西玛继续敲打着键盘，"黛茜，你当班的时候忙吗？"

"非常忙。"我说，"我要巡逻，要交接班，还要写报告。"她为什么这么问？她是不是在暗示，这些东西不见了，是我没有做好本职工作？"防毒面具不在博物馆，不是应该有借出记录吗？我能再看一下你的文件吗？"

就在这时，迈耶先生从办公室走了出来，对我、西玛和坐在房间另一端办公桌前的多萝茜和蔼地笑了笑。"你们好。"他说，然后微微皱着眉头看着我，"啊，关于那件事……"

"黛茜就走了，迈耶先生。"西玛赶忙说，把那个蓝色的文件夹塞到我手里，"拿走吧，有空的时候去保安室看。我有事和迈耶先生谈。"

他向前探身，视线越过西玛的肩膀，眯眼看着显示器："这是监控录像重新布线的报价吗？老天，太贵了。我认为你关于长期发展的建议……"

"谢谢你，黛茜。"西玛坚定地说，脸上带着僵硬的笑容，"迈耶先生，也许我们可以到你的办公室谈这件事……"

\* \* \*

又有人动了米科诺斯岛的明信片，是谁干的？似乎每天都有人在我上班前看这本书。也可能是有人故意移动明信片，只为了激怒我。也许就是那个从博物馆偷东西的人干的。也许这对他们来说就是个游戏，他们认为我是夏洛克·福尔摩斯，他们则是大反派莫里亚蒂。

我今天心情很不好。在我看来，是两件事搞得我心烦气躁，一是巴士站的那些男孩子，谢天谢地，今天下午，他们只是不停地叫我"疯子黛茜"，并没有悄悄接近我，二是博物馆里的展品不见了。再有就是西玛的行为透着古怪。迈耶先生也很奇怪，好像他们在密谋什么似的。

母亲常说，秘密对你没有任何好处，总有一天，秘密会泄露出去。

这一切都让我觉得……不安。发现垃圾箱里的酒瓶，更是雪上加霜。好像我担心的事还不够多似的，现在我还得担心罗茜喝酒喝得太多，而我仍在气她索要临终关怀宣传手册呢。

发生了这么多事，我无法真正集中精神看书。我觉得自己像是希腊神话中的一个人物……一个凡人，总是被反复无常的神明支配来、支配去。就好像有更强大的力量控制着这里，对于所发生的一切，我什么都做不了，我不喜欢那样。我不喜欢自己什么都控制不了的感觉。如果我不能控制局面，那由谁来呢？谁可以把垃圾箱拿出去再拿回来，谁来在网上购物？谁来交接班，谁来做报告？

然而，在我周围发生了很多事，我却无力控制。

我合上书。我今晚铁定集中不了精神了。等我休息完，我会把书放回西奥多展厅。首先我要把文件夹送回西玛的办公室。没有任何记录显示防毒面具被拿去清洁、出借或作其他用途了。这一点正如我所料，就跟织梭事件一模一样。

我走进西玛的办公室，把文件夹还回去，西玛键盘旁的另一个文件夹吸引了我的注意。夹子上写着"合理化建议"几个字。我想知道这是什么意思。我想这一定是因为我感觉不到自己在做什么。我一般不会看与我无关的东西，那不是我的风格。但当我心血来潮打开文件夹时，我发现里面的内容的确与我有关。

里面只有一张纸，上面有两段打出来的文字，还有一句迈耶先生手写的话：看起来很好，西玛。很遗憾，但我认为我们必须认真考虑。

这两段文字详细介绍了博物馆如何在下一个财政年度节省资金，第一，延长周末巡逻的外聘安保公司的合同期限，将工作日的安保工作也交给他们。第二，"不再使用"目前的全职保安人员，也就是我、纳特和哈罗德。此外，那上面还说，由于黛茜·杜克斯任职不到一年，博物馆无须支付遣散超额员工的费用，因此可以进一步大幅节省成本。

他们想摆脱我。他们想赶走我们所有人。

\* \* \*

我把书还回西奥多展厅，敷衍地巡逻了一圈，几乎什么都没注意到。我停了很长一段时间，盯着米老鼠防毒面具曾经所在的空荡空间。然后，虽然不是我的风格，可我还是返回了保安室，思考了很长时间。

不再使用，文件上这么说。仿佛我们三个是……用来压船的压舱物，或是阻止热气球飞走的沙袋，不再使用我们，让我们随波逐流。至少对我来说，就是这样。我的整个生活都是围绕着我的工作时间来安排的。失去了这份工作，我该怎么办？现在，家里的一切都是平衡的。没有我的工资，家里的各项开支就无以为继。我得找一份新工作，工作时间和通勤时间都得完全一样。这种可能性有多大？我只能从下午五点工作到凌晨一点，有多少工作适合我？

我的脑子一片混乱。我不该看那份备忘录，我真希望我没看到。但是，一旦把妖怪从瓶子里放出来，就很难再把它收回去。我想知道他们什么时候宣布？在财政年度开始之前？当然要先把狂欢之夜活动搞完。他们已经说过，我们到时候要当班。

这件事太严重了，我无法一直将它埋藏在心里，但我知道我不能告诉罗茜，不然她一定会找律师或工会代表，那样一来，所有人都会知道，黛茜·杜克斯爱告密，爱偷看不应该看的东西。

我意识到我只想和纳特聊这件事。我也不知道这是为什么，只知道他会和我一样受影响。

保安室的墙上有一张纸，上面写着每个人的家庭住址和手机号码，以备不时之需。我盯着纸看了很久，不由自主地拿出了手机，已经按了手机十一个号码中的十个数字，才取消了呼叫。

我在想什么？纳特跟我说他要去接他儿子。他们可能有什么活动。他们无疑是要外出参加家庭聚会，就算不是，他也不会愿意在周五的晚上接我的电话，在这个时间，人们一般都欢聚在一起，和家人共度美好的时光。正常的家庭都是如此。

我家则是个例外。

# 第十五章

## 黛茜:"出走"风波

罗茜总是让我在周六早上多睡一会儿,补个觉,她真体贴。但今天早上,我很早就醒了,听着外面的鸟鸣,看着阳光从百叶窗顶部的缝隙里射进来。我能听到罗茜起床去看母亲。我想起来去接替她,却还是强迫自己多躺一会儿。罗茜只会埋怨我,说我在干涉她,她完全有能力一个人给母亲弄几片面包和一杯茶。

我有一种人们所说的末日即将来临的感觉。一种模模糊糊的焦虑感将我包围,很明显,主要原因是我在博物馆里看到的东西,那份合理化建议可能会让我丢掉工作。但我也担心母亲,罗茜扔进垃圾桶里的空酒瓶同样让我心生不安。此外,博物馆里还不断丢东西。纳特似乎能搞定一切,我很不解他是如何做到的。我相信,他就算丢了工作也不会有事的。对他来说,找一份白天的工作,要比我找到薪水相同的夜班工作容易得多。我不知道为什么要担心他。

尽管这些事乱糟糟地搅在一起,我那愚蠢的大脑依然在翻动那天的记忆。那时候我们还小,事情发生在厨房里,罗茜也在。

我把这些思绪抛开。我能听到罗茜在母亲的房间里，她一定是在给母亲穿衣服。她们的声音稍稍大了一点，但我听不清她们在说什么。然后罗茜下楼，我听到水开了。后门打开，空酒瓶被扔进垃圾箱的叮当声传来。啊，罗茜。

　　我正要起床，床头柜上的手机突然哔哔响了两声。我的眉头皱了起来。从没有人给我发信息。看到屏幕上显示的通知，我惊讶得目瞪口呆。我跳下床，找到晨衣穿上，便跑下楼去找罗茜。

　　"你怎么看？"我说。

　　"在这件事上，重要的是你怎么看。"罗茜说。

　　我们都看着餐桌上我的手机屏幕。那个男人叫阿尔菲，住在伯里，但在索尔福德的一个仓库工作。他三十六岁，未婚，喜欢读书和散步，养了一条狗。最重要的是，他每天从四点工作到午夜。

　　"我想，他在很多方面都符合条件。"我有点怀疑地说。

　　罗茜大笑了起来："查看是否符合条件，是应用软件的任务。你应该……我不知道。你应该凭直觉来判断，要跟随你的心。"

　　算法比人心更容易理解。但我又看了看那人的照片。他既不是布拉德·皮特①也不是乔治·克鲁尼②。但是，布拉德·皮特是布拉德·皮特，乔治·克鲁尼是乔治·克鲁尼，除了他们自己，谁又能成为他们？如果要我把阿尔菲和别人相比，我认为或许是本尼迪克特·康伯巴奇③。

---

① 美国演员。
② 美国演员。
③ 英国演员。

只是个子矮一些，身材短粗一些，头发稀疏一些，左眼略有弱视。

罗茜似乎想不到任何正面的评价来形容他，我的意思是，他肯定不是她喜欢的类型，但她给了我一个鼓励的微笑："依我看，你应该安排安排，跟他见上一面。哪怕只是喝杯酒或咖啡，也是好的。我是说，再坏又能坏到哪里去呢？"

我想了想："也许他是一个连环杀手，他会绑架我，把我关在他家地窖的深坑，把我养肥，然后剥下我的皮穿在自己身上？"

她从烟盒里轻轻敲打出一支香烟："我觉得，最坏的情况更可能是你不喜欢他，不会再和他见第二面。"

"今晚是你去约会。"我说着把水壶放在炉子上，罗茜到门口抽烟，"伊恩，三十五岁，喜欢电视剧《浴血黑帮》和一级方程式赛车。你想怎么做？"

"我七点钟到城里的韦瑟斯普恩酒吧和他见面。我要你在七点半给我打电话，以防他是个大混蛋。那样我就可以说家里出了急事，溜之大吉。"

"我们应该设置一个暗号。"我说，"万一他是绑匪呢。你只要说那个暗号，我就知道你有麻烦了。"

"好主意。"罗茜点点头说，不过她翻了翻白眼，"生活他妈的又不是电影，用这句怎么样，黛茜？"

我甚至把这句话记在了一张纸上，然后才意识到她是在开玩笑。"我只是想帮忙。"我低声说。

"对不起。"罗茜说，"我今天下午要去一趟市中心，趁着春季大甩卖买几件衣服。你能照顾妈妈吗？"

我点头："我现在就去她那里，看看她怎么样了。"

五分钟后，我尖声喊着罗茜的名字，跑下楼梯。

＊　＊　＊

"她应该走不远。"罗茜说，我们匆匆走过大街，身穿蓝白相间球衣的人们迎面走来，这些都是早早出发去看曼城队比赛的球迷。

"她到底是怎么出去的？"这是我第十五遍这么问了。我走进母亲的房间，却发现里面没人，床收拾得整整齐齐。罗茜已经给她穿好了衣服，至少她不会穿着睡衣到处乱逛。她那双放在门厅里的小靴子也不见了。我猜她是趁我去洗手间、罗茜抽烟的时候溜出去的。我瞪着罗茜。就算母亲不是在她抽烟时出去的，也是趁她喝酒时走掉的。

我们来到购物街，恐慌开始攫取我。这里太热闹了。人来人往，我们根本不可能找到她。我把罗茜拖进了第一家店，店里是卖面包的，我向他们描述了母亲的样貌，但他们只是摇头。

"等等，黛茜，我们不能像没头的苍蝇一样跑来跑去。"当我走出面包房，走进隔壁的肉铺时，罗茜说，"我们得好好想清楚，得按照逻辑分析。"

"从逻辑上讲，前门应该是锁上的。"我冷冷地说。

"我得去取牛奶啊。"罗茜瞪着我说，"我还真不知道我们家是该死的科迪兹堡集中营呢。"她揉了揉下巴，"她拿了钱包。也许你是对的，也许她只是想买东西。"她咬着嘴唇瞧着我。

"买什么？"我不高兴地说。

"没什么。"罗茜说，"算了。"她停顿了一下，说，"黛茜，她有病。她并不是突然变成了瓷娃娃。她有能力做任何事。你知道，我们不能把她关起来。"

一辆巴士轧轧地驶过，我的手捂住了嘴巴："要是她上了巴士呢？那她可能去任何地方！"

说来也怪，对于我九岁那件事之前的母亲，我并没有多少记忆。我当然记得她，但在我的记忆中，她一点儿也不像一个母亲。只是在那件事之后，她拥抱了我和罗茜的次数才多了起来，对我们的爱意也更浓了。在我看来，她是想告诉我们两个，无论发生什么，她对我们的爱都是一样的。我记得，也是从那个时候起，我对母亲的爱才真正变得……真切了。罗茜比我小，但似乎总是更有激情，即使在我们很小的时候也是如此。她告诉我，在那件事还没发生的时候，母亲一直为了父亲离开我们而伤心欲绝，气愤难平。这就好像那件事将我们凝聚在了一起，把她拉出了深渊。人们总说每一朵乌云都镶着金边，那件事的确可怕，可只要相信，就会认为它还是有好处的。

"罗茜！黛茜！"我眨了眨眼睛，意识到有个女人提着沉重的购物袋站在我们面前，笑容满面。

"你好，杰克逊夫人。"罗茜说，我这才认出她住在隔壁街，以前对母亲很好。不过她看起来比我印象中老了很多。

"我刚才看到你们的妈妈了。"她说，我突然警觉起来。

"什么？她在哪儿？"

罗茜用一只手拉住我的胳膊，让我冷静下来，我这才发现自己的嗓音有点大。

不过杰克逊夫人似乎没注意到。她说："我刚从鱼铺出来，就看到她在街上走，我就想，那不是芭芭拉·杜克斯吗？我一开始没认出是她，她瘦了很多啊！我是说，她向来都不胖，可她现在太瘦了！"

"这都是因为她得了癌症。"我说，我的声音在颤抖。

杰克逊夫人的五官皱成一团："啊，我知道，她告诉我了。我本来还奇怪为什么有段时间没见过她呢。癌症，真是可怕呀。"

"杰克逊太太，"罗茜说，"你知道她去哪儿了吗？"

"是的，亲爱的。"杰克逊太太说，"她叫了辆出租车。就是马场投注店外面的那排出租车。"

罗茜谢了她，我跑向那排出租车，听到杰克逊太太大喊，我扭过头。"很高兴见到你们两个！去他的癌症！"她说完还向我们挥了挥手。

我抓着第一辆车的司机，可我说起话来含混不清，罗茜只好把我推到一边，比较冷静地解释了情况。司机记得有个女人符合我们对母亲的描述，还说她上了停在他前面的车。他用车载无线电接通办公室，问萨迪克把半小时前接载的乘客送去了哪里。当他把结果告诉我们的时候，我瞪了罗茜一眼。

"别这样，黛茜。"她坚决地说，"现在可不是时候。如果你愿意，稍后可以和我吵个痛快，但现在不行。"她又探身向那辆车，"你能送我们过去吗？"

* * *

我们在"天堂"养老院外的长椅上找到了母亲。天堂临终关怀及老年痴呆症专科护理中心屡获殊荣，正是罗茜那本宣传册上的养老院。这家护理中心位于一座低矮的现代建筑里，远离主干道，四周是一个很大的庭院，维护得很好。我觉得这里很漂亮。不过我并没有仔细看。我冲到母亲身边，蹲在她面前，罗茜则叫出租车等我们。

"我们都快担心死了！"我责怪母亲，"你到底在想什么，怎么能这样一个人跑出来？"

她脸色苍白，看起来很不舒服，但她还是设法给了我一个母亲式的眼神："我不是小孩子，黛茜。我也不是囚犯，被关在那该死的房子里。"

"我早跟你说过了。"罗茜出现在我身后。

"今天早上我感觉很好，就想出来晒晒春天的太阳。"母亲说。

"你应该告诉我们一声！我可以带你去公园。"

母亲叹了口气。"我只是想自己出来逛逛。"她抬头看着罗茜，"我决定来看看你们打算送我来的养老院。"

"不是那样的。"罗茜温和地说。

我站起来，恶狠狠地看了妹妹一眼。"是这样的，不是吗？承认吧！你一门心思要摆脱她，这样你就可以……"我本不想这么说，但我还是说了，"这样你就可以坐在家里，喝酒喝到死！"

罗茜的嘴抿成了一条线，她看了母亲一眼。"我觉得现在不是时候，也不是地方，对吧，黛茜？"她平静地说。

"我完全同意。"母亲说，"我可不想让你们两个像泼妇一样在街上大吵大闹。再说了，我现在感觉不如今天早上出发时好。那辆出租车是等着送我们回家吗？等回到家，随你们吵个够，现在吵什么，计程表还在走呢。"

"对不起。"罗茜说，她扶母亲上了出租车，"我没有背着任何人做任何事。"

母亲抬头看了一眼"天堂"养老院。"说句公道话，这个地方还不错。"我帮她系好安全带，她从包里拿出一包特强薄荷糖，往嘴里塞了一颗，还冲着我们两个露出了疲惫的微笑，"不过，我还没有完全准备好，住到咯老马屠宰场场主的院子里去。"

＊　＊　＊

"我他妈的受不了了。"母亲回到床上后，罗茜说。

"别当着我的面说脏话。"我说，"不是我放她出门的。"

罗茜看了我一眼，摇了摇头："她不是狗，黛茜。"

"不是。"我说着把水烧上，"她是我们的妈妈。你想喝茶吗？还是喝酒的时间已经到了？"

罗茜瞪了我一眼，打开冰箱，拿出一瓶只剩下一半的酒："既然你提起了，我看我是要……喝酒喝到死了，对吗？"

"你喝得太多了。"我一边把茶袋挤到杯子里，一边轻声说。

罗茜大笑起来。她的笑声一点也不动听："你他妈的什么都不懂。"

"别再说脏话了。"

罗茜朝我挥了挥酒瓶，在我看来，她这举动相当讨厌："他妈的，他妈的，他妈的，他妈的。"

我的眼泪转瞬间就要决堤。这一切都是"合理化建议"引起的。如果我失业了呢？如果我找不到其他夜班工作呢？光靠罗茜的薪水，我们的生活根本无以为继，要是我找一份白天的工作，谁来照顾母亲？看今天的情况，是不可能留她一个人在家的。

我站在那儿。那件事就是发生在这个房间。那件可怕的事。我试着回忆当时的情形，但我的记忆嘈杂、尖锐、混乱。然而，那件事的的确确发生过。我知道它发生了，虽然我记不太清楚了。

罗茜说："听着，黛茜，也许今天这事只是说明妈妈需要适当的照顾……"

我打断了她。我尽量保持声音低沉，充满威胁。即便我无法完全回忆起当时的情形，我至少可以回忆起坏人做坏事的感觉。我说："不，罗茜，不，她哪儿都不去。"我看着她那双眼皮耷拉着的眼睛，"你知道我能干出什么事来，我说不行。"

罗茜盯着我看了很长时间。她看起来并不害怕，我看不懂她的表情是什么意思。然后她转过身，拿着一瓶葡萄酒和一个杯子，去了她的房间。

\* \* \*

罗茜下午出门买新衣服，她回来后，我们都没提起厨房水槽边的

129

争吵，我想这算是休战吧。她做了头发，化了妆，穿着新裙子，看起来非常漂亮，但我还没准备好告诉她这一点。我只是在她出门的时候对她说，让她好好享受这个夜晚。母亲出门了一趟，有些累，已经睡着了，我给自己泡了杯茶，开始看《毫无意义的名人》。我开了瓶辣味欧洲萝卜罐头汤喝了，吃了点涂了黄油的硬皮面包。

我还在气罗茜索要那本该死的宣传册，就想着不遵守承诺，不在七点半给她打电话。就算她被连环杀手关进地窖，也是活该。但我还是给她打了电话，罗茜已经喝得很开心了，不停地说话，虽然她才在酒吧待了半小时。电话里传来酒吧里的音乐声、说话声和酒杯叮当声，有那么一瞬间，一种陌生的感觉将我包围了，有点像失落，也有点像嫉妒。

"别担心，他很好。"罗茜说，"实际上，不止很好。他到吧台去了。他还觉得今晚是他的幸运之夜。不用给我等门了。就算明天早上我没回来，你也不用奇怪。"

我挂断电话，又看了看手机上来自伯里的三十六岁的阿尔菲的照片。看了《毫无意义的名人》之后，我改变了对他的看法，我现在觉得他是矮胖版的理查德·奥斯曼①，而不是本尼迪克特·康伯巴奇。他依然不像布拉德·皮特，也不像乔治·克鲁尼。罗茜是怎么说的来着？生活他妈的又不是电影，黛茜。我又犹豫了一会儿，趁自己尚未改变主意，回信息告诉他我同意见面。

① 英国电视主持人。

# 第十六章

## 纳特：混乱的周末

那个周末简直就是一场灾难。

从早餐开始说起吧。我去洗了个澡，回来时就看到本把游戏机插在电视上，正玩得起劲儿。我站在门口，看着我的椅子被拉到屏幕前，本坐在上面，身子前倾，手指在控制器的按钮上动来动去。我站了一会儿，看着一个角色在岛上跳跃，试着理解他玩的是个什么样的游戏。我希望弄明白了游戏，就能对自己的儿子多一点了解。本的眼睛一直盯着屏幕，同时，他伸出手去拿果汁，我突然意识到盛果汁的杯子放在什么东西上，而那个东西就搁在椅子的扶手上。

"本，不要！"我叫道，他听到我的声音，吓了一大跳，他的手擦过玻璃杯，把它打翻了。果汁正好溅到他临时拿来当托盘的东西上。那是黛茜的书《天黑之后》。

"见鬼，你怎么就不能小心点！"我一边喊一边拿起书。书页都被橙汁浸透了，变得扭曲膨胀，算是毁了。

"不就是一本书吗？"本说，甚至都不看一眼，"再说，都是你的错，是你吓了我一跳。"

"这不仅仅是一本书！"我恼怒地说，"这是别人的书。更何况每本书都很重要。"

"读书太无聊了。"本说，他的目光又回到了电视上，他的手指一动，屏幕上的模拟化身便爬上了一块长满苔藓的岩石。

我环视了一下客厅。后面放着一个小书柜，房间里这儿也有书，那儿也有书，两三本摞在一起。我总是至少在手边放两本书。我突然想到，我从没见过本看书。

"读书一点不无聊。"我说。

"你这样说，只是因为你没别的事可做。我可没有时间看书。"

我一下子火冒三丈，从他手里抢过控制器。他惊愕地看着我："你干什么？"

"把这个关掉。"我一边说，一边把控制器转过来，想找到关闭按钮。

"我死了！"本惊恐地尖叫。我看着屏幕，发现另外两个角色正在用棍子打他。

"很好。"我说，"去洗个澡，球赛马上就要开始了。"

"我不想去！"本站起来大声说，"我讨厌足球，我也讨厌看书！"他拿起黛茜那本被果汁浸透的书，朝房间另一头扔去，我更是气不打一处来。

"你怎么能讨厌书？"我吼道，"你怎么能讨厌足球？我们现在就去看曼城队的比赛。"

"你之所以喜欢足球，只是因为你要是不喜欢，你爸爸就打你。"本眯起眼睛说，"你也要这样对我吗？"

"我不是我爸爸！"我喊道。

"我也不是你！"本也冲我喊道，他气冲冲地跑向楼梯，还狠狠地踩了一脚地上黛茜的书。

\* \* \*

我们坐巴士去了阿提哈德球场，本一声不吭地坐着，戴着耳机，我想哄他开心，他故意不搭理我，巴士上坐的大都是曼城队的球迷，本也不让车上的气氛感染他。

他非要带着约翰送给他的皮卡丘毛绒玩具，我满心不爽。我不确定我生气是因为玩具是约翰送的，还是因为带毛绒玩具去看球赛不合适。根本就是格格不入。

我们的位置很棒，就在主场那头，我不停地拿软饮料、热狗和零食给本，想让他高兴一点，他接是接了，却板着脸，生硬地说"谢谢"，脸上一点笑意也没有。

十分钟后，本问我比赛还有多长时间，我只得恼火地向他解释，足球比赛半场是四十五分钟，此外还要加上补时和中场休息的时间。他翻了翻白眼，戴上了耳机。

那天早上倒是阳光明媚，但从开球开始，云层就开始在阿提哈德球场上空聚集，到半场时，天色变暗，大雨倾盆而下。除此之外，前四十五分钟双方的表现都非常糟糕，比分为零比零。如果连我都认为这是场糟糕的游戏，那本就更不可能看得起劲儿了。

他把皮卡丘塞进自己的外套里，以防被雨淋湿，就这么气哼哼地盯着球场，直到交换场地，下半场比赛开始的哨声响起。然后，阿斯顿维拉队似乎醒了过来，曼城队却仍像是在梦游，就这样，客队接连进球，我们以零比三落后。这个比分一直保持到终场哨声响起，七分钟沉闷难熬的补时一过，本在整场比赛中第一次开口问能不能回家。

在回来的巴士上，他倒是开口说话了，他告诉我，朋友们给他发了很多信息，提到了他们在《堡垒之夜》中的表现，他还故意让我知道，就因为我强迫他去看球，他错过了比赛。我应该抓住这个机会和他交流，但现在轮到我表现粗暴、沉默不言了，我只是皱着眉，对他嘟嘟囔囔。他没办法，只好戴上了耳机。我几乎能听到露西娅对我说：本还是个孩子，你已经是个大人了。你们中只有一个人可以表现得像个孩子。猜猜哪一个不能像孩子一样，纳特？

等巴士把我们送回市中心时，我重新振作了一点，问他想去哪里吃饭。我说了几个地方，他听了只是耸耸肩，于是我替他做了决定，我们在"比萨快递"找了个卡座。我终于哄他和我说话了，吃完面包球，开始吃美式辣味比萨的时候，我们已经聊得很开心了。

"你暑假想做什么？"我说，"我有两周的假期。我想我们可以出去好好玩玩，也许可以找个地方住上一两天。你想去哪儿？"

"特内里费岛①！"本突然说道。

---

① 位于西班牙。

我苦笑了一下："我不确定能不能去那么远……我觉得还是去布莱克浦<sup></sup>吧？"

"不，我的意思是，我们要去特内里费岛！我、妈妈和约翰，我们三个人去。我忘了告诉你了。我们要住的酒店是从山上开凿出来的，房间的阳台上就有游泳池。"

"听起来很不错。"我说，脸上挂着一丝微笑。我突然没了胃口，把揉成一团的餐巾纸扔到盘子里，不过用的力大了一些。特内里费岛。我已经很多年没度过假了。我做起了白日梦，琢磨着去哪里玩儿。上班的时候，我在西奥多展厅看了古希腊神话，不禁觉得希腊挺好。我想起了那张用作书签的明信片。米科诺斯岛，那儿的田园风光看起来美不胜收。我心不在焉地想，到底是谁一直把明信片从我看的那一页移开。我想知道还有谁在看那本书。

本吃完了比萨，正小口喝着可乐，我叫住了一个经过的服务员，作势拿着一支看不见的笔在手心上写字，这是国际公认的结账手势。我想象着阳光普照，我在希腊小岛的海港酒馆里，招呼服务生过来买单。

"我们回去的时候可以去租一部电影。"我说，服务员用一个小银盘端来了账单，上面还放着两颗圆薄荷糖。

"随便。"本耸了耸肩说。我把手伸进大衣口袋去掏钱包。

可钱包不翼而飞了。

---

① 英国海滨度假胜地。

"爸爸。"本说，在椅子上坐得更低了，我反复摸着每个口袋寻找钱包，可惜一无所获。

"看球赛的时候还有呢。"我拍着裤子说，"我拿钱买了零食。是不是在巴士上掉掉了？不，我当时拿的是口袋里的零钱。"

本又向下滑了一点，显然很难为情。"该死。"我说，侍者啧啧了两声，"那就是说，要么是有人在球场顺手牵羊，要么就是我把钱包丢在车上了。真是太好了。"

"我们这里可以用苹果或安卓手机支付。"服务员说。

"我没有开通手机支付。"我说，本呻吟了一下。我默默地坐在那里，目光在本和服务员身上来回游移。我的信用卡都丢了，取出的现金也丢了，我没法付这顿饭的钱了。我突然意识到我不知道该怎么办。

本叹了口气，从口袋里掏出一张借记卡。我盯着他："你有银行账户？"

"是的。"

"卡里有钱？"

"是的。"

我给他看账单："有这么多钱吗？"

"差不多吧。"

服务员极其蔑视地看了我一眼，把终端机递给我十岁的儿子本，让他插入银行卡和输入密码。"我回家后再还给你。"我说，心里很不是滋味。

我不知道侍者是真的同情地瞥了本一眼，摇了摇头，还是这只是我的想象，但一付清账，我马上就站起来，开始穿外套。本把手伸进口袋，掏出一把零钱。"我猜你没钱付小费吧。"他说着把零钱放在了桌子上。我跟着他离开餐馆，肩膀耷拉着，感觉好像餐厅里的每个人都在看我，觉得我这个人很差劲儿。

*　*　*

"你让他做什么了？"露西娅问。

我们站在我家的客厅里。本和约翰出去把他的箱子和游戏机装进"怪兽"，我还是不愿意说那是约翰的车。现在是周日早上，还不到十点，但露西娅半小时前给我发短信，说要带本去见外婆，问我她能不能早点来接走他。我猜，她是想把约翰介绍给她的家人。我还怀疑，在经过了这个灾难一般的周六之后，可能是本先给露西娅发了短信，求她早点过来接他。

这个糟糕透顶的周六，显然并没有到"比萨快递"事件即结束了。我们回来的时候已经八点多了，天都黑了，但是本求我让他出去玩几个小时。

"去哪里？"

"就和我的朋友们一起，去购物街逛逛。"

"太晚了。"

"一点也不晚！我都十岁了！你年纪多大，就可以在外面待到几点，这是规矩。你不知道吗？"

"是吗？"我将信将疑地说，"也许我应该给你妈妈打电话问问。"

本耸耸肩："随你。她今晚好像会和约翰去看电影。你想妨碍她，那就打好了。如果你觉得这是个好主意的话。"

我想了想："你能在十点以前回来吗？不可以再晚了。带没带手机？"

他答应我，有什么麻烦的话，他会立即打电话或发短信给我。我有点怀疑，但最终我觉得自己做对了，我应该相信他，把他当成大人。但我显然错了。

"真不敢相信你竟然由着他胡来。"露西娅叹了口气，"纳特，你得好好管教孩子。前一分钟你还让他随心所欲，然后就对他大喊大叫，明知他讨厌足球，还是逼他去看球赛，下一分钟你又让他在天黑后在街上闲逛。你不能一时一变，纳特。"

"反正都是我的错。"我郁闷地说，心想，她知道球赛和我大呼小叫的事，可见本今天早上确实给她发了短信。

露西娅翻了翻白眼："现在不是你和本在打比赛，和输赢无关。你是他爸爸。你只要做他的爸爸就好了。不要费尽心思让自己不去成为你爸爸那样的父亲。"

我张开嘴想反驳，但无话可说。一阵沉默袭来，跟着，外面的喇叭声打破了沉寂。

"你取消信用卡了吗？"露西娅说。

"是的。我也在电脑上把钱转回本的账户了。"

她点点头，拿出手机："你知道，那天我说你该找个人约会，可不是在开玩笑。这样或许可以……我不知道。或许这么做，你就能找到焦点了。你现在有点偏离正轨了，纳特。"她把手机递给了我。上面有一张女人的照片，金发，时髦，漂亮。

"她叫莎拉，在医院的行政办公室工作。"

我耸耸肩："那又怎么样？"

"她人很好，而且，她离婚了。"

我又耸耸肩："那又怎么样？"

"你星期三晚上去见见她吧。"露西娅输入了莎拉的手机号码，我感觉到我的手机在口袋里哔哔响了一声，"我已经把细节发给你了。明天早上你来接本时再见。"

随着砰的一声，车门关上，约翰的车呼啸着开走了，但我只顾着盯着露西娅发给我的短信，以及照片里面带微笑的莎拉。

也许这个周末不完全是一场灾难。

# 第十七章

## 纳特：你就是这样的人

我今晚要和莎拉约会，想到这件事，我就忍不住紧张，我这个年纪还这样，实在有些傻气。我们约好了九点在北区的一个酒吧见面，但露西娅要求我必须先回家洗个澡，换件衣服，不能下班直接过去。对了，她还要我刮胡子。

我都不记得上次约会是什么时候了。我认识露西娅时还太年轻，在那之前，我也不是那种爱泡妞的人。今天早上，我想让露西娅取消约会，但她说什么也不肯同意："试试吧，纳特。你永远不知道会发生什么。"

"可是九点似乎太晚了。"我说。

"我要确保你有足够的时间回家，把自己打扮得英俊帅气。莎拉明天休假，你明天也不必来送本上学，我和约翰可以带他，就这一次，别再找借口了。"

我心想，这样看来，约翰会在这里过夜了，但我什么都没说，反正说了也没用。不管露西娅怎么说，我都没有傻到不明白她逼我去约会，就是为了她在和约翰逍遥快活的时候，不必为了我独自闷闷不乐而感到内疚。

这星期工作上有很多令人兴奋的事，让我可以暂时忘了约会。西玛一直在为两周后的通宵狂欢节忙得不可开交。本现在至少愿意跟我说话，也不反对去通宵狂欢活动，虽然表面上他不是那么开心。星期一当地一所学校的学生来参观，一共有六十个人。多萝茜的两个导览员得了流感，这就意味着我得去帮忙，带他们参观。

黛茜说又有展品失窃了。她认为星期五马龙展厅丢失了一个旧的儿童防毒面具，由于监控录像系统损坏，需要重新布线，因此不可能找到是谁干的。但当我星期二去上班时，防毒面具好端端地待在展柜里。那个防毒面具看起来有点恐怖。本来是要做成米老鼠的样子，但比起毒气袭击的威胁，这玩意儿更可能吓得孩子们做噩梦。你以为防毒面具没丢，黛茜就会觉得安慰，可她更不安了。她觉得这里面有阴谋。

我把文物丢失的事和本说了，他觉得很有意思。"就像皮卡丘大侦探一样！"他说，"你应该解开这个谜团，爸爸。"

星期三天气晴朗，空气中却还是弥漫着一丝寒意。不过下个星期就要调到夏令时了，但愿到时候天气能暖和一点。我在午休时间去散步，春天来了，天气也会好起来，想到这里，我的心情也好了一点。我们也该过个美好的夏天，改变一下了，不是吗？我想到了希腊神话那本书里的米科诺斯岛明信片，我多么希望自己能在那样的酒馆里，有人递给我一杯啤酒，杯子上凝结着水珠。不知道那个人会不会是莎拉。休息时间还剩十分钟，所以我去了西奥多展厅，把书拿了下来。但我没看书，只是把明信片拿出来。把这么美丽的景色夹在满是灰尘的旧书里，实在是太可惜了。要是能用图钉把明信片钉在"洞穴"里，会更好看，肯定能让我们都振作起来。

\* \* \*

黛茜差一刻五点来到博物馆，我已经穿上外套，在楼下的接待大厅等她。"我们在这里交接吧。"我说，"我今天得准时下班。"

"要去什么好地方？"黛茜问。

出于我不能完全理解的原因，我回答时竟然含糊其词："回家，再去市区办点事。"

她看起来像是也有话要说，却决定不说了："那么，有什么要报告的？"

马上要和莎拉约会了，我感觉有点头脑发昏，开始胡言乱语起来："在利弗展厅，有个人变成了狼人。他没有攻击任何人，却在地上大便，搞得乌烟瘴气的。接着，三个忍者溜进咖啡厅，想把美人儿苏的葡萄干馅饼都偷走，但多萝茜用雨伞把他们赶走了。啊，哈罗德打电话来说他今晚不来了，他中了彩票，要带着曼彻斯特巨人队的啦啦队员，一起去加勒比海的小岛享受生活了。"

不可思议的是，黛茜的唇边竟然露出了一丝微笑。也许是春天来了，大家的心情都好了起来。她用嘲弄且责备的眼神看着我，说："我想这是表示今天平安无事吧？"

"跟往常一样。"我说,"那个词怎么说来着?依然枯燥无味?"

她点了点头:"很好。"

我注意到黛茜拿着一个大手提袋,里面装着一些看起来像衣服的东西。我朝袋子点了点头,说:"这是什么?"

她眉头紧蹙,我意识到我有些僭越了。她有点犹豫地说:"就是一些衣服。"

黛茜今天有些不同,她竟然会被我那无聊的老爸笑话逗笑,真有点不像她了。我看了她一会儿,说:"你做头发了吗?"

她头发的波浪看起来确实比平时大了一些。她羞涩地摸了摸头发,说:"稍微修饰了一下。"

"很漂亮。"

我们看着对方,都有点尴尬。"好吧!"我说,声音有点过大了。我拉上外套的拉链,向门口走去,"好吧,但愿今晚风平浪静。明天见。"

\* \* \*

按照露西娅的指示,我洗了澡,刮了胡子,找出她根据记忆为我挑选的衣服,她知道我可能已经很多年都没买过新衣服了。她选的是一件白衬衫和一条斜纹棉布裤。"把衬衫塞好。"她吩咐道,"你不再是二十岁的小伙子了。"我擦亮黑色粗革皮鞋,从我最好的深蓝色外套里掏出所有的旧收据和巴士车票。我还在浴室柜深处找到了两瓶须后水:一瓶是雅男仕牌,另一瓶是科诺诗牌。天知道它们在那里多久了，甚至可能是我父亲的。两瓶须后水都是半满，顶部有点硬。须后水有使用期限吗？我小心翼翼地闻了闻，都没有醋味，最后我选择了科诺诗牌，这名字听来有点希腊风格，让我想起了我钉在"洞穴"里的米科诺斯岛明信片。不知道黛茜有没有看到。我洒了很多科诺诗牌须后水，然后又洒了一点，希望能得到好运。做完这些，是时候去赴我的重要约会了。

\* \* \*

到了十点钟的时候，我已经做好充足的准备，只要有机会逃跑，就算需要像被捕兽夹夹住的野兽把自己的腿咬断，我也愿意。莎拉不仅沉闷乏味，简直可以说是糟糕透顶。但当我意识到这一点的时候已经太晚了，谁叫我答应了今晚出来，现在只能硬着头皮挺过。

我真不明白露西娅是怎么想的，为什么非要把我和这个女人凑在一起，除非她是在蓄意报复我。露西娅聪明、风趣、情商高。这些优点，莎拉一样都不具备。事实上，她这个人正好相反。真不敢相信她和露西娅是朋友，哪怕只是工作上的伙伴。

说句公道话，一开始，有那么十来分钟吧，情况还不错。我早到了，站在酒吧外面。这家酒吧是新开的，老板在自己的胡子上打了蜡，裤子上别着吊带，但不知怎么的，这家店装修成了破破烂烂的风格。过了一会儿，莎拉从街角走了过来。她穿着一件米色的长大衣，脚上的高跟鞋弄得她连直线都走不了。她看到了我，向我挥挥手，差点儿摔倒。

"该死的。"她说，她走到我身边，弯下身去揉腿，"我是午饭时从普里马克服装店买的这双鞋，穿起来真受罪。"

"我妈妈常说便宜没好货。"我说完立刻咬住了嘴唇。我到底为什么要说那种话？

但莎拉似乎觉得很有趣，开玩笑地拍了拍我的胳膊。"哦，肌肉很棒。"她说，"真搞不懂露西娅为什么甩掉你。你挺讨人喜欢的。"

"不是的……她是这么说的吗？她说她把我甩了？"

"我们不是来谈她的。进去吗？我想喝点东西。"

我们在酒吧一角找了张桌子，莎拉脱掉了外套，露出里面的红色紧身连衣裙。她身材很好。她发现我在看她，又拍了拍我的胳膊："你这人不错，我算是明白了，我得保持头脑清醒，不要被你迷倒了。露西娅可没告诉过我这一点。"

我站起来要去吧台买酒，但是一个留着胡子、裤子上有背带的人拿着手机过来，帮我们点单。"我要艳星马蒂尼！"莎拉说，在桌子下面踢了踢我的小腿，"这酒是不是有点色情，纳特？"

"给我一品脱宝汀顿苦啤酒。"我说。

背带先生朝桌上的菜单点了点头。"只有精酿啤酒。"他说。这么说没有宝汀顿苦啤酒了。

我眯眼看了看菜单，随便选了一样："那就来一品脱……魔鬼啤酒。就这样吧。"

"不错的选择。"他说完便去取酒水了。

莎拉环视着昏暗的酒吧："这地方不错，是你选的吗？"

我正要说不是，都是露西娅的主意，但我没让自己说出来。毕竟这么说不太好。背带先生为莎拉端来了艳星马蒂尼，以及一杯普罗塞克葡萄酒作为配酒，为我送了一品脱看起来浑浊的液体。我还来不及问他酒桶是不是该换了，他就已经走了。

　　莎拉抿了一口马蒂尼，说："干杯！"然后一口喝光了普罗塞克葡萄酒。我偷偷看了一眼饮品菜单，那上面的价格叫我有点不寒而栗。我喝了一大口啤酒，希望这酒能让我打起精神来，但我差一点儿就把酒吐了出来。真是太难喝了。

　　"你还在奇利波斯饭店预定了十一点半的位子！"莎拉说，"你真会讨女孩子欢心。"

　　"是吗？"我情不自禁地说。莎拉又放声大笑起来。露西娅到底在搞什么鬼？我看到过那家饭店，离博物馆不远。不过我不清楚那家馆子提供什么菜品，只知道那儿看起来很贵。整件事越来越像露西娅在报复我。我真希望知道她为什么这样做。

　　接下来的两个小时让人备感煎熬。至少对我来说是这样。莎拉似乎没有注意到，她一直说个不停。她对任何事都有自己的看法，而她的看法和我的完全相反。或者更确切地说，正如我逐渐意识到的那样，她自己根本就没有真正的想法。我们在酒吧里喝了三轮酒，看到账单，我的眼泪都要掉下来了。

　　我们走到餐厅，她挽住了我的胳膊，表面上是因为她的鞋子硌脚。我觉得我已经……我不知道该怎么说。我感觉她像是在宣布我是她的人。好像我是收容所里的一条老狗。

奇利波斯饭店显然是一家融合口味餐厅。我看到了板子上写的特价菜，这次的价格倒是没有让我流泪，只是我的钱包要空了。我们被带到了一张靠窗的桌子边。

食物刚送上来（莎拉点了墨西哥—泰国风味，我点了印尼—法国风味，外加一瓶白葡萄酒），她又滔滔不绝地说了起来，这次她谈的是英国脱欧。

"嗯，这样才对，是不是？大多数人同意了，而那些耸人听闻的可能，都不会发生，是吗？"

"好吧，如果你把百分之五十二称为大多数，那或许……"

"每个人心里都是同意的，即使他们没有说出来。我的意思是，其实没人在乎鸡肉有没有用氯消毒，或者牛肉是从哪里来的，反正都是外国人搞出来的。"

"确实。"

她伸出手，摸了摸我的手。她用拇指来回摩挲，好像下意识地想看看我的皮肤会不会掉色："你不一样。"

"我出生在乔尔顿。"

"看得出来。我指的是从外国来的人。那些人不会说英语，只是为了福利和房子才坐小船来英国。"

"莎拉，我祖父是乘'疾风'号来的。"

"'疾风'号！这名字和'咖喱'一样怪！"她吱吱叫了两声，随即大笑了起来。她伸出手，突然揉了揉我的头发："真可爱。毛茸茸的。"

我向后退开："你在这么做之前，应该先征得我的同意。"

莎拉看着我，那眼神只能用"风骚"来形容："我们是朋友，对吧，纳特？也许……不只是朋友那么简单？"

这时候，马路对面的人吸引了我的注意。窗户上满是水珠，但我敢发誓……

"纳特，"莎拉尖声说，"你在听我说话吗？"

我盯着窗外看了一会儿，不知道为什么我会看到所看到的一切，但我确定我没看错。马路对面有两个人……

我转向莎拉："你喜欢希腊神话吗？"

她对我耸了耸肩，大笑了几声："不喜欢，但我喜欢喜欢神话的人！你明白我的意思吗？"

我继续往下说，同时留意着马路对面的情况："希腊神话中有一篇讲的是回声女神艾科，她是一位山岳女神，也就是山神……"

"是女妖吧！"她咯咯地笑着说，"我早说过你这人不正经！"

"是山神，不是女妖。就跟……精灵差不多。天后赫拉怀疑她的丈夫宙斯和众山神鬼混，就强逼艾科只能说别人对她说的话的最后几个字。"

我扭过头，不再看窗外，冲着离我最近的侍者用那支隐形笔划过手心。莎拉皱起眉头："我们还没吃布丁呢。"

"你就像艾科一样。"我一边说，一边穿上外套，"你看的是……脸谱网和小报上的垃圾，听的是二手和三手的垃圾，你就是只鹦鹉，只会学你听到的最后一句话。你的脑袋里空空如也，只是学来什么就说什么。"

我看都没看就付了账单，甚至没想过昨天刚从银行寄来的新借记卡在眼下就可以使用。然后，我往桌上扔了两张十块钱钞票："希望这些钱够你搭出租车回家，莎拉。请原谅，我得走了。"

莎拉今晚第一次说不出话来。我看了一眼她惊恐的脸，便出了门，向马路对面走去。

# 第十八章

## 黛茜：你真的想错了

我看到的第一件事，就是有人从西奥多展厅的书里拿走了明信片，用图钉把它钉在了保安室的墙上。

我顿时气不打一处来。

这张米科诺斯岛明信片是罗茜送给我的。干这事的人，不是纳特，就是哈罗德，别人不会去保安室。不管是谁，他们为什么要乱动我的东西？他们为什么总去翻那本书？我是说，书的确不是我的，但只有我看重那本书。当然，还有移动明信片的那个人。我把那包衣服藏在桌子底下，我突然想知道哈罗德或纳特是否也看过那本书。这似乎不太可能。一定是博物馆开门后进来的人干的，也许他们觉得明信片不应该在书里，就交给了纳特，而纳特便把明信片钉在了保安室里。这似乎是最合理的解释。要是我能在纳特下班去做他要做的事之前发现这件事，该有多好。

上班前，我的心情相当好。就连那帮在购物街闲逛的小流氓（母亲会这样叫他们）喊我"疯子黛茜"，甚至又派那个最小的男孩来抢我头上的帽子，我也没有心烦意乱。我通常不戴帽子，但我做了头发（说来也怪，纳特竟然注意到了），这才戴了顶帽子，以免今天刮风下雨，破坏了我的发型。

很显然，是罗茜让我去做头发的，她在今天下午为我预约了购物街的詹妮弗美发沙龙。周末发生了那件事，我有点不放心把母亲一个人留在家里，但她答应哪儿也不去。老实说，对周末的事，我们都有意回避，并没有直接解决。尤其是我说了罗茜酗酒的事儿。不管是酗酒，还是母亲看到临终关怀中心手册出门，我们都故意不去理会，但不管我们做什么，这两件事总是如同巨大的阴影笼罩在边缘，只是我们都假装看不到而已。

衣服是罗茜给我找的，她从我的衣柜里找了一件衬衫，从她的衣柜里找了一条她的短裙，那条黑色短裙是她以前胖一点的时候穿的，比我平时穿的要短很多，不过好在罗茜从市里给我买了一条不透明的黑色紧身裤。做完头发后，我试了一下，穿上漂亮衣服，来一点改变，确实感觉很好。

甚至多亏了罗茜，我才能提前一个小时下班。她找我要了哈罗德的手机号码，给他打了电话，说家里出了点事，我必须在午夜下班，问他能不能早点来接班。我永远也不能撒这样的谎，我一旦说的不是实话，就会满脸通红，眼神闪烁。所以我向来只说事实。但罗茜其实也不算在说谎。家里确实出了点事。事实上不只一点，是有很多问题。

所有这些都说明我的心情相当好。或者说，我之前心情不错，可看到那张明信片，一切都变了。我承认，这有点不合逻辑。是的，明信片是我的，但我把它放在了一本任何人都能看的书里。我想我很幸运，把明信片交给纳特的人并没有把它放进口袋或扔进垃圾桶。

我决定不去动明信片。毕竟，它确实给保安室增添了一道风景。我一边忙着送所有人离开、锁上大门、开始第一次巡逻，一边想着阿尔菲，他住在伯里，但在索尔福德的一个仓库工作，三十六岁，未婚，喜欢读书和散步，还养了一条狗。他也提早下班了，我们将在零点十五分在罗茜挑选的一家酒吧见面，那个地方人不多，但也不算太安静。她问我需不需要她晚睡一会儿，在约会半小时后打电话给我，让我有借口可以离开，但我拒绝了。如果我决定离开，大可以起身就走。

当我注意到斯坦迪什展厅里又少了东西时，我一点也不惊讶。本周早些时候，他们撤下了那些闷闷不乐的流行歌手的黑白照片，布置了一个关于曼彻斯特历代时装变迁的小型展览。人体模型上穿着19世纪工厂工人的服装、第一次世界大战的军队制服等。博物馆闭馆后，展厅里空无一人，我觉得那些人体模型有点吓人。它们的脸色很苍白，没有半点表情，有时你会觉得它们在看着你，尽管它们没有眼睛。

其中一个人体模型穿着20世纪60年代的女装：超短裙和条纹针织套衫。之前它的头上有一顶灯芯绒帽子，尖尖的，顶部宽松下垂。看到那顶帽子，我总是很想唱那首老歌《乔治女孩》，可现在帽子不见了。我觉得这次不用费事去找西玛要翻新清单了，毕竟展览才开了几天。肯定是失窃了。

我去保安室做了记录。三件展品被盗，包括织梭、防毒面具，以及现在的帽子。它们之间有什么联系？我一边思考，一边用铅笔敲我的牙齿。没什么明显的线索，除了它们都是博物馆里的展品。织梭和防毒面具都是在几天后回到了原处。有可能帽子和另外两件展品没有关系，斯坦迪什厅就在大门附近，人体模型也没有摆在玻璃罩子里，说不定是有人把帽子拿走了。特别是像纳特说的，来了很多学生参观。

我决定不把这件事告诉别人。原因之一是西玛的合理化建议。我不想让西玛和迈耶先生有更多的理由认为安保团队办事不力。如果他们认为我们没有做好本职工作，在我们的看管下展品被盗，他们想炒掉我们，就更轻而易举了。

另一个原因是我开始觉得，这件事背后一定是电影里所谓的内鬼在搞鬼。西玛，迈耶先生，珍妮丝，多萝茜，那些导览员，两位苏小姐，甚至哈罗德和纳特。

他们都是嫌疑人。

我值班期间平安无事，哈罗德提前一小时来接班，准时在午夜到达。他上下打量着我的花衬衫和黑裙子，还用鼻子嗅了嗅："家里有事吗？"

我想知道我是不是不该在他来之前换衣服，但我还能怎么办？罗茜说过，如果我穿保安制服去赴约，她一定会在我到家之前把门锁换掉，让我进不了门。我想跟哈罗德坦白，但他已经要我赶快走了。

"祝你玩得愉快……啊不，希望你家里一切都好。"他怒视着我说。

我走在大街上，才意识到我所做的事有多可怕。我竟然要去约会，对方是一个我只见过照片的男人。我头晕眼花，感觉非常恶心。我想着干脆回家算了，偷偷溜进屋里，第二天早上告诉罗茜约会进行得很顺利，但她一定会戳穿我的谎言。我那通红的脸，瞟来瞟去的眼神，就是铁证。

于是，我深吸一口气，强迫自己沿着街道走向罗茜为我们选择的酒吧，那家店三点才打烊，所以她选了那里。酒吧位于北区一个相当繁华的地段，道路两侧还有几家酒吧和餐馆。我在酒吧外面停了下来，不确定是该在街上等他还是进去。最后，我决定在室内等待。天气很冷，几个喝醉了的人摇摇晃晃地闲逛。我的手机显示现在是十二点十分。我早到了五分钟。如果运气好的话，他也会早到。

酒吧很热闹，我推开门，没有人多看我一眼，不过里面倒也没有挤得不舒服。我扫视着人群，但没有看到任何一个人长得像理查德·奥斯曼或本尼迪克特·康伯巴奇。我是不是该给自己点杯酒？点酒会不会显得我不正经？我应该点什么酒？哪种酒会显得好一点？哪种酒看起来不太好？

我还在思考，突然觉得有人从我身边擦过，有东西扎了一下我的屁股，我尖叫一声，猛地转过身，看到了一个比照片或个人资料介绍的更矮更胖的男人，他真人看起来一点也不像电视或电影里的人物。然而，他正是我的约会对象。

"哎！你一定是黛茜！我是阿尔菲！"

他伸出手。我很确定他刚才就是用这只手戳了我的屁股。我小心翼翼地握住他的手，而他的手摸起来像一条软塌塌的死鱼。阿尔菲环视了一下酒吧："我从没来过这里和人见面。我平时很少来这么高档的地方。"

我也看了看四周。这儿高档吗？"你经常出来社交吗？"我说，"你通常都去哪儿？"

阿尔菲耸了耸肩。他里面穿着一件黑色 T 恤，外面罩了一件皱巴巴的格子衬衫，一条难看的牛仔裤从他宽大的臀部垂下来。他的匡威运动鞋没有系鞋带，而且很脏。"有时去酒吧，还有时就在外面碰面。"

我强挤出一丝笑容："喝点东西吗？"

"如果你请客的话！"他说。

我按照罗茜的建议，给自己点了一杯金汤力鸡尾酒，给阿尔菲点了一瓶啤酒。我们在角落里找了张桌子坐下。他似乎在打量我，这让我感觉有点不自在。我试着回忆他的资料，想找点话题。终于，我问："你养的是什么品种的狗？"

"我的狗早死了！"阿尔菲说话总是用感叹的语气，"我真该更新一下个人资料了。"

"啊。"我说，"我很抱歉。你工作怎么样？"

"狗屁不是！"他喝干瓶子里的啤酒，"我们可以换地方了吗？"

我的酒还剩下一大半。我搜肠刮肚，想寻找更多的话题："你喜欢看什么书？"

"连环杀手！"阿尔菲说，他的眼睛闪闪发亮，即使是弱视的左眼，"我呀，最爱看连环杀手了！"他看着我的杯子，"来，干了吧！"

"我们上哪儿去？"我说。

一开始，我还以为他可能是癫痫发作或者中风了，随即我才意识到他是在对我眨眼。"我呀，无所谓。你通常都去哪儿？"

"我不知道……"我的眉头皱了起来，"我们干什么去？"

阿尔菲的肩膀垮了一点，两颊也鼓了起来。"你明知故问！"他又眨了眨眼睛，然后用左手的拇指和食指组成一个圈，把右手的食指放在圈里进进出出。

老天。

我把鸡尾酒放在桌上，尽可能礼貌地笑了笑，便站了起来。阿尔菲咧开嘴一笑："我们走吧！我已经等不及了。"

我迅速转身，惊慌失措地向门口走去。我快步来到外面的街上，才意识到我应该待在酒吧里才对，可现在后悔也来不及了。我应该向酒保求助，让他们报警。但是我已经出来了，街上突然变得很安静，连个人影儿都没有。阿尔菲跟在我后面快步走出了店门。

"妙极了，我喜欢。"他说，"不过我不需要什么花哨的东西。你有地方住吗？我住在索尔福德，我们可以回那儿，但出租车的车钱得由你来付。"

他抓住我的手腕，我挣脱了他，别看他握手时软弱无力，现在力道却很大。他眉头紧锁，脸色阴沉起来："走吧，黛茜。别这么别别扭扭的！这是你的真名吗？黛茜？还是你工作时的名字？"

"你全搞错了！"我说，眼泪刺痛了我的眼睛，"我不是……你以为的那种人！"

"你当然是！"阿尔菲一边说，一边紧紧抓住我的手腕，"你的个人资料上就是这么说的：夜间工作者。"他朝我眨了眨眼，"写得挺委婉。我喜欢。"

我用力把胳膊从他手里抽出来："你误会了，我不是那个意思。我在博物馆工作。"

他想了一会儿，耸了耸肩。"好吧，反正我们来都来了，不是吗？"他朝我冲过来，伸出一只手，想掐我的屁股，"我可是大老远赶过来的。不要浪费这个晚上嘛。"

我受够了。我用力推了他的胸部，他一个没站稳，后退了一点，但他重心比较低，依然站得很直。他恶狠狠地瞪着我："你喜欢野蛮的，是吗？"

"我想她不，但我很喜欢。"一个声音说。我认得这个声音，可就是想不起是谁。跟着，一个高大的身影挡在我和阿尔菲之间，猛地推了一下阿尔菲的胸口。

纳特。

阿尔菲抬头看着纳特："你是谁？给她拉皮条的？"

"滚开。"纳特平静地说。

阿尔菲的视线越过纳特那魁梧的身体瞪着我："贱货。"

纳特朝阿尔菲抡起拳头，阿尔菲赶忙退开："好吧，好吧，我走。贱人，浪费老子的时间。"

他说完，便沿街迈着碎步跑了。纳特转向我："黛茜，你没事吧？"

　　我好像从没见过他穿制服以外的衣服。这会儿，他穿着一件白衬衫和一条斜纹棉布裤，我突然觉得自己失去了所有的支撑。这会儿危险解除，我身体一软，倒在了他身上，头靠在他的胸口。

　　纳特刚一用他那修长的手臂搂住我，我的眼泪便如断线的珠子，不停地掉下来。

# 第十九章

## 纳特：联手解谜吧

我说不清自己为什么把黛茜搂在怀里。我通常不喜欢拥抱。但要是有人像她一样难过……你就必须表现得善良一点，不是吗？我抱着她，不在乎她的眼泪和鼻涕弄脏了我的白衬衫……我觉得这么做是对的。为了她，我该这么做。

为了我自己，我也该这么做。

还没等我采取进一步举动，黛茜就拉开了我们之间的距离，开始用她的衬衫袖子擦鼻涕。我从夹克口袋里掏出一张面巾纸给她。她一边擤鼻子，一边说了声谢谢，随即道起歉来。

"没关系。"我低声说，"你没事吧？那个白痴没有伤到你吧？"

"他让我明白，我想过正常的生活，只能是妄想。"黛茜说。我好奇地看着她。我从没在工作场所以外的地方见过她，从没听过她如此坦诚地谈论自己。不知怎么的，她似乎不一样了。就像保安制服是她每天都穿的盔甲，没有了盔甲，她是那么……脆弱，也不能……隐藏内心了。

她现在可以自控了，便平静地说："我在约会。我妹妹在我手机上装了一个愚蠢的应用软件，我就是在那个软件上认识那个男人的。简直就是一场灾难。"

　　我瞥了一眼马路对面的奇利波斯饭店，黛茜顺着我的目光看了过去。"是的，我在约会，我这个晚上也有点失败。"

　　"啊。"她说，我马上就能看出她误会我了，"你该回去吃饭了。"她停顿了一下，"你在约会？和你妻子吗？"

　　我大笑了起来。"我妻子？不，这次约会是她一手安排的。"黛茜看起来很困惑，以免她觉得我和妻子是20世纪70年代那种怪异的开放式关系，我马上加了一句，"应该说是我的前妻吧。她给我介绍了一个同事。我不确定她知不知道，但那女人绝对是个噩梦。"透过餐厅的窗户，我看到马路对面的莎拉正在穿外套，"事实上，她马上就要出来了。你介不介意我们离开这里？我真的不想再和她说话了。"

　　我们走在从酒吧尽兴而归的人群中。等我们到了我认为不管莎拉去哪个方向都不会撞到我们的安全距离，我说："你想不想……我不知道……你想不想去喝点东西？我们两个都需要冷静一下。有些地方还要过一段时间才打烊。"

　　黛茜想了一会儿："我只想喝杯茶。"

　　"我也是这么想的。"我说，"不知道现在还有什么地方可以喝茶……"我们停了下来，看着对方。我们正好来到了曼彻斯特社会史博物馆的那条路。我说："你不会正好带了钥匙吧？"

　　"当然。"黛茜说。我怎么会猜到她时刻都有准备？

* * *

我们静静地走进博物馆，一个声音在一楼回荡，听起来像是有人在锯木头。"工人这么晚还在修监控录像？"

黛茜秀眉紧蹙："不。声音是从保安室传来的。"

"我先走。"我轻轻地说着，走到黛茜的前面。我推开"洞穴"门，声音的来源立即映入了眼帘。哈罗德四肢伸开躺在椅子上，头向后仰，鼾声如雷，足以把死人吵醒。

黛茜摇了摇头："他太不尽职了。"

"不过，他上班的这个时间太糟糕了，现在我们至少知道他是怎么熬过来的了。"我说着，拔下水壶的插头，把它拿到小水槽里加水。水哗哗地流着，哈罗德仍在打呼噜，我也就不再压低声音说话了。

"你说，我们要不要举报他？"黛茜说。我看着她，不得不说我很震惊。

"不要！他会失去工作的！"

她耸了耸肩，从我们的茶叶罐里掏出两个茶包。我看了她一会儿，说："你喜欢遵守规则，是不是，黛茜？比如……法规什么的。"

她把水倒进杯子里，答道："如果没有规章制度，我们将会是什么样子？"

"你喜欢掌控一切，对吧？你就不能放松一点吗？"

她看了我一眼："我必须这样。纳特，你对我和我的生活一无所知。如果我不能掌控一切……我不知道会发生什么。"看上去她还有话要说，可她还是转过身，把茶包拿出来挤了挤，扔进了垃圾桶。她啧啧两声："你看，哈罗德看都没看就把我的报告扔了。甚至都没扔进可回收垃圾桶里。"

我也说不清为什么，但我想让她继续说话。我想让她给我讲讲她的生活。这就好像她和莎拉是截然不同的两种人，莎拉有很多意见，可对她说的那些事，她甚至都没有思考过，却很乐意滔滔不绝地评论一番。在我看来，黛茜则很……神秘。她不是那种有个头疼脑热都要写在社交媒体上的人，也不是那种不管同事想不想知道，还是会把大小事情都告诉他们的人。前一个小时，我一直在祈祷莎拉能闭嘴，但现在和黛茜在一起，我却觉得自己想更多地了解她。我以前从没想过她也有家庭生活，这很愚蠢，毕竟每个人都有家庭。我只是把她当成在我后面值班的黛茜。黛茜很古怪，但很无趣。她什么都有，把所有的东西都放在该放的地方。但她刚才说话的时候，感觉好像……我不知道。好像她的盔甲上出现了一条裂缝。我看着她把牛奶倒进茶里。那些衣服穿在她身上很合适。她的头发很美，她既是黛茜，却不是黛茜。

黛茜拿着我的茶转过身来，我意识到我肯定是一直盯着她看来着。她也意识到了这一点，双眉拧成了一个疙瘩。

"你是谁？你把黛茜·杜克斯怎么样了？"我严厉地说。

黛茜瞪着我："什么意思？"

"开个玩笑而已。"我说。

"笑话是为了搞笑。"她说，仿佛她的大脑就是一台电脑，正在努力解决一些问题，"可这有什么好笑的？你是什么意思？"

"这……老电影里不都是这么演的吗？有些人的身体被外星人占领了，看起来虽然还是原来的样子，行为却有点怪异。这个时候，主角就会这么说。"

黛茜停顿了良久，四周只有哈罗德的鼾声。

"你觉得我很古怪？"黛茜把茶递给我，终于说道。

"不！"我马上说。现在情况有点失控。一个笑话如果需要你一再解释，也就不算是笑话了。"我只是不习惯看到你这样……"

"什么样？"黛茜怀疑地问。

我这是在给自己挖更深的坑，我得从坑里出来。"没什么。"我的目光落到了米科诺斯岛明信片上，"对了，你看到我钉上去的东西了吗？我觉得这也许能给'洞穴'添一点欢快的气氛。"

黛茜顺着我的手指看过去，然后用半睁半闭的眼睛瞪着我："是你弄的？"

我灿烂地笑了，但她看起来并不怎么高兴。

"明信片是我的。"黛茜说。

"好吧，如果你想要的话，你可以拿去……"

"不，我是说明信片本来就是属于我的，是我妹妹罗茜给我的。她去了米科诺斯。她懒得邮寄，就直接带回家给我。明信片是我的。"

"明信片夹在那本书里。"我说，"我以为只是……"我的声音渐渐低了下去，现在轮到我皱眉了。

"是你在看那本书？"黛茜说。

"是你在看那本书？"与此同时，我也问道。

"西奥多展厅里那本希腊神话？"黛茜说。

"是的。我在午休时间看。我之前还好奇是谁一直在移动卡片呢。"

"是的。"黛茜说着，好奇地盯着我，"我也是。"

我们对视了很长时间，就在这个时候，哈罗德突然说了句"我只是闭了会儿眼睛！"，我们两个都吓了一大跳，然后，他又倒在椅子上，继续大声地打起了呼噜。

"我不知道你喜欢希腊神话。"我说。我意识到自己对黛茜一无所知。我对她，真的一点都不了解。但现在就好像她在小心翼翼地捻出麻线，就像忒修斯在人身牛头怪弥诺陶洛斯的迷宫中边走边做标记一样，一个疯狂的想法突然钻进了我的脑海，我很想沿着小路一路前行，进入黛茜·杜克斯这座神秘的迷宫。她若有所思地看着我，用指甲轻敲着茶杯。

"跟我来。"她说着，把杯子放在了办公桌上，"我有事告诉你。事实上，是两件事。"

\* \* \*

"你确定要这样做？"我压低声音厉声道。我不知道我为什么又在小声说话了。哈罗德还在"洞穴"里睡得正香。黛茜终于在她的一串钥匙中找到了可以打开西玛办公室的那把。

"监控录像坏了。哈罗德也指望不上。"黛茜找到钥匙打开了门。

"我还以为你是个循规蹈矩的人呢！"我说。我的声音依然很低。

"我还以为你喜欢放松一点呢。"她反驳道，"好吧，不管你喜不喜欢，总会有人把你扫地出门的。"

黛茜打开门，把我带到西玛整洁的办公桌前。她在办公桌后面的书柜里找出了一个文件夹。她翻了几页，递给我一张纸。上面的标题是"合理化建议"。我快速浏览了一遍，又慢读了一遍，看完，我望着黛茜。

"他们想炒掉我们？要把你、我和哈罗德扫地出门？"

"我不确定他们是否真想这么做。不过就是一件公事而已。"黛茜轻轻地耸了耸肩，"我只是觉得你应该知道这件事，仅此而已。也许你可以提早去找别的工作。"

"我喜欢这份工作。"我说，我意识到我说的是真心话。我以前从没想过这个问题。我从没想过自己热爱这份工作，但我确实是这样想的。我又读了一遍那张纸："看起来倒还没有板上钉钉。他们可能不会这么做。"

黛茜点点头，从我手里接过那张纸，小心翼翼地把它放回文件夹中，又把文件夹放回书架："所以我说我有两件事告诉你。"

\* \* \*

我们回到了斯坦迪什厅，黛茜小心地把门锁上，还用我之前给她的纸巾擦拭了一下门把手，见她这样，我不禁觉得好笑。她带我来到时装展，站在一个穿着20世纪60年代服装的人体模型前。有那么一刻，我不知道她想和我说什么。模特穿着迷你裙，有那么一瞬间，我突发奇想，觉得她或许是要问我她穿那样的衣服好不好看。黛茜今晚穿了条短裙，老实说，她的腿很美。保安制服一点也不能凸显她的身材。我把这个想法抛到脑后，努力集中注意力。我们就要失业了。啊，是也许就要失业了。她要说的事肯定与此有关。

"看明白了吗？"她说。

我盯着人体模型看了一会儿，摇了摇头。

"帽子呀。不见了。现在又丢了一件展品。"

我叹了口气："黛茜，恕我直言，我现在不再认为这是什么要紧事了。"

但她掰着手指头数了起来："织梭、防毒面具，现在是帽子。这其中有什么联系吗？"

我摇了摇头，仍然在费力理解今晚收到的信息："没有联系。其中两件不见了，可后来又回来了，也许帽子也是这样。这又不是什么《世纪罪行》里的情节，黛茜。"

"不问一声就拿走，即使还回来，也还是不对的。"她说。

"不过，我们不是有更重要的问题吗？"

黛茜抓住我的胳膊，抬头看着我："你还不明白吗？解开这个谜团，我们或许就可以让他们知道……"

"让他们知道不能少了我们！"我说。我觉得我的眼睛都亮了。这可不仅仅是保住工作那么简单。也许是更重要的事。"我们可以当侦探！就跟大侦探皮卡丘一样！"

黛茜的眉头又皱了起来："什么？"

"没什么。"我说，"是我儿子说的。不过，我会帮你的！我们首先该怎么做？"

"我会制订一个计划。"黛茜看了看手表，"看来得打出租车回家了。"

"我也是。"我说，"你住在哪儿？我们走的是同一个方向吗？"

黛茜把她的住址告诉了我，我目瞪口呆地看着她："从我家过一个街角，就是你家！我住在商业家的另一头！我竟然不知道。"

我们决定让哈罗德继续睡大觉。黛茜甚至洗了茶杯，免得给哈罗德增添额外的工作。然后，我们在北区边缘上了一辆出租车，一路上我们都默不作声。车子先在黛茜住的那条街上停了下来。她要下车，我连忙伸出一只手拉住她的胳膊，说："谢谢你让我帮你破解谜团。这对我意义重大。"

她耸了耸肩："我本来打算自己做的，但是……"

"是什么让你改变了主意？"

黛茜下了那辆发动机仍在空转的出租车，拿出钥匙。她探身看着我："因为那本书——希腊神话。"

我还想让她多解释两句，但她砰地关上了车门，用手指敲了两下车顶，司机随即驱车驶离。我转过身来，看到黛茜进了排屋，关上大门，我就这么一直看着她，直到出租车转弯，离开了她住的那条街。

# 第二十章

## 黛茜：随和的他

第二天早上，罗茜自然想知道我约会的每一个细节。我把事情说了一遍，她站在离我不远的院子里，一边喝着早上的咖啡，抽着香烟，一边用怀疑的目光盯着我。今天早上天气晴朗，气温像是升高了一两度，春天好像真的来了。

"他以为你是个妓女？"

"他倒是没有明说。"我一板一眼地说，"但是他表现得很清楚，他只想干一件事。"

"他还让你付了酒钱？真是个浑蛋。黛茜，我很抱歉。"

"不要紧，我已经把手机上的那个软件删掉了。"

罗茜摁灭了香烟，走进屋来，给了我一个拥抱，我尴尬地站在那里，痛苦地忍受着，闻到她嘴里的烟味，我不禁皱起了鼻子。

"你不应该放弃，黛茜，他们并不都是这样的。你只是碰巧遇到一个坏东西而已。"她停顿了一下，"不过你回来时已经很晚了。你真的没事吗？你干什么去了？"

我顿了顿，说："我遇到了纳特。就是我的同事，他也是保安，白天值班。他正好在马路对面吃饭，看到了阿尔菲抓着我的胳膊。他过来把阿尔菲赶跑了。"

罗茜的眼睛开始冒光："他简直就是个穿着闪亮盔甲的骑士！再跟我说说纳特的事。"

我耸耸肩，往母亲的吐司上涂黄油。"没什么好说的。他白天工作，我晚上工作。接待处的珍妮丝总是拿这个开玩笑。她说黛茜应该白天工作，纳特应该晚上工作。我每天只能做工作交接时见到他五分钟。"

罗茜让我坐在桌边："那他长得什么样？个子高吗？帅不帅？结婚了吗？风不风趣？是个好男人吗？"

我又站起来，拿起母亲的烤面包和一杯茶。我把头歪向一边，思考着罗茜的一连串问题："是的，他很高。他离婚了，有一个儿子。他觉得自己很有趣，常开玩笑。不过我不太懂他那些玩笑。他问我，'你是谁，你对黛茜·杜克斯做了什么？'因为他说我下班后像是变了个人。"

罗茜欣喜地笑了。我则沉下脸："这一点也不好笑，甚至都算不上玩笑。"

"那他长得帅吗？人好吗？"罗茜追问，从烟盒里又抽出一支香烟。

"他很好，看到我遇到麻烦，就撇下了他的约会对象。"我耸了耸肩说。

罗茜瞪大了眼睛："哇！他长得好看吗？快说呀，黛茜。你肯定知道他的样貌英不英俊。"

"我想是吧。"我承认，拿着母亲的早餐走出厨房，以免烤面包硬得像纸板，"你不是该准备上班了吗？"

\* \* \*

罗茜下班一进门，又开始揪着我问个不停，甚至都没有问母亲怎么样。还是说一下吧，母亲今天状态不错。她还下了楼，在客厅里看了大半个下午的电视，我正好趁此机会洗洗她的床上用品，给她的房间通通风。我把窗户里面好好地擦了一遍，还用吸尘器打扫了地毯。

"也许你应该早点去上班。"罗茜说，"可以跟纳特多相处一会儿。"

"我没什么事找纳特。"我说。当然还有调查的事。我找纳特帮我，他也接受了，我不确定自己心里有什么感觉，这样的情况很不正常。我和那个讨厌的阿尔菲约会之后，按照母亲的话说，心里乱成了一团麻。而就像罗茜一直逼我承认的那样，纳特真是个很好的人。我现在有点后悔跟他说了那么多，但说出去的话就如泼出去的水。不过，我现在确信他只是出于礼貌，根本无意和我一起解开这个谜。

我正在擦鞋呢，罗茜走了进来，她趁机把我拉到厨房的餐桌旁，用她的椅子挤着我，以免我跑掉。"我一直在想纳特。"她说。

"可我没有。"我说完便低下了头，不让她看见我变得通红的脸和闪烁的眼神，让她发现我在撒谎。我一直在想他，因为他昨晚对我很好。我不习惯那样，不习惯接受来自陌生人的善意。在我看来，我每天都见到他，他其实算不得陌生人，但他确实很陌生。我对他一无所知，他对我也一无所知。昨晚我们对彼此的了解比我们一起工作的六个月都要多。

但该到此为止了。我的事一点意思也没有，而且和别人无关。

甚至可以说是糟糕透顶。

我突然想起了达伦，那天，阳光灿烂，在凯瑟菲尔德，他就这么离开了我。在你告诉我那件事之后，我不能再这样下去了。达伦最后一次回头看了我一眼，然而，那个人突然变成了纳特，而不是达伦，跟着又变成了可怕的阿尔菲。一堆模糊的脸在那个愚蠢的约会软件上若隐若现，他们全都离我而去，在得知我做过什么后，他们都对我产生了恨意。

"下周末就是通宵狂欢活动了吧？"罗茜说，她打断了我的白日梦，不，应该说是白天的噩梦才对。我眨了眨眼，看着她，又开始擦鞋。"纳特去吗？"

"应该去吧。他好像说过要带儿子去。"

罗茜揉了揉下巴。"嗯。情况不太理想。"她说着突然微微一笑，脸上放出了光彩，"你得对那孩子好一点，向纳特展示你温柔的一面。"

我把擦好的一只鞋放在摊开在餐桌的报纸上，拿起了另一只。我挤好鞋油，说："什么意思？什么不太理想？"

罗茜显然很肯定我不会逃跑，便走到冰箱前给自己倒了一杯白葡萄酒："多了解了解他呀。"

我想了想："我还以为你不喜欢纳特呢。他离婚了，还有个儿子。

你好像说过……"

"我知道我说过什么。但不是每个男人都像爸爸一样。很明显，纳特和他儿子的关系仍然很亲密。"

我涂开鞋油，擦亮鞋子："罗茜，你说爸爸为什么离开我们？"我说。

她凝视着酒杯："我想他其实不是离开了我们，他是离开妈妈了。至于我们两个……电影里是怎么说的来着？我们只是附带伤害。"

"可是为什么我们从那以后就再也没见过他呢？他为什么不想让我们进入他的生活？"

"这你得问他。"她说着喝了一大口酒，"黛茜，他走了，而且再没回来。连个电话也没打过。他和另一个女人在一起了。他从没给我们寄过生日卡，也没给过我们抚养费。"

"可是你就不想知道吗？你从没想过去找他吗？"

罗茜起身，又倒了一杯酒。"不想。这么多年，我从未想过。我怕自己见了那个浑蛋，会忍不住揍他一顿，谁叫他干出这么混账的事。"她说完看着我，死死地盯着我的眼睛，"就是因为他，你才会做出那件事。"

我又低下头，使劲儿擦鞋，虽然我已经能在鞋上看到自己的影子了。我最不希望的，就是谈论那件事了。对那件事，我避之唯恐不及。罗茜的美好心情就像一朵云一样消散了，好好的白云就这么变成了暴雨云。我壮起胆子瞥了她一眼，只见她正在抚摸她套头衫下面的前臂。

"去上班吧，黛茜。"她说，声音沉闷而平淡。

＊　＊　＊

那些小混混又在巴士站对我大呼小叫。我觉得我是活该。我能感觉到那只黑狗在周围走来走去，嗅着垃圾箱，悄悄地在停着的汽车之间溜达，它那墨黑色的虚无身体影响着我。这就是黑狗扑向你时的感觉，虚无，一片空白。没有任何具体的东西，你的能量和你的思想都坠入了虚空之中，那片虚无在你的头脑中不断扩张。我就这么站在那里，盯着前方，试图不去听他们叫我"疯子黛茜"。他们又派了那个最小的男孩过来，这次，他在我面前跳舞，跳了一会儿，他转过身，回头看着我。我们的目光相遇。他看起来有点害怕，我不知道他怕的是我，是"疯子黛茜"，还是那些大喊大叫、吹着口哨儿怂恿他的大男孩。他的眼睛里还闪烁着别的东西。也许是羞愧。他飞快地脱掉了收脚裤，向我露出他瘦削的屁股，随即一溜烟跑开，喝倒彩的声音顿时响彻四周，幸好巴士及时到来，我才没有转身，火冒三丈。我坐在巴士上，盯着那些男孩，我的目光再次与那个小男孩相遇。我恨他。我恨他们所有人，但最恨的是他。因为他知道他不该那么做，却还是做了。

我来到博物馆，看到纳特很兴奋。他甚至没等我进"洞穴"——我是说保安室——脱下外套，就领我去了斯坦迪什厅的时装展。

帽子又回到了人体模型身上。

"你看到是谁干的了吗？"我问。

纳特摇了摇头："我一个小时前才注意到。"

"可你来上班时帽子还不在吧？是什么时候放回去的？"

纳特的五官皱成一团："说实话，我不能肯定。我到的时候应该检查一下的。但我忘记了。"

我重重地叹了一口气。也许让纳特参与进来是个错误的决定。他做不到尽职调查，就只会碍事，对我没有帮助。纳特咯咯地笑了："我来的时候，哈罗德可笑极了。我问他夜班有什么情况，他说：'没事，很好，像往常一样无聊。'他一点都不知道我们来过。"

我点了点头，向保安室走去。纳特跟在我后面，一脸担心："黛茜，你没事吧？"

"很好。"我说。那只黑狗跟着我上了巴士，一路上就趴在我旁边，我现在还能感觉到它就躲在展品和展柜后面。

纳特看起来有点沮丧。"对了。"他面露喜色。似乎什么也不能使他消沉太久。真希望我也能这么轻松。"我列了个清单！"

他从桌子上拿起一张纸。他在上面写着所有在博物馆工作的人的名字。"嫌疑人。"他低声说道。

我扫了一眼名字："我们两个不在上面。"

纳特皱眉："我们是侦探，不是吗？我知道不是我干的，你也知道不是你干的。"

"可是我不知道是不是你干的，反之亦然。"我说着，把清单还给他，"你为什么会认为是在这儿工作的人？"我没有告诉他我也开始怀疑有内奸。我很想知道他是怎么想的。

"是这样的。"纳特神神秘秘地说,"看到哈罗德睡觉,我有了一个想法。如果他每天晚上都睡,有人进来拿走东西再放回去,可以说是易如反掌。我们都看到他睡得有多沉。从理论上讲,博物馆里的任何人都能拿到钥匙。"

每次黑狗扑向我,都很难甩掉它,我只能顺其自然。在某种程度上,我并不想摆脱它。我觉得我活该。但我情不自禁地发现纳特突如其来的热情很有感染力。他待人如此随和。我见过他跟参观博物馆的人说话,就像老朋友一样,而实际上他们是完完全全的陌生人。我很羡慕他拥有那种能力。我一直都不擅长与人相处。我从他手里拿回单子,又仔细看了一遍。

"监控录像坏了,我们也不能提醒哈罗德,他要是不睡觉了,要进来的人就不会来了。如果那个人是趁夜进来的话。"

"跟我想的一样!"纳特说,他的眼睛闪闪发光,"所以,我认为我们应该在暗中监视。"

# 第二十一章

## 纳特：捕盗计划

我让本发誓保守秘密，还告诉他我当上了大侦探，正在调查"展品丢失之谜"，他高兴极了。我说这是暗中调查，让他保证一定不说出去，他睁大了眼睛。

"哇！"他说，舀起的一勺维他麦麦片就停在碗和他的嘴之间，"真是太棒了！"

本的反应比露西娅好多了。昨天是她和约翰送本去的学校，我没见到她。她昨天上班时听莎拉告了状，今天早上气得要命。"你竟然扔下她不管？"她不可置信地又说了一遍，这会儿，她走进厨房，已经穿好了上班的衣服。我刚来的时候，她已经滔滔不绝地埋怨了我一番，但上楼换衣服的当儿，她心里的怒火显然更旺了。

"我告诉过你了，不是那样的。"我说，意识到事实确实就是这样。

"你给了她二十镑，让她一个人去坐出租车？然后你就出去，在街上随便找了个女人搭讪？你以为你是谁？"

这么说，莎拉看到我和黛茜在一起了。"不是随便找的女人。她是我的同事，碰巧遇见的，她碰到了一点麻烦。"

露西娅不肯听："你知道你弄得我多尴尬吗？亏我还和她说你人很好。"

我能感觉到心里的愤怒和怨恨越来越强烈，我大喊一声，发泄了出来："但是你没有告诉我她是个草包，不光偏执，还是个话痨！老天，露西娅，我是说……你到底是怎么想的，竟然想把我和她撮合在一起？"

"别对我大呼小叫！"露西娅喊道。突然之间，我们好像又回到了离婚之前的日子。本坐在餐桌边吃维他麦，无动于衷地看着我们互相辱骂，就像观看网球比赛的观众一样。

我看了他一眼，低声说："本在呢，别这样。"

"本很清楚你是个浑蛋！"露西娅大叫，"明知道他不愿意，还逼他去看球赛，让他在街上闲逛，天晓得他几点才回家！"

"又来了！老天！"

"我去上班了！"露西娅大声说。她停下来吻了一下本的头，然后用凌厉的目光狠狠地瞪了我一眼，便砰的一声关上门走了。

"很抱歉让你听到这些。"我说。

本耸了耸肩："习惯了。你们总是朝对方大喊大叫。"

对我们一家人在一起生活的时光，他就只记得这些吗？我感觉心里出现了一个深洞，我们让他失望了，我和露西娅都让彼此失望了，我不禁羞愧难当。即使是现在，我也没能做对任何事。即使是现在，我也只是个无趣的老爸，不和儿子住在一起，还干着一份无聊的工作……

本仿佛读懂了我的心思，他给我找了个台阶，我这才没有坠入心里那个不断扩大的深渊。他突然给了我一个最灿烂、最令人心碎的微笑。"爸爸，你现在是侦探了，你太了不起了。"

\* \* \*

"你期待下周五的通宵派对吗？"在去学校的路上，我问本，"肯定很好玩！"

"能见到你的搭档吗？"本说，"我不会说破案的事，我保证。"他轻轻拍了拍自己的鼻翼，我告诉他我正在和一个同事一起破解谜团时，也做过这样的手势。

"你做得很好。"我说，夸张地对他眨了眨眼睛，"但请记住，这是最高机密。我们不知道幕后黑手是谁，也不想对任何人泄露天机。"

在学校门口，本用力地向我眨了眨眼睛，我告诉他周一见。昨天并不是他去我家过周末的日子，不过经历了上周六看球赛的灾难之后，我很盼着能和他一起待两天。露西娅和约翰这周末要带他去布莱克浦游乐海滩。好呀！

等到周一我告诉他我在博物馆暗中监视了一整夜，就一定能扳回一局。我一直瞒着他这件事，这让我很自豪。黛茜说要调查谜团的时候，一切就都豁然开朗了。没错，约翰也许拥有豪车、时髦的衣服和英俊的外表，但他永远也取代不了我在我儿子心目中的地位。如果我是个真真正正的大侦探，他就更不能了。这一切都得感谢黛茜。我的意思是，倒不是说有人真的关心那些小物件失踪之后再次出现，但如果我可以把这个游戏玩上一段时间，或许就可以让……我儿子重新爱上我这个父亲。

* * *

我得承认，我很想给整个谜团再添一把火，拿走几件展品，过几天后就还回来。这样一来，调查就能继续下去。但事实证明，我不需要这么做。下午晚些时候，我正在巡逻，忽然注意到利弗展厅的一个展柜有点不对劲儿。不是放置织梭的那个，而是离门更近的一个展柜。那儿有个小标签，从上面的介绍可知柜子里应该有一个橙色和棕色相间的茶壶，是 20 世纪 70 年代流行的设计。又少了一件东西，我情不自禁地兴奋起来，盼着在黛茜五点来上班时告诉她。

"我用手机拍了一些犯罪现场的照片。"我边说边给她看。她赞许地点头，见她笑了，我也微微一笑。做一些正确的事情，为生活带来改变，感觉真不错。

"这中间有什么联系吗？"黛茜皱着眉头说，"一个织梭，一个防毒面具，一顶帽子，还有一把茶壶。"她揉了揉下巴，我也揉了揉下巴。我们在"洞穴"小小的空间里走来走去，苦苦思索着。

"这些东西的历史……都不超过七十五年吧？"我说，"你认为与这有关吗？"

"可能有关。"黛茜说，"除非我们星期一来的时候发现重爪龙不见了。"她迟疑地笑了笑。

"黛茜·杜克斯，你在开玩笑吗？"

她满怀希望地看着我："我这个玩笑好笑吗？我真不太习惯开玩笑。"

"棒极了！"我宣布。

她脸色一红，露出了笑容。她说："这些东西通常会丢失两三天。这就是说，如果茶壶还没回来的话，我们应该在星期一或星期二暗中监视？"

"太好了！"我说。本一定会喜欢的。

＊　＊　＊

父亲葬礼那天阳光明媚。葬礼不该是晴天，应该下雨才对吗？乌云在天空中翻滚，雷声隆隆，唯其如此，才能配合每个人的心情。也许那天的天气折射出了我的心境。特里·加维死了。"黑色轰炸机"打出了他的最后一记右勾拳。太阳终于出来了。

那些长着开花耳朵的拳击手到坟前致敬，两位阿姨搀扶母亲上了一辆车，他们都要去工人俱乐部喝廉价的啤酒，吃卷了边的三明治，我则选择一个人留在墓地，盯着他的棺材被放入深坑，等着掘墓人把土填回去。

我猜母亲准以为我是在向他致以最后的敬意，是在与特里·加维和解。但事实并非如此。我是在与自己和解，或者说，我至少是在尝试这么做。从小到大，我都是一个囚徒，受制于父亲的情绪和脾气。即使后来我可以离开了，为了保护母亲，我还是留了下来，这就像是我把自己关进了大牢，而这个囚室其实是用他的情绪建成的。他的心情好坏不仅影响他自己，他愤怒也好，高兴也罢，整个家里的气氛都会随之变化，就算在他心情不错的时候，对于那些为他的情绪海啸所困的人来说，同样令人疲惫。

但现在，我第一次感到了自由。可以自由地试着不去担心母亲，自由地试着打造自己的生活，摆脱家中那个有毒的空间。当然，那时我从未意识到，在父母都去世很久之后，我还会回到那所房子里，独居其中，每隔一个星期，我十岁的儿子才会来过周末，住上几天，而我越来越怀疑他并不情愿来。

我站在特里·加维的新坟墓前向他发了一个誓。我向他和所有能听到的存在保证，如果我当了爸爸，我绝对不会成为他那样的父亲。我会无条件地爱、珍惜和支持我的孩子。

这个周六本不来我家，我不由自主地又来到了特里·加维的墓前。其实不完全是这样。严格地说，我来这儿，是为了母亲，清理掉三月的风吹落在墓地上的树叶和树枝，放上一束新鲜的水仙花。但他们是葬在一起的，来看一个，就必然会看到另一个。就像他们活着的时候一样。在我的脑海里，我主要是和母亲聊天，告诉她我这两个星期过得怎样，本在学校表现如何，以及露西娅的近况。就像她真的在听一样，我对她只是报喜不报忧。对那次灾难一般的约会，她不需要知道太多，我还顺便提到了露西娅正在和一个叫约翰的人约会，又说我觉得他们长久不了，我说了本上周末来的时候，我们闹得有些不愉快，但我讲的时候避重就轻。在我清理雨水和摆放水仙花的时候，我忽然有点惊讶地发现，我正在给母亲讲——也许我只是在对着墓碑思考——黛茜·杜克斯的事。

"她穿了短裙和衬衫，看起来很漂亮。"我不由自主地大声说。

如果我能想象出母亲的灵魂在静静地倾听我的想法，那么我也能感觉到她身后特里·加维的影子，他身上有股土腥味，和乌鸦一样黑，就如同一个邪恶的存在，他生前和死后都纠缠着她不放。

"白痴。"我大声对自己说。母亲去世了，父亲也不在了。我现在自由了。那我为什么依然感觉特里·加维在控制着我呢？

\*    \*    \*

"茶壶回来了吗？"星期一晚上，黛茜上班时说。

"没有。"我说。

"好吧，如果明天还没回来的话……你愿意去盯梢吗？"

我不得不承认，在看了周六晚上的《每日比赛》和周日晚上的《呼叫助产士》之后，我开始对整件事产生了怀疑。我很想远离黛茜，远离她身上散发出的那种我认为连她自己都不知道的安静而富于感染力的热情。我开始思考我到底在想什么，我快四十岁了，早就是个成年人了，竟然计划半夜三更满博物馆转悠，寻找一个也许根本不存在的大盗。这件事有点荒唐，露西娅肯定会认为此事荒谬至极，所以我才谎称这是秘密行动，要本发誓保密。我可以想象，要是露西娅发现了，会露出怎样蔑视的表情。不过话说回来，也许黛茜是对的。我们随时都可能丢掉工作，可如果抓住了小偷，对我们是有好处的。

"我想我们应该去监视。"我告诉黛茜。

"那就明天晚上？"

"说定了。"我说。黛茜看了我一眼，她的眼神有些令人费解，我看不明白她是什么意思。

                        *   *   *

星期二早上，在步行送本上学的路上，我告诉他，今晚我就要行动了，本的反应打消了我对这件事的所有疑虑。

他本想告诉我他在布莱克浦玩得有多开心，现在听我这么说，他瞪大了眼睛，把那件事全忘了。"你真要这么做？和你的搭档一块儿，你们打算通宵不睡，去抓那个大坏蛋？"

"也许我们能抓到他。"我对本眨眨眼说，我们在学校门口停了下来。我还没告诉他黛茜的名字。我其实也不知道为什么这么做，只是觉得称她为我的搭档，能让这事显得更神秘一点，更像是大侦探在破案。"也许他太狡猾，我们搞不定，让他逃了。但我们会抓到他的，等着瞧吧。只要有顽强的毅力，再加上细致的侦查，胜利就是我们的。"

我刚说完，本就给了我一个拥抱，我大吃一惊。他从没那样做过。十岁的他很酷，绝对不会在公共场合拥抱父亲。他自己也意识到了这一点，便马上抽身离开。但事情已经发生了。他真的拥抱了我。我是一个好父亲，也得到了回报。你就承认吧，特里·加维。我跟你不一样。

我一点也不像你。

# 第二十二章

## 黛茜：坦白

"你要做什么？"罗茜说。

"我会在你去上班之前回来。"我说。我看着她往两杯咖啡里倒了开水，又放了糖。罗茜不喝加糖的咖啡。我也不喝。

她发现我盯着她看，便平静地说："是给伊恩的。"

"伊恩，三十五岁，喜欢印度菜和彼得·凯？"

"事实证明，他还喜欢口交。一弄就是几个小时。"

罗茜害羞地对我笑了笑，但我大为震惊。我感到自己为她脸红了。"罗茜！他在这儿？在你的床上？要是妈妈听见了怎么办？"

"她早就听到了。她半夜来敲我的门，叫我闭嘴。"罗茜给了我一个略带恼怒但不是不友善的眼神，"啊，黛茜。我们都是成年人了。记得吗，妈妈有两个孩子呢？她又不是修女。"

我想起罗茜几天前说到了艾伦叔叔，他根本不是我们的叔叔。我真的不喜欢想到母亲做……做那种事。她现在躺在床上，被癌症折磨得不成人形，不知怎的，我总觉得这么想怪怪的。

"你呢？"罗茜边说边把牛奶倒进杯里。

"我有了。"我说着，举起了我的杯子。

"我说的不是咖啡，我的意思是纳特。"

"我不明白你的意思。"我说。有那么一刻，我想象纳特躺在我的床上，我给他送去一杯咖啡。在此之前，也许在他已经……罗茜是怎么说的来着？弄了几个小时。这么想真是太傻了。我甩开了想象的画面。我甚至都不知道纳特早上喝不喝咖啡。"我和纳特只是同事。"

"是呀，这个同事大晚上不睡觉，愿意和你一起在博物馆里跑来跑去，就跟动画片《史酷比》一样。"罗茜说着，露出了一个会意的微笑，她端起咖啡，"我最好现在给伊恩送去。他要去上班了。如果他够幸运的话，也许我们还可以来一次速战速决。"

我刚才下班回家时，见罗茜还没起床，就觉得很奇怪。我以为她只是累了。事实证明她的确是累了，不过不只是因为工作。她为什么老提起纳特？我决定去洗个澡，做好准备等母亲起床。如果罗茜和伊恩半夜把她吵醒了，她的心情肯定不会很好。

来到楼梯平台的顶端，我停在罗茜紧闭的门外。我能听到弹簧床吱吱作响，我妹妹哼哼唧唧，那声音就像下雨了，猫叫着要进屋一样。自从达伦离开，我已经很久没有享受过鱼水之欢了。我觉得私处隐隐作痛，就像饿的时候肚子咕咕叫一样。洗澡时，我又想起了纳特，想到他挡在我和阿尔菲之间。他的皮肤，高大的身材，明亮的眼睛，一一浮现在我的眼前。我调到冷水挡，在下面站了很长时间。

伊恩看起来不错。他穿着牛仔裤，T恤的前襟上写着"大蒜面包"。在厨房里，他和我握手打招呼，然后和我道了别，便与罗茜一起去上班了。我又喝了一杯咖啡，便听到母亲起床，拖着脚步去卫生间，我的一天又开始了。

＊　＊　＊

我计划下班后离开博物馆，和纳特在街角碰面。我们要等上一个小时，等哈罗德在保安室睡着了，就悄悄溜进博物馆，然后……至于之后怎么样，我也想不出来。对我来说，那之后的情形太模糊了。我做什么事，都喜欢做好计划。纳特五点准时下班，走的时候还向我眨眨眼，我一边等其他参观者离开，一边琢磨着今晚该怎么办。在霍里奇之翼展厅，有个小男孩盯着恐龙骨架。我环顾四周，看到了两个我觉得应该是他父母的人，他们正在不远处的一个玻璃展柜边上。也许我们可以躲在利弗展厅，茶壶就是在那里不见的。我们还可以待在保安室，但要是吵醒了哈罗德，就有点尴尬了。

"这只恐龙叫什么？"

就在我胡思乱想的时候，那个小男孩抬头问我。

"口交。"我心不在焉地说。

"这名字真有趣。"

我忽然意识到自己说了什么，不由得惊恐万分。"是重爪龙！"我急忙说道，"重爪龙！"

"这名字也很有趣。"男孩说。天啊，他父母走过来了，"我想我更喜欢第一个。"

"我们叫他巴里！"我大声说。我对他的父母笑了笑："那只恐龙叫巴里。我们就是这么叫它的。"

"叫口袋也可以呀。"那孩子说，"代表另一个名字。"

"另一个名字？"他母亲说道。

"请注意时间！"我说，"还有十五分钟就要闭馆了！最好现在就下楼！"

\* \* \*

凌晨一点，纳特如约在博物馆的街角等我。他穿着保安制服。"我觉得还是穿这身衣服好，省得有人问一些尴尬的问题。"他说。

我们站了一会儿，就好像我们两个都不敢相信我们真要这么做了。在白天寒冷的光线下——应该说在凌晨寒冷的黑暗中更准确些——这么做确实有点傻。但我们来都来了。要是这有助于保住我们的工作，那也值得。

"我想我们应该等一个小时，等哈罗德睡着了再说。"纳特说。

"那这段时间我们干什么？"我说，白昼的萌芽还没有穿透黑夜，此时天寒地冻，看起来要下霜。

纳特假装思考了一会儿，说："去喝一杯怎么样？这个时间，北区有很多酒吧还开着。"

"只喝一杯，倒也不错。"我承认，最好不要在街上站一个小时，"我们必须在盯梢时保持警觉。"

＊　＊　＊

　　"你说恐龙的名字叫什么？"纳特说，他的眼睛瞪得溜圆，嘴巴张得大大的。

　　"我不会再说了。"我坚定地说，"纳特，我当时宁愿死了算了。真希望地上有个裂缝让我钻进去。尤其是他父母来的时候。"

　　不管我之前说了什么，我们都已经开始喝第二杯了。不能再喝了。酒吧里只有我们两个，工作人员正在后面把凳子放在桌上，开始拖地。我本来不会提起重爪龙的事，但喝了第一杯酒后，我的舌头似乎松了一些。正是出于这个原因，我才不怎么喝酒。喝了酒，就不能完全控制自己了，不是吗？

　　"这可能是我听过的最搞笑的事了。"纳特说着喝光了啤酒。我心中窃喜。从来没人说过我风趣。即使我不是有意把这事当笑话来说。和巴士站的那些男孩不一样，纳特没有嘲笑我。他和我一起笑。能和别人一起欢笑，真是世界上最美妙的事了。在我的印象中，我和达伦很少有一起发笑的时候。

　　也许只是酒精在起作用，但我觉得很自在。

　　我们离开酒吧，工作人员开始打烊，我和纳特回到了博物馆。被冷风一吹，我稍微有点紧张，感觉脑袋里充满了泡沫。不只是冷风的作用，想必还有酒精。

　　纳特把钥匙插进博物馆大门的锁里，我连忙抓住他的胳膊，压低声音厉声说："哈罗德要是没睡着呢？"

纳特考虑了一会儿，钥匙停在锁里不动。他说："那我们就告诉他这是例行训练。博物馆应该也给他发了关于此事的邮件。哈罗德从不看邮件。要不就说你把训练的事写在了今晚给他的报告里。他肯定没看报告，就丢在了垃圾筒里，茶包还扔在报告上。"

纳特用异常缓慢的动作转动锁中的钥匙，推开了门。大门吱吱作响，我们的眉头都皱了起来。纳特扶着门，我从他胳膊下面偷偷溜了进去，他又慢慢地关上门，上了锁。他把一根手指放在嘴唇上，向一边歪歪头。博物馆里肃然无声，弥漫着沉睡的历史才有的静寂，干燥且布满灰尘。不过，就在这时，那个声音响了起来，起初很低，像远处的雷声一样隆隆作响，但越来越大。

是哈罗德在"洞穴"里打鼾。

我是说保安室。纳特对我咧嘴一笑，指着楼梯，我跟着他，学着他的样子，踮着脚尖迈着大步上楼，并强忍笑意。今天早晨真让罗茜给说中了，我们像极了《史酷比》里的人物。

纳特带我来到茶壶所在的利弗展厅，此时，那把茶壶仍然不见踪影。"其实没有证据表明东西会在今晚还回来。"我说。

纳特耸了耸肩："从丢失到送还，每次都是三四天，是不是？所以今晚正是时候。"

我们在那儿站了一会儿，盯着原本茶壶所在的位置。纳特漫不经心地说："你常去约会吗？"他停顿了一下，"对不起，我说错话了。我不是那个意思。"

"没关系。我不常去，那回是第一次。我很久都没约会过了。是我妹妹罗茜让我下载那个应用软件的，我不会再用了。"我沉默片刻，说，"你呢？"

纳特耸了耸肩："自从离婚后，我就没约会过。就像我说的，我前妻给我介绍了她的同事。真跟噩梦差不多。"

"听起来我们两个都不擅长约会。"我说，"你为什么离婚？"

我能感觉到纳特斜睨了我一眼。也许我不该这么问的。我向来不懂如何与人闲谈，不知道什么该说，什么不该说。但我还是想知道。人们离婚有各种各样的原因，但通常都是因为一方做了错事，不是吗？所以人们才会分手。我突然想到，我其实并不清楚我的父母有没有离婚。在我的印象中，大家都没提过这事。我想知道是纳特离开了他的妻子，还是他的妻子离开了他。"对不起。"我说，"是我造次了。"

他靠在展柜上看着我："没关系。原因有……很多。有很多事。都不是什么大事。就是很多小事情。根本微不足道。但所有那些事都在积累，不是吗？一点点积累，到最后变得一发而不可收拾，没有了转圜的余地。"

我能感觉到他在看我。他说："那你呢？你谈过恋爱吗？"

我觉得他很有礼貌，他明明觉得我不是那种能维持长久关系的人。大多数人看到我都会这么想。但他的眼里似乎没有嘲弄，也没有一丝严厉。他好像是发自内心地感兴趣。我说："很久以前，我有个男朋友，他叫达伦。"

"发生了什么？"他轻声说，"也是因为很多小事吗？"

"不。"我说，声音听起来很遥远。我看着自己在展柜上淡淡的倒影："因为一件很大的事"。

纳特看起来好像还有问题要问我，但他的眼睛突然睁大了。我正要问他怎么了，忽然，我也听到了那个声音。是口哨声，从楼上传来的。纳特慌乱地环顾四周，但只有一条路可以离开利弗展厅，那就是正门。

"快。"我抓住纳特的胳膊，低声说，"跟我来。"

我冲到后墙上挂着的工会横幅旁，把一条旗帜拉到一边。旗帜后面有足够的空间够我们靠墙站着。我把纳特推过去，自己悄悄站到他身边，然后松开沉重的旗帜，我们就被笼罩在了半明半暗的黑暗中。纳特喘气的声音很大。我赶紧捅了捅他的肋部。

口哨声越来越响，我壮起胆子向横幅外面看了一眼。我又推了推纳特，他俯下身，向我这边靠过来。"是哈罗德。"我说，我的声音比呼吸声大不了多少。

"他……在……做……什……么？"

我又向横幅外面偷看了一下。哈罗德步履沉重地在展厅里走来走去，扫视着展柜，吹着不在调上的口哨儿。他转过身，我原以为他要离开，但他在最后一刻改变了路线，朝门边的椅子走去，多萝茜手下的导览员来展厅工作时，通常都坐在那儿。哈罗德把手伸进口袋，拿出一本很薄的书。我重重地呻吟了一声，哈罗德猛地抬头看了一眼，继续翻他的书。

我叫纳特俯身，在他耳边尽可能大声地告诉他哈罗德在做什么。他也叹了口气。我们八成要在这里待上几个钟头了。如果哈罗德决定今晚不睡觉的话，就不会有人进来归还茶壶了。那我们在这里盯梢，只是白费力气。

我们站在那里，没有发出半点声音，只听着哈罗德翻书。即使是现在，在这种情况下，我仍然很好奇，想知道他看的是什么书。我在心里计算着他读完相对的两页需要多长时间，平均需要三分钟。我能感觉到纳特在我身边变得焦躁不安，他的重心从一只脚倒换到另一只脚。我还能感觉到他的身体挨着我的身体，感觉怪怪的。有人距离我这么近，我很不习惯。自从和达伦分开，我从未和别人如此亲近，即使是和他在一起那会儿，我也从没觉得……我跟他很亲密。我们只不过是偶尔出现在同一个地方的两个人。在家里的时候，我、母亲和罗茜就像卫星，绕着对方转，却从未有任何接触。我突然想到，我已经记不得母亲上次拥抱我是什么时候了。自从那件事发生后，就没有了。

在这里，和纳特在一起，我有种别样的感觉。好像我能更为清楚地感觉到他，更为清楚地感觉到他的身体有多近。就像我们不仅仅是彼此擦肩而过的两个人，而是……我也不知道该怎么形容。我觉得我们之间有一种联系。这时，一件非同寻常的事发生了。

纳特竟然握住了我的手。

然后，更不可思议的事情发生了。趁着哈罗德的头垂在书的上方、打起瞌睡，纳特立即从横幅后面偷偷溜了出来，但我没动，还把他拉了回来。

"等等。"我低声说道，"我有件事想告诉你。"

在我看来，就在此时此刻，我们两个隐藏在黑暗中，他的手触摸着我的手，我向他讲述那件事，真是再合适不过了。在事态进一步发展之前，我觉得应该告诉他。在这里我看不到他脸上的表情，坦白一切，正好合适。

"怎么了，黛茜？"纳特轻声问。

我深吸了一口气。

"我刺伤过我妹妹。"我说。

# 第二十三章

## 黛茜：流淌二十五年的悲伤

事情是这样的。那年我九岁，罗茜七岁。当时的情形在我的脑海里反复重现过很多次，现在它就如同我脑海里的一部电影，这部老电影在放映机里咔嗒咔嗒地播放着，一遍又一遍，描绘出二十五年前我们厨房里的细节。

那个厨房就是我们现在这所房子里的厨房。台面面板和柜门和现在的不一样，那件事发生很多年后，母亲才更换了新的台面和柜门，但当时它们又脏又破，铺在地上的黄褐色花卉油毡的四角都卷了起来。窗外是铺着石板的小院子，窗台上的瓷砖布满了裂缝，上面放着一台晶体管收音机。收音机总是调到第一频道。我们小的时候，母亲经常放音乐。那天下午有一场音乐节的现场直播。几年后我在网上查了一下，才知道那是多宁顿音乐节。重型摇滚乐的节奏是那么快，那么狂热，或许对那天下午家里的气氛产生了不太好的影响，不过我只是在找借口而已。

六月初夏，阳光从满是灰尘的窗户斜射进来。星期六总是弥漫着紧张的氛围，因为那天父亲会来看我们。他通常不会久留，最多一个小时。他时而伤感，眼泪汪汪的，时而又喝得微醺，有时候这两种情况会同时出现。据我所知，这是父亲和母亲敲定的临时安排，而不是离婚法庭下达的正式探视令。

甚至是现在，我也对父亲没什么印象。在我的记忆里，他只是一个形象，一个影子，我记得烟草的气味，有时有啤酒味，还有须后水那刺鼻的味道。我还记得一件粗糙的绿色外套，是从军用品店买的。我不记得他是怎么离开我们的，那个人影这会儿还在，然后就不见了。有时，他的脸在我的脑海里闪过，他有一张大宽脸，满是皱纹，嘴里还叼着一支香烟，他有一头乌黑的头发，像个拖把，在一个夏日，他把我抛到空中，他的头发突然被太阳照亮。那会儿我肯定还不到两岁，因为我觉得只有我和他，罗茜还没有来到这个世界。我确信，这个想法中有一个种子，导致了后来的那件事。

但是，在那个星期六，父亲没有来。我们通常都说不准他什么时候到。有时他在去酒吧之前来（这样的情况是最好的），有时去完酒吧才来（这样最糟糕）。一般情况下，他和母亲一开始还能对彼此冷淡有礼，可到最后，她就会朝着他大声尖叫、扔东西，那些年里，我们家里一直没有完整成套的餐具。东西砸到门框上，摔个粉碎，只会逼得他提早离开，边走边回头大声辱骂。然而，那个星期六正是我们接到父亲那话的那天。

当时的情况是这样的：母亲坐在餐桌旁吸烟，把烟灰弹进一个早已与杯子分离的茶托里，而那个杯子很可能擦着父亲的头飞了出去，摔成了碎片。她面前有一个高脚杯。我不知道杯里是什么。我在水槽边洗碗，这是我的工作之一。我们在家里都得干活。不管是用吸尘器打扫、洗碗，还是用辛先生清洁剂擦桌子，罗茜总是做不好，我总得接手她的工作，把剩下的活儿干完。今天我的任务是洗碗，我凝视着窗外，周围那些拥挤的排屋的屋顶和山墙投下了清晰的阴影，黑影在花园中移动，就像一个无法辨认的日晷。

罗茜在发脾气。她站在厨房门口尖叫，脸憋得通红，带着怒气，眼泪和鼻涕顺着她的脸往下流。她的小手紧紧攥成了拳头，指关节都发白了，她的脚使劲儿跺在卷边儿的油毯上。

罗茜不想在家里等父亲来。她想去公园和朋友们玩。母亲显然很生气，但她一声不吭。这表示母亲生气到了极点。她生气时要是大喊大叫，就像一场暴风雨，很快就会过去，可她要是闷不作声，就如同远处低沉的雷声，空气中有电流吱吱闪过，微风中夹杂着铜的味道。我专心地注视着洗碗水上的阳光，小心翼翼地把洗过的碗堆在沥水板上。

电话在门厅里，就放在前门旁边的一张小桌上。那是一座绿色的轻型电话机，即使是在当时也不时兴了。尖锐的铃声一响，不仅起不到引人注意的作用，还只会让每个人都感到不安。通常，打电话的人不是来要钱的，就是威胁我们赶紧把拖欠的账单付清了，要不就是向我们推销我们不想要、不需要或买不起的东西。那天，夹杂着颤音的电话铃声响起的时候，我感觉到母亲吓了一跳。

"嘘。"我对罗茜说，母亲站起来去接电话。罗茜走到我身边，嘴巴噘得老高。我把一个杯子对着太阳，确认洗干净了，便倒扣在沥水板上。

"我想去公园。"

"得等爸爸来过之后。"我拿起一个盘子，让泡沫从上面滴下来，然后把它和其他盘子摞在一起。

"我现在就要去！"

我能听到母亲的声音，开始很低，随即是生气，然后是一种我从未听过的语气。她的语调竟然有点……绝望。听筒砰的一声摔在了底座上。我能感觉到自己心跳加快，呼吸变得短促。"罗茜。"母亲回到厨房后，我低声说道，"别哭了。"

母亲点了一根烟，走到冰箱前又倒了一杯她正在喝的东西。我集中精力洗碗、盘子、茶托、茶杯、水杯、切肉刀。

"是你们的爸爸打来的。"母亲说。我洗碗的时候，她站在我身后，罗茜站在我旁边，抬头看着她。"他不来了。"

"那我能去公园吗？"罗茜满怀希望地说。

"不能，你他妈的不能去公园！"母亲尖叫道。

罗茜把她的胳膊放在台面面板上，那儿是她唯一够得到的地方。她把头埋在胳膊里，又哭了起来。

"闭嘴！"母亲尖叫道，这下子，罗茜哭得更厉害了，"他今天不来了，他以后都不来了！他认识了一个婊子，要搬去和她一起住，她自己也有两个孩子，所以我们都被甩了，知道了吗？"

我慢慢地洗着切肉刀，用百洁布擦洗刀刃。我想起父亲把我抛向空中的那一幕，蔚蓝的天空在我周围旋转，他伸出双臂，接住了我。

"都是你们的错。"母亲缓缓地说。她的声音很低，听起来一点也不像她，"在有孩子之前，我们一直很幸福。"

我又开始在空中旋转起来，我哈哈大笑着，既是因为害怕，也是出于得意。父亲正伸出双手接住我，保证我的安全。我把刀从水里拿出来，看着泡沫顺着刀片往下流。

不，不是我们的错。不是我的错，是罗茜的错。只有我一个孩子的时候，父亲很开心。我记得他很开心。罗茜出生以后，所有事情都变得不对劲了。对此，我敢肯定。

"都是你们的错！"母亲突然尖叫起来。罗茜安静下来，看着她，眼里充满了恐惧。

接下来发生了什么，我记不清了。我依稀记得母亲去抓那把刀，但我不知道她是为了阻止我，还是在我做了那件事之后去夺刀。从那一刻起，一切都陷入了一片漆黑之中。接下来，我能记得的就是我们都在救护车里，车里的灯开着，警报器一直在响，我们疾驰向医院。坐在救护车上，我还有一点点兴奋，但大多数时候，我只是觉得自己要生病了，而且永远都好不了。

\* \* \*

事情的经过是，我转过身，用力地把切肉刀向下捅了过去。刀刃刺进了罗茜的右前臂，穿过另一侧，嵌入了厨房的台面。我什么也没说。一时间，所有人都震惊了，没人说话，然后，罗茜开始尖叫，母亲跑去打 999，场面顿时变得混乱不堪。对于这些，我都不记得了。我是从母亲和一个看上去很严肃的男人的谈话中了解到事情经过的。我听说他是个医生，但他并没有穿白大褂，也不像我的图画书那样，头上戴着那种发光的东西。他脖子上连听诊器都没有。我坐在母亲旁边的椅子上，面对桌子对面的医生。医生问了很多问题，询问发生了什么事，母亲告诉了他。罗茜必须做手术，现在躺在儿童病房的病床上。

医生不时点头，做着记录。过了一会儿，他转向我，从他的眼镜上方看着我。"黛茜，你对你所做的事有什么看法？"他用严肃而柔和的声音说。

我什么都不记得了，但我低下头，说我很抱歉。

"你知道你为什么觉得抱歉吗？"医生又问。

"那么做很坏。"我说，希望这么说是对的，我想到了母亲对医生说的话，"爸爸再也不来看我们了，我很难过。"

医生点点头，放下笔，再次扭头面对母亲，说："现在这个时候，对你们所有人而言，显然压力都很大。我很高兴这次的事只是一次意外，没有什么安全保障问题需要我向社会服务机构报告。"

我感到身边的母亲放松了下来："谢谢你，医生。日子会很难熬，但我们会挺过去的。我们会相互扶持。"

在离开医院的路上，我伸手去拉母亲的手，起初她把手抽开了，不过随即态度缓和了下来。"老天。"她喃喃地说，"我需要喝一杯。"

罗茜在医院住了三天。她回家的时候手臂上打着很大的绷带，一周后才取下来。她还戴了几个月的压迫绷带，以防伤疤出现鼓泡。没有人谈起这件事。生活依然如初，只是一切都不一样了。

＊　＊　＊

说了这么久，我的嗓子都干了。纳特一直在听我讲，一句话都没说。我感觉心里空荡荡的，整个人处在一种奇怪的晕眩之中。我终于把这件事说了出来，不由得十分开心，但我也很担心，不知道纳特会怎么想。我在黑暗中瞥了一眼他的轮廓。

"哇。"他小声说。

"是呀。"我低声说，"哇。"

在我讲故事的时候，哈罗德一直在打呼噜，后来他放了个屁，惊醒过来，便拖着步子走了。但我一直在说，也一直握着纳特的手。这会儿，我松开了他的手指。我感觉到纳特在我身边似乎琢磨着该做何反应，于是，我给他找了个台阶。

"好吧，你什么也不用说。我只是想告诉你，仅此而已。在……"

"什么？"

我拉开横幅，确认哈罗德确实已经走了。"在……我不知道，纳特。在事情继续发展之前，最好现在就把话说清楚，这样为我们以后省了很多麻烦。"

纳特跟着我从横幅后面出来："等一下。黛茜。我很高兴你告诉了我，你能敞开心扉，这很好，这对你来说肯定不容易。"

"总比站在凯瑟菲尔德，听别人说在你身边再也不会有安全感，要容易得多。"我轻声说，"我该回家了。"

纳特还在努力消化一切。"凯瑟菲尔德？"他无可奈何地说。我没有力气再给他讲达伦的事了，不能再讲我和他在一起时的情形，以及我和他的结局。我只是不想站在那里或任何地方，听纳特用不同的方式告诉我同一件事。

"再见，纳特。"我说，"明天交接班时见。"

"等等。"纳特又说。他伸出一只手，放在我的胳膊上。

我们的目光相遇。

他的眼神发生了变化。那个变化如此微妙，如果不去寻找，根本注意不到。然而，我在寻找。我以前见过这样的眼神。我不确定他是否意识到自己流露出了那种眼神，但当我注意到了他眼中的异样，他也在我的眼中看到了异样。就好像我是一幅已经被涂上颜色的线条画。画完成了，秘密显露了出来。他抬起手，虽然只有一厘米，但已经足够了。

该来的躲不掉。

在你告诉我那件事之后，我不能再这样下去了。你让我感到害怕，黛茜。

我对纳特笑了笑，笑容里却充满了悲伤，然后头也不回地穿过展厅离开了。

# 第二十四章

## 纳特：对决之梦

事情的发展有点出乎我的意料。

我站在横幅后面，双脚都麻木了。我来回倒换着双脚，能感觉到黛茜在我身边。这事儿太奇怪了。就好像我用全新的眼光看她，这很荒谬，毕竟厚重的横幅后面一片漆黑，我根本看不见她。不过我能闻到她的味道，洗发水和香皂的香气直扑我的鼻子。横幅后面很热，我的额头上冒出了汗珠。我们尽可能轻地呼吸，我能听到我们节奏一致的喘息声。然后，事情就发生了。

黛茜拉住了我的手。

我们就这样手牵手站在那里，她的手握着我的手，很明显我们都不知道下一步该做什么。就好像我们是两条连在电池上的跨接电线，我能感觉到有能量或电流之类的东西穿过了我的身体，这是一种我从未有过的感觉，哪怕是……好吧，老实说，这是我这辈子的第一次。这种感觉是那么奇怪，那么美好，却也很可怕。

然后，她给我讲了她的一件事。

等到我悄悄走出博物馆，北区的大街小巷异常安静，黛茜也走了。

\* \* \*

"怎么样？"本说，"盯梢有结果了吗？你们抓住那个坏蛋了吗？"

我强忍住哈欠，带着本沿人行道走着。我四点才睡，七点钟已经起来了。我感觉像要死了一样，都不知道今天上班该怎么办。我的确有点考虑不周。昨晚，我花了好一会儿才找到一辆出租车。我想知道黛茜是否平安到家了，我想知道，她把她妹妹的事告诉了我，她自己心里有什么感受。

我也想知道，对她告诉我的事，我有什么感觉。

"怎么样？"本问。

"嗯，很顺利。"我轻描淡写地说，"可惜没抓到那个坏蛋。"

"你们还会不会再去盯梢？"

"也许吧。但可能不会选在学校第二天白天有课的晚上。"

"你说你们下个星期能抓住那个贼吗？那等到通宵狂欢节那天，我们就可以讨论了，是不是到时候还得保密？"

保密。我满脑子想的都是黛茜告诉我的事，根本没把本的话听进去。我不确定她为什么要告诉我，也不清楚该做何反应。一方面，事情已经过去很久了。另一方面……她刺伤了她的妹妹。我想着这件事，而我们两个人的手握在一起的画面不停地浮现在我的脑海里。握着她的手，我感觉好极了，呼吸哽在喉咙里，我能感觉到血液在我血管里流动。她的手碰着我的手，一股电流从她的手蔓延向我的手。

她就是用那只手，把刀刺进了她妹妹的手臂。

我隐约意识到本一直在和我说话。"有什么消息，我马上就告诉你。"我强颜欢笑地说。他跑进操场，我则拍了拍自己的鼻翼。一想到还要工作一整天，我就恨不得立即蜷缩在人行道上，美美睡上一觉。

\* \* \*

午餐时间，我感觉如坠云中，就像脑袋上挨了一煎锅。接待处的珍妮丝注意到我站在斯坦迪什厅旁边出神，就过来戳了一下我的肋部，把我吓了一跳。

"你怎么了？"她问。

我揉了揉脸："没什么。就是没睡好。"

珍妮丝眯起眼睛，上下打量着我："你胃口好吗？"

我皱眉："很好啊。我想是的。怎么了？"

"我的咖喱烩羊羔肉在曼彻斯特远近驰名，在鲁什尔姆这一带就没有更好的了。找一个晚上，你来尝尝我的手艺吧。"

"我不是特别喜欢咖喱。"我说。

珍妮丝看着我，好像我刚说的是我喜欢在周日下午把小猫放水里淹死。"那是因为你没吃过我做的咖喱。"她说，"你尝尝就知道了。"珍妮丝把手放在我的胳膊上，"你得保持体力。"

"我？为什么要保持体力？"

珍妮丝笑了："你真有趣，纳特。我喜欢。"

我琢磨着珍妮丝的话，正好看到西玛和迈耶先生吃完午饭回来。迈耶先生看到我，神情茫然地笑了笑。西玛在他身后沉下脸。我想知道，对合理化建议的事，他们商量得怎么样了？我、黛茜和哈罗德是不是很快就要失业了？我想我应该开始找新工作了。念及此，一种隐隐约约的失落感把我团团围住。我一直很喜欢这里的工作，但是最近……与两三个星期前相比，现在失去这份工作，似乎更像是一场灾难。我也说不清这是为什么。

我当然知道是为什么。我开始慢吞吞地爬上楼梯，希望换个环境，就能忘掉身体的疲惫。昨天晚上——或者更确切地说，是今天早上——在利弗展厅的横幅后面，黛茜拉着我的手。上午，我大半时间都在脑海中重新评估黛茜。她就和布鲁斯·斯普林斯汀 ① 一样。我不是说她长得像他，那也太奇怪了。对斯普林斯汀，有好几年我一直怀着矛盾的看法，直到大约三年前，我突然对他有了好感，对黛茜，我也是如此。就像我脑子里的开关突然打开了，斯普林斯汀的天赋就在我面前显露了出来。对黛茜，似乎也有一个开关打开了。几个小时以来，我心里想的全是她的微笑、秀发、身上的气味，她沉思时皱着鼻子的样子，那天晚上我们的约会那么糟糕，当时她看起来很不一样。我想着她的处事态度，突然觉得这非常可爱。

然后，我想到了她向我坦白的那件事。我的脑袋里一团乱，什么

--------

① 美国摇滚歌手。

想法都没有了。

在霍里奇之翼展厅，几个老人聚集在巴里周围。我把黛茜的事抛在脑后，带着灿烂的微笑，走过去和他们说话。一个身材矮小、驼背、长着大耳朵的人正在用他的拐杖指着恐龙骨骼。

"别他妈的相信。"他说。

"你这个老傻瓜！"一个戴着厚眼镜、穿着厚羊毛大衣的女人喊道，"就在你面前！"

"我不相信！"他挥舞着拐杖，坚持说。他要是再用力挥动拐杖，恐龙骨骼准会被碰倒，掉在地上摔得稀碎。"你什么时候在街上见过像这样的马？"

"这不是马，是恐龙！"那个女人厌恶地说。

我正要进去劝他们消消气，就见多萝茜走了过来，开始介绍重爪龙，她讲起这副骨骼化石是在哪里发现的，这种恐龙在什么时期生活在地球上。听了多萝茜的话，那个老顽童似乎更生气了，我相信多萝茜能控制住局面，便慢慢走开，向利弗展厅走去。

茶壶回来了。一方面，见事情有了进展，我不由得感到兴奋；另一方面心里又有点不舒服，那个神秘的窃贼又一次在我当班期间把被盗走的展品还了回来，黛茜知道了，肯定会生气的。快一点了，我决定休息一下。我上楼到西奥多展厅拿了那本书，带着书回了楼下的"洞穴"。说来也真是奇怪。黛茜竟然也在看这本书。我不禁感觉我们之间一直都存在着某种联系，虽然我们两个都不知情。我想知道她最喜欢的希腊神话故事是什么。我应该问问她才对。我在"洞穴"里坐下，想看半个小时的书，但几分钟后，我就感到眼皮耷拉了下来，不久便进入了梦乡。

＊　＊　＊

奇怪的是，当我醒来时，我并不在博物馆里。我竟然站在一个隧道里，地上都是沙子，四周是石墙，石头顶子非常低。四周很黑，只有嵌在粗糙石壁上的烛台上燃烧的微弱烛光照亮。我摸索着向前走，来到一个路口，隧道左右各出现了一条岔路。

我不知道该走哪条路，但我手里拿着一个巨大的毛线球。我回头看来时的路，毛线从我身后一直延伸过来，我继续一边走一边解开毛线。我选了左边的隧道，在半明半暗的黑暗之中穿行，就这样来到了另一个路口。这种情况持续了一段时间，我始终都没有意识到自己是在做梦。最后，隧道消失，我来到了一个比较开阔的空间。在那片空地的中心……

父亲竟然站在那里。他穿着白色短裤，上面粗糙地绣着"黑色轰炸机"几个字，他的拳头上套着手套。他摆着姿势，双拳举起，还朝我扬了扬一侧的眉毛。

"你的脑袋应该是牛头。"我对他说。

他嘲笑我。他的声音和我记忆中的一模一样。"这可跟你那本愚蠢的书里写的不一样。"他朝我手里的毛线团点了点头，"放下吧。你不需要了。"

我这时想起毛线团是黛茜给我的。她站在迷宫的入口处，身着一件白袍，头发盘在头顶。"你杀了怪物后，千万不要把我丢在纳克索斯。"她说着，把毛线团给了我，这样我就可以展开毛线，找到走出迷宫的路。

"我不会的。"我保证。我们都读过书中忒修斯和牛头怪的故事，知道这正是阿里阿德涅[①]的经历。

"没有了毛线，我就找不到出去的路了。"我对父亲说。但我还是把毛线团放在了沙地上。

父亲摇摇头，厌恶地朝沙地上吐了一口唾沫："你还不明白吗？脱下你的夹克和衬衫。"

终于还是来了。他想与我一战。他想与我来一场我们从来没有机会进行的战斗，那一次，脑动脉瘤让我失去了与他一战的机会。那就来吧。我脱掉上衣，开始解衬衫的扣子。

就在这时，我看到他用牙齿解开了手套，他脱下一只手套，夹在腋窝里，又去脱另一只。

"不戴拳套？"我说，"你要重拾最辉煌的时刻？用特里·加维著名的右勾拳？"

父亲笑了，笑容残忍而刻薄。在我脱衬衫时，他先后把两只手套扔到了我脚边的沙地上。突然一阵风刮来，火把的火焰摇晃起来，他的影子随即变得扭曲，变得更大更可怕。

"戴上。"他命令我。

---

① 阿里阿德涅是克里特岛国王米诺斯的女儿，忒修斯借助阿里阿德涅给他的线球和魔刀，杀死了牛头怪并沿着线顺来路走出了迷宫。

"我不必再听你的话了。"

"戴上。"

我感觉自己不得不戴上，尽管我不知道为什么。我弯下腰，拿起手套，把我的拳头塞进去。他走到我跟前，系好拳套带子，同时，他的眼睛一直盯着我。他冲后面点了点头："站到中间去，就是我刚才站的地方。"

我照他说的做了。我站在迷宫中心的一个房间里，晃动的影子笼罩着我，我死去的父亲在边缘打量着我。房间四周都有隧道通往四面八方，我甚至都不确定哪一条是我来时的路。

我举起拳头："可以开始了吗？"

父亲哈哈大笑起来："你不是来和我打架的。你就是我。"

他忽然消失了，只留下我一个人，敞胸露怀，戴着手套。我拾起毛线团，想顺着毛线去找黛茜，但线松松垮垮地悬着，好像被刀割断了。我不知道该从哪条隧道走，也不知道该怎么走出迷宫。我被困在这里了。

"纳特！"

我猛地睁开眼睛，在重力的作用下，我身子一歪，倒在了"洞穴"的地上，椅子从我身下滑开了。我迷迷糊糊地看着黛茜，只见她正狠狠地瞪着我。她的头发乱糟糟的，都湿了，外套也被雨水浸透了。

"你在保安室里睡着了？"

我看了看表。老天。我竟然睡了几个小时。我连声道歉，让自己

209

打起精神，这时，我忽然想到了一件事。

"黛茜！茶壶回来了！"

她看着我，眼神空洞，死气沉沉："没关系，纳特。不重要了。你还是回家吧。"

# 第二十五章

## 黛茜：当然不可能

我想我们是放松了警惕，产生了一种虚假的安全感。癌症早就进入了母亲的身体，还在那里安了家，就像我和罗茜与她一起住在这所房子里一样。癌症犹如一个房客，从不外出，只是在附近徘徊。是的，她生病了，是的，这是我们过去几年遇到的最糟糕的事，但我们已经接受了事实。

只是癌症不喜欢静静地待在母亲的骨头里。它决定让自己多一点存在感。也许它是觉得自己没有得到足够的关注。也许它决定发发脾气，就像一个被宠坏的小孩，或是在厨房里扔盘子的鬼魂。吵闹鬼。

我们都知道母亲的病情从大约六个月前就开始恶化了，但她的状态似乎并没有变得更糟，如果这说得通的话。我们认为——至少是我认为——也许最糟糕的情况不过如此。没错，她大部分时间都在床上躺着，但我们已经适应了这样的节奏，我、母亲和罗茜，我们一起应对困难。

但显然，更糟的情况还在后面。

癌症科独立于医院主楼，位于一座新楼房中，我们每两个月去一次，听辛格医生告诉我们母亲最新的情况。在预约的前一周，我得带母亲去当地的全科医生那里验血，到了见辛格医生那里，母亲的化验结果已经送到了他面前。过去，有那么三四次，他总是和蔼地微笑着，用抑扬顿挫的声调说："病情很稳定！"

辛格医生今天没有笑。

他说了很多，像什么血细胞计数和止痛，还说到了"侵袭性"这样的词。我认真地把他说的每句话都记在一个螺旋装订的笔记本上，每隔几秒钟就看一眼母亲。她面无表情地听着，每当他停顿时，她都会点头，好像在鼓励他继续往下说。我忙着把辛格医生说的每一句话都记录下来，并没有完全理解他的话。所以当母亲说"医生，我还能活多久"时，我情不自禁地吃了一惊。

"妈妈！还没到那个地步呢。"我满怀希望地看着辛格医生，"告诉她别这么傻，医生。"

他微微笑了笑，但不是以前宣布"病情稳定"时的那种笑容。他看了看母亲，又看了看我，然后说："很难算出确切的数字。但随着新一轮化疗和使用几种全新的药物，我们没有理由不能期待你还有一段时间。"

我皱着眉头看着辛格医生："什么叫'一段时间'？二十年？十年？"

"黛茜。"母亲说。

我没理会她："我的意思是，现在说的是以年来计算，对不对？还有几十年，对吗？"

"黛茜。"母亲更加坚定地说。辛格医生的目光从我身上转移到她身上，我也看着她。

"我不想知道了。"她说，"我改主意了。就当我没问。"

"我们一直都知道这种病是无法治愈的，但可以控制。"辛格医生说，"我们尽全力……控制病情。但要说还剩多少时间……我想说的是，我们希望尽可能乐观，但是……保守一点总是没错的。"

母亲站了起来："我告诉过你们，我不想知道。"

"我想知道！"我说。

"命是我自己的，黛茜。"母亲疲惫地说，"死也是我死。我想怎么处理就怎么处理。"

我愤怒地看着辛格医生："可是我在照顾她！我妹妹罗茜也是！我们有权知道，不是吗？"

辛格医生露出一脸苦相。他说这是病人的隐私，母亲叹了口气："黛茜，我们已经占用医生很多时间了。回家吧，好吗？求你了。"

\* \* \*

在乘出租车回家的路上，我感觉母亲一直在看着我。不知为什么，这让我很生气，虽然我知道不应该这样。我应该更有同情心。

"怎么了？"我厉声说。

她扬起眉毛，向窗外望去。我握住她的手，但我不禁想起了我的手和纳特的手握在一起，心里更不是滋味了。

"我不想让你死。"我说，我知道这话听起来温柔而卑微，还很可怜。

母亲回头看着我，她的眼睛里闪着泪光："你以为我想死？但我们所有人都免不了一死。只是我的结局来得比我们希望的早一点而已。"

"我还没准备好接受你离开。"我说，司机把车驶入了一个繁忙的环形交叉路口，"我还没有……"

"你还没有补偿。"母亲说。她眯起眼看着我，眼神是那么敏锐，"你以为我不知道是怎么回事吗，黛茜？你搬回来住，还让罗茜回家，你事事都料理清楚，你照顾我，上夜班，你以为我不明白这是为什么？"

"因为你是我们的妈妈，我们爱你……"

母亲打断了我："因为你要弥补所发生的一切。你要弥补罗茜。你认为你是在赎罪，是不是？"

我张开嘴想要抗议，但还是闭上了嘴巴。母亲向来了解我的心思。从我很小的时候起就是如此。我永远也不可能骗到她。她总是能看穿我。

"还记得你小时候想当警察吗？"她说。

话题变了，我放松了一点。我眨了眨眼睛，说："是的，嗯，我……现在已经没有希望了。"

"在……罗茜那件事之后，也没发生过什么不好的事。"母亲说，瞥了一眼出租车司机，"没有什么能阻止你申请当警察。等我死了，就没人知道真正发生过什么了。"

"我知道。"我紧张地说，"这才是最重要的。"

"你得开始为自己考虑一下了。"母亲说。出租车拐进了我们的街道，她强忍住一个哈欠，"这次出门，可把我累坏了。"

"回到家，你就舒舒服服地躺着吧。"我说，"先喝杯茶，再想想吃什么。"

＊　＊　＊

进屋后，母亲说去打个盹儿，我开始打扫房子，毕竟没有别的事可以转移我的注意力。我气辛格医生，气母亲，也气癌症。我气纳特为什么这么可爱，气我自己把罗茜的事告诉了他，这下肯定要把他吓走了。我气这所房子永远也打扫不干净，气牛奶永远不够喝。我给罗茜发了短信，让她在回家的路上买牛奶，然后我把可回收垃圾放到外面的带轮垃圾箱里。我生罗茜的气，垃圾箱里全是她的空酒瓶，现在还有伊恩的空啤酒瓶，他显然一半时间都待在这里。我气哼哼地打扫房间，直到罗茜进门。她看到我，立即拍了拍额头："老天，我忘买牛奶了。"

"罗茜！"我喊道，"就要你做这一件事而已！"

她看着我，眨了眨眼："好好，别为这点事发火！我现在就回购物街去买。"

"我上班前去买吧。"我说，"坐下来，罗茜。我得跟你谈谈妈妈的事。"

"那我需要一杯酒。"罗茜说着走向冰箱。她当然需要一杯酒。我等她倒好酒，在餐桌旁坐下来，问我："怎么了？"

"今天她去看医生了。"

罗茜又打了自己的脸一下："老天，对呀。我全忘了。"

我坐直了身子。"我们现在都得多留心一点了。"我拿出笔记本，把辛格医生说的每一句话都念了出来。罗茜静静地听着，一口口喝光了杯子里的酒。我把我、母亲和辛格医生最后的谈话也对她说了，她又去倒了一杯酒。

我们坐在那儿看着对方，过了一会儿，罗茜摇了摇头，伸出手，手掌朝上。

"她的病情加重了。"我说，好像罗茜理解不了似的。

"这一点我们早就知道了。"她轻声说，"她肯定是无法痊愈的。"

我知道。事实上，母亲在回家的出租车上也是这么说的。但这并不意味着我们不用在乎了。罗茜说："再把辛格医生说的话讲一遍给我听。"

我说了化疗和新的止痛药，她点了点头："好吧，事情倒也还在控制之中，黛茜。"

我盯着她。她怎么能如此……漠不关心？我压低声音，咬牙切齿地说："罗茜，妈妈要死了。"

"我知道，"罗茜模仿着我的声调说，"你会死，她也会死，这又不是什么新鲜事。"

听她这么说，我真想扇她一巴掌。不过这么做一点好处也没有。我站起来，走到水槽边，冲洗我的茶杯："她已经睡了一下午了。"

"你去上班吧。"罗茜说，"我上楼去看看她醒了没有，要不要喝茶，等会儿伊恩就该来了。"

我转过身，目瞪口呆地望着她："伊恩要来？你刚才没听见我说的话吗？我们需要达成一致。"

罗茜瞪着我："是的，黛茜。我又不是脑袋不清楚。但生活还得继续。很久以前我就接受了母亲得癌症这件事。她自己也接受了。如果有谁需要和其他人保持一致，那这个人就是你。"

*　*　*

我就是带着这样的心情来上班的，一直在保安室里睡觉的纳特从椅子上掉下来，抬头告诉我利弗展厅的茶壶回来了，恐怕我的反应大大出乎了他的意料，从他失落的表情我就看得出来。

"你还好吗，黛茜？"纳特皱着眉头说，他在地上伸展开四肢，站了起来。

所有的一切都超出了我的承受范围。母亲、罗茜、巴士站那几个小混混、失业的威胁……就好像有人把这些事在一个桶里搅在一起，说了句"给你"，就把桶里的东西倒在了我的头上。我一忍再忍，还是哽咽起来，眼泪也涌出了眼眶。

我唯一能想到的就是躲在利弗展厅横幅后面的情形，我的手在黑暗中紧紧抓住纳特的手，我拼命抓着他不放，仿佛他是暴风肆虐的大海里的一块岩石。我还没明白自己在干什么，我的手就已经伸出，握住了他的手。他低下头，又抬头看着我。我号啕大哭起来。

"黛茜。"纳特说，他声音里的不确定正是我想听到的。我放下他的手，好像他的手是滚烫的。

"没事了。"我麻木地说，"我只是听到了一个坏消息，心情不太好而已。"

"我相信一切都会好起来的……"纳特朝我皱着眉头说。他迟疑地又握住了我的手。这种感觉是我从未体验过的，仿佛自己得到了保护。

但需要保护的不是我。

"不会好了。"我说。我又把手缩了回来，双臂交叉在胸前，这样他就不能再碰我了。"一点也不好。我没有办法了。"

在你告诉我那件事之后，我不能再这样下去了，达伦曾这么对我说。你让我感到害怕，黛茜。

"我让你害怕了吗？"我对纳特说。

他好奇地看着我。我又看到了那个眼神。他害怕。在我和他说了那件事之后，他怕了。他当然害怕。他说了几句，只是他的话软弱无力，也没有意义。

"你应该怕我。"我说。我整个人都是麻木的，如坠寒窖，我感觉自己有点……魂不守舍。我脱下外套，把它挂起来，没有理会一直在和我说话的纳特，就好像他不存在似的。然后，我走出保安室，开始第一次巡逻。半小时后我回来时，纳特已经走了。

快六点的时候，我下楼到接待处准备锁上大门，珍妮丝把我叫到接待台边上，神秘兮兮地探身过来。"别忘了。"她压低声音说，"再过两三个星期，我们晚上一起出去玩。"

我都不记得那件事了。"啊，是的。我不太确定……"我说。要说有什么是我没心情做的，那就是和同事聚会了。

珍妮丝不顾我有何反应，依然说了下去。"有件事我想跟你谈谈。"她低声说，"是关于纳特的。"

我能感觉到自己的脸红了。珍妮丝知道什么？哈罗德是不是知道我们在横幅后面了？都有谁在谈论这件事？纳特？老天。他肯定把罗茜的事对珍妮丝说了。我真是太笨了，竟然会相信他。现在说不定整个博物馆的人都听说了。

"我不太明白你的意思，珍妮丝。"我冷冷地说。

她的脸抽搐着，我过了一会儿才明白她是在向我眨眼。"黛茜，快说说看，你觉得他这个人是不是很有魅力？"

"魅力？"

"他个头很高，长得也很帅，而且已经离婚好长时间了。"

"我不知道这和我有什么关系。"我绝望地说，四处看着，希望能找借口走开。

"你和他一起工作，黛茜。"珍妮丝说，"你肯定已经注意到了。"

"注意到什么？"

"他的眼神呀，他看……"

"他可没有看我！"我尖声说。

"我是说他看我的眼神。"珍妮丝把话说完，她皱起了眉头，"怎么了？"

"什么怎么了？"我说。

珍妮丝眯缝眼睛瞧着我："我是说，你一定注意到了他看我的眼神。就像一个饥肠辘辘的人站在自助餐厅的窗口。他的眼神里充满了渴望，你不觉得吗？"

一群人出现在大厅里，我快步走过去打开门，让他们出去。这是最后一批参观者了。时钟敲响了六点，珍妮丝只用几秒钟就穿上了外套，抓起她惯常带的那几只手提袋。我心不在焉地琢磨着，珍妮丝会不会是盗窃案的主要嫌疑人。她用那堆袋子，轻而易举就能偷运任何东西出去。我突然很后悔，觉得不该在纳特告诉我茶壶回来的时候让他闭嘴。他只是想帮忙而已，一开始是我把他牵扯进来的。就在我想着他把我拥在怀里的时候，我忽然意识到珍妮丝正站在我面前，用怪异的眼神看着我。

"黛茜。"她说，"刚才我说你肯定注意到了纳特看我的眼神，你以为我说的是……"她又发出了那种夹杂着颤音的笑声，摇了摇头，仿佛觉得脑袋里的念头太荒谬了，一定要将其抛开，"不。当然不可能。我在想什么呢？再见了，黛茜。"

"再见。"我说，看着珍妮丝蹒跚地走在街上。我能想象纳特和珍妮丝在一起的样子。他们看起来是同一类人，都很普通，也很正常。与我不一样。一想到我在保安室抓住纳特的手，任由他抱着我，我就羞愧难当。纳特·加维和黛茜·杜克斯成为一对？

不可能。

当然不可能。

我在想什么呢？

# 第二十六章

## 黛茜：就是这个男孩

按照母亲的话说，通宵狂欢节让我心慌意乱。我已经习惯了六点以后独自待在博物馆，所以，在那天晚上，不光有那么多人在下班后还留下来，还有很多公众从七点以后开始陆续进来，我的神经都绷紧了。他们还要在这里过夜，展厅里铺满了睡袋和枕头，他们还带了一壶壶茶水。哈罗德今晚放假，而我们都要在那里待到周六早上九点，到时负责周末保全的安保公司会接手。人们会没完没了地聊天、参观，利弗展厅工会横幅前的大屏幕上还会播放电影：显然会放《侏罗纪公园》。在西奥多展厅，还会打着手电筒给成年人和大一点的孩子讲鬼故事。

麻秆儿苏和美人儿苏做了自助餐，在食堂里供应，多萝茜手下的导览员都穿着曼彻斯特老式的奇装异服，有的衣服是维多利亚时代的，还有的是骑士时代的。没人要我换衣服，所以除了常穿的制服，我什么都没带，但是，在博物馆闭馆后，我看到珍妮丝走进女厕所，穿着一件裙子出来，只是那衣服对她来说太年轻，也太紧了。她穿着高跟鞋，走起路来摇摇晃晃，身上还散发出一股刺鼻的香水味。珍妮丝这么打扮，我不禁觉得心里有点不爽，至于为什么这样，我也说不清。

公众开始入场，西玛似乎对人数非常满意，她把票递给了门口的多萝茜和导览员们。我和西玛站在一起，看着人们走进来，有父母带着孩子，有夫妇，还有三五成群的成年人，他们看起来心情不错，有点醉醺醺的。

"真是太好了，黛茜。"西玛对我说，"这对博物馆的未来很有好处。搞社区活动，可以确保稳定的顾客流。最重要的是还可以获得亲子游市场。我们正在考虑多办一些暑假活动。"

我觉得西玛并不是真的在和我说话。谁碰巧在她身边，她这话就对谁说。她只是想让大家知道这些主意都是她想出来的，尽管信头上博物馆经理的名字是迈耶先生，但实际上是她在背后掌控大权。

我在巡逻，但更像是在游荡。有这么多人在博物馆里，感觉怪怪的。纳特工作时，肯定一直都是这样的。难怪他看不到失窃物品是怎么被偷走，又是怎么被还回来的。

人太多了！我的本能反应是我会被逼疯，但我从一个展厅走到另一个展厅，我越是从人群中穿行，似乎就越喜欢周围有这么多人。

我不确定是否应该去找西玛，问她我可不可以不参与通宵狂欢节，毕竟母亲的病情恶化了。罗茜说我傻。她说，母亲的病情实际上并不比上周严重……只是现在我们知道了这个消息而已。我觉得她说得也有道理。

母亲的病情最近的确没什么变化，只是我们了解了她病情的进展而已。我们若是不知道，也许就不会那么担心了。我走上最后一段楼梯，我说不清哪个更好，是一点都不知道呢，还是什么都知道？我是那种喜欢把一切都摆在明面上的人。我想起在我和罗茜说话的时候，她心不在焉地揉着她手臂上的伤疤。我虽然在和罗茜说话，心里想的却是纳特，还有珍妮丝昨晚说的话，她觉得像纳特这样的人会被我这样的人吸引，是世界上最荒谬的事，她的话让我很困扰。我又想到，在那次糟糕的约会后，纳特抱着我，昨天在"洞穴"里，他又拥抱了我，监视的时候，我们的手碰到一起，仿佛有电流通过，滋滋喷出火花。

然而，那件事一直存在。那件事现在公开了，却没有人说起，它就好像一个隐形气球一样在我和纳特之间膨起，他在街上和"洞穴"里拥抱我时，这个气球把我们之间的距离越拉越大，在利弗展厅的横幅后面迫使我们的手分开。在那件事秘而不宣后，不管珍妮丝怎么说，在我的脑海里总有一个短暂而私人的时刻，我可以想象……好吧。就像模糊的老电影片段，过度曝光的照片，也好像有人在用遥控器切换频道时电视上快速变换的画面。我可以想象我们在一起。但现在我把我对罗茜所做的事告诉了他，那件事闯了进来，老电影片段的一个边角开始发白，随即燃烧殆尽，突然一阵风吹散了照片，电视画面缩小到一条白线，变成了空白。

"黛茜，你太傻了。"我自言自语道。

"怎么了，亲爱的？"

我眨了眨眼，意识到我的脚已经把我带到了咖啡厅，麻秆儿苏和美人儿苏正摆出一盘盘裹着保鲜膜的三明治和蛋糕，又端出了一壶壶热水和果汁。美人儿苏充满期待地看着我。

　　"没什么。"我说，"我喜欢自言自语。"

　　"至少你能进行一些理智的对话！"美人儿苏大笑着说，"趁孩子们伸出小脏手之前，要不要来一块柠檬蛋糕？给纳特也带一块吧。"

　　"我为什么要给纳特带一块？"我立即说。

　　美人儿苏秀眉紧蹙："因为你们一起工作呀。我想你们可以把蛋糕放在'洞穴'里？"

　　"那儿是保安室，不叫'洞穴'。"我轻声说，突然意识到最近我一直在脑海里都将其称为"洞穴"。都是受纳特的影响。一想到罗茜总拿我和纳特开玩笑，我脸上微微一红。

　　美人儿苏给我包了两块柠檬蛋糕，我把它们带回楼下的保安室。在昏暗的利弗展厅，临时搭建的大屏幕上已经开始放映《侏罗纪公园》第一部，孩子们和父母排排坐在光洁地板的垫子上。我站在展厅的入口处，看了他们一会儿。拥有家人，和他们一起参加活动，感觉肯定很棒。在我的记忆中，我们一家人在我和罗茜小时候从未一起做过什么。反正没参与过这样的活动。

　　我刚走出保安室，就碰到了纳特。他穿着牛仔裤，上身的黑衬衫没有塞在裤子里，手里拿着一件运动夹克。他低头看着我，咬了咬嘴唇："要穿制服吗？"

　　"我觉得无所谓。我没带其他衣服来，所以没换。"

"太可惜了。"纳特说,"那天晚上,你穿那些衣服……很好看。"

"是我妹妹罗茜给我选的。"我说,说完就在心里呻吟起来。说得好像我是个不会穿衣打扮的孩子。不过这也不是不对。我从来都不清楚怎么才能把自己打扮得漂漂亮亮,或者至少看起来不可笑。因此,我才喜欢需要穿制服的工作。至少这样就少了一件需要担心的事。穿着制服,你就是你,不管怎样折腾,也改变不了什么。

"你这样穿,很好看。"我说,我没话找话,好打破沉默。不过我在想这么说是不是有点太冒昧了。

纳特低头看着自己,咧开嘴笑了:"都是旧衣服。"

"看起来是新的。"我说着皱起眉头,从他的袖子上扯下一根线头。

"开个玩笑而已。"纳特说。他是想对我好点。我能感觉到。然而,自然而然地对一个人好和刻意对一个人好,是有区别的。这时,珍妮丝那尖锐的笑声响起,他猛地转过身。我的手指捏着线头,停住不动。内疚的感觉突然将我包围,但我不确定为什么会有这种感觉。

"怎么了?"珍妮丝说,假装愤怒地双手叉腰,手放在过紧的裙子上,"这个人骚扰你了吗,黛茜?"

我知道她是在开玩笑,但我真的不明白这有什么好笑的,虽然珍妮丝那鸟叫声一样的笑声告诉我这应该很好笑。

"你没带你儿子来吗,纳特?"

"他儿子叫本。"我说,他们都看了我一眼。

"他在看《侏罗纪公园》。"纳特道,"这倒提醒了我,黛茜,我把你的书带来了。"

纳特把手伸进夹克的内袋，掏出了我借给他的村上春树的那本书。珍妮丝又笑了，在我看来，她这次笑得有点绝望，好像她想把纳特的注意力从我身上拉到她身上。她稍微向前倾了倾，乳沟露得更多了。

"书！真不明白看书有什么意思！一本书要是够好，他们就会拍成电影，只要几个小时就可以看完。"她把一只手放在纳特的胳膊上，"你喜欢看电影吗，纳特？"

他耸了耸肩："偶尔看。通常是在和本一起过周末的时候。"

"那我们去看电影吧！"她说，好像她刚刚才想到了这个主意，而不是思索了很久。然后，为了让纳特明白她并不是想帮他安排如何带孩子，她又补充道："就你和我两个人，这周三。也许可以先去喝一杯，吃点东西。"

纳特瞥了我一眼，露出不确定的神色："我不能肯定……"

"就这么定了！"珍妮丝咯咯笑着说，"这是约会！"

纳特的眉头皱得更深了，他看了我一眼："我去不了……"

"所以，你离他远点，黛茜·杜克斯！"珍妮丝高兴地说，轻轻地拍了拍我的手腕，而我的手里依然捏着那根线头。

多萝茜出现在楼梯底部，用力地招手示意："拖把和水桶呢，珍妮丝？电影里的霸王龙一出来，有个孩子吓得尿了裤子。"

等珍妮丝和多萝茜匆忙离开时，纳特慢慢地摇着头，说："哇。这到底是怎么回事？"

"我想珍妮丝是在宣布你是她的。"我说,"就像我在一个野生动物节目里看到过的螳螂一样。"

纳特搞笑地哆嗦了一下,跟着,他似乎突然想起了手里的书。我从他手里接过书,翻开看了看,说:"看完了?这不是我那本。"

"不是。"纳特不好意思地说,"我买了一本新的。很抱歉,出了点意外,你那本书毁了。啊,其实也不是意外。书被本弄湿了,但还可以看,我会看完的,但我不能就这样把书还给你。"

"啊。"我说,竟莫名有些感动。我的意思是,我知道我的藏书票上写着不可损坏书籍,但我没想到真会有人注意。老实说,我从未把书借给别人。有人和你一起分享书,是件好事。即使他们把书弄坏了。"你想得真周到。"

纳特跟着我回到"洞穴",我把书放进包里。"你知道我们到底应该做什么吗?我是说,是要做保安的工作,还是只是来凑数的?"

"似乎没什么工作让我们做。"我承认,"我想只是需要我们随时待命,以防……"

"啊,柠檬糖衣蛋糕。"纳特说,"想必是美人儿苏的杰作吧?我来烧壶水。"

＊　＊　＊

我们吃了蛋糕(很好吃)、喝了茶(纳特放的奶不够多),纳特看了看手表,说:"电影差不多要结束了。我该去找本了。"他顿了顿,有点迟疑地说,"你愿不愿意去见见他?"

227

我不太懂该怎么与孩子相处，但照道理说，纳特的儿子一定有很好的教养。我不知道该跟他说些什么，不过也许打个招呼就够了。

"是的，当然。"我把面包屑扫进垃圾桶，把盘子堆在小水槽边清洗干净，好还给美人儿苏。

"他是个好孩子。"纳特说着率先走出"洞穴"，向楼梯走去，"我是说，我和露西娅离婚了，他心里不舒服，但孩子们都很坚强，不是吗？他们很快就能适应新情况。"

画面里正在播放电影的演职人员名单，家长带着孩子们从坐垫上站起来。我们走进去的时候，多萝茜向我招手，示意我打开门边的电灯开关。纳特说："本就在那儿。我去把他叫来。"

我打开开关，灯光接连亮了起来，我听到纳特在我身后咳嗽了一声。我换上一个友好的笑容，转过身来，我要做的就是打个招呼而已。笑容在我脸上停留了一会儿，便慢慢地消失了。

纳特站在那里，双手搭在一个小男孩的肩膀上。本的目光与我相遇，他的眼睛顿时睁大了。纳特说："这是我儿子，本。本，这位是……"

"疯子黛茜！"本吃惊地瞪着我说。

是他。本，纳特的儿子，巴士站的那个男孩。

# 第二十七章

## 纳特：狂欢节之夜

我花了一段时间才把碎片拼凑起来。黛茜说，有群孩子每天下午在她上班的路上骚扰她。而本叫她"疯子黛茜"。他上周末想和他的朋友们出去，到购物街逛逛。

"你刚才说什么？"我厉声问本。我能感觉到我下巴的肌肉在收紧："你都做了什么？"

本转向我，脸上带着紧张的表情，眼睛充满了泪水："我不是故意的……"

我抓住本的上臂。"呀。"他说。

"纳特。"我听见黛茜叫我，但她的声音被我耳边的轰鸣声淹没了。我想我这辈子都没这么生气过。

"跟我来。"我说着把他拖出展厅，不等他回答，也不等他答应。我能感觉到人们在盯着我们，盯着我，但我不在乎。我领他走到楼梯，开始下楼，我一直紧紧抓住他的胳膊，让他站直，而他的脚则在铺着地毯的台阶上，怎么也不肯走。

"纳特！"黛茜在我身后叫道。

我不理会她，拖着不肯乖乖听话的本穿过大厅，来到保安室，砰地关上了门，粗暴地让他坐在办公桌前的椅子上。

"你干了什么？"我说，竭力不让自己的声音流露出愤怒。本号啕大哭起来。

我深吸了一口气，又吸了一口气，在"洞穴"里走来走去，边走边摇头。我看着本，他用他眼泪汪汪的大眼睛和我对视，随即别开了脸。

"黛茜每天来上班的时候，心情都不好。"我尽可能平静地说，"因为每天都有一群小混混在车站辱骂她。"我又深吸了一口气，"看着我的眼睛，本·加维，告诉我不关你的事。"

本什么也没说，只是看着他的手，不停地哽咽，他的肩膀一直在颤抖。

"别哭了！"我喊道，我的声音在"洞穴"里回荡。毫无疑问，整个博物馆都能听到我的声音。我才不在乎。"如果你是一个足够强大的男人，可以在街上骚扰独身女性，那么你也该足够强大，向我承认这一点。"

一段长时间的沉默过后，本用微弱的声音说："对不起。"

"这还不够！"我怒吼道。本吓了一跳，抬头看着我，眼里不仅充满了泪水，还有恐惧。很好。以其人之道还治其人之身。"我想知道为什么。"

"他们说我必须去。"他泣不成声地说，"否则他们就不让我加入帮派。"

我翻了翻白眼，一拍额头："帮派。现在的帮派都是这样的吗？帮派就是欺负女人的吗？"

"只是找点乐子而已。"

"你觉得这对黛茜来说有意思吗？前几天她还在这儿哭呢。"

本低下了头，哭得更厉害了。我却气不打一处来："你现在在街上恐吓别人，之后呢？以后你要干什么？去商店偷东西？偷车？拿刀砍另一个帮派的孩子？你以为这是游戏吗，本？要毁掉你的生活，加入帮派是最快的办法了。"

"他们不是那样的人。"本说。他的声音里渗透着一丝尖刻，他不像刚才那么懊悔了。"他们是我的朋友，他们都很照顾我。"他抬起头来，他的眼泪已经干了，眼睛里闪动着更为冷酷的眼神，"他们是我的家人。"

"照顾你的人是我。"我平静地说，"你有家人。我和你妈妈就是你的家人。"

"什么该死的家人！"本突然尖叫起来，我大吃一惊，不由得往后退了一步，"从我小时候起，我就只记得你和妈妈吵架，现在呢，你们只会在背后互相抱怨。你们以为只要给我买个该死的游戏机，带我去度假，要不就是带我去看什么混账的足球，就没事了吗？"他瞪着我，"这些根本无关紧要。"

"你这个没良心的东西！"我喊道。我的心跳加速。我能听到自己急促而沉重的呼吸，就像一头公牛，"我和你妈妈辛辛苦苦养着你！"

"又来了！"他又喊道，"除了帮派的人，从来就没有人听我说话！没人注意我！对我来说，他们比你们更像家人。"

我的耳朵嗡嗡作响，几乎听不到本的声音。他瞪着我，但他的眼睛里有别的东西，一种胜利的感觉。"打呀！"他尖声喊道，"我谅你也不敢！"

就在这时，门开了，我听到黛茜的声音，她惊恐地叫着我的名字。就好像砰的一声，我的灵魂又回到了我的身体里，就好像刚才我的灵魂距离我的身体越来越远。我忽然意识到我的右手举了起来，准备打儿子。我忽然感觉越来越恶心，仿佛胃里有一块砖头。

\* \* \*

对于当时的情形，我只能靠想象得知，黛茜穿着保安制服，护送我和本走到约翰的车边，而露西娅在博物馆外的街道上对我咆哮怒吼。即便之前我的工作没有岌岌可危，我想现在肯定也不保了。本非要我打电话叫露西娅来接他。当时她和约翰正要出发去吃饭。约翰坐在车里，怒视着方向盘，看也不看我。

"老天，纳特。"露西娅说，"现在只是要你带一会儿儿子而已，这事多简单啊。你连当爸爸都不会了吗？"

"你不知道他干了什么。"我说，可是，即使在我自己听来，我的声音也充满愤懑，很孩子气。

露西娅把她的脸凑近我的脸，压低声音厉声说："他说你要打他。"

"我永远也不会……"我说，但一想起我发现自己的手举在空中，我就羞得满脸通红。

"你父亲早就死了。"露西娅说着，转身上了车。她摇下车窗，对我摇了摇头："这样的传统，没有必要传承下去。"

我在那儿站了很久，看着车开走，意识到黛茜还站在我身后。最重要的是，我不想让她看到这一切。但我不敢想象如果她当时没有进来会发生什么。

我转身面对黛茜，却不敢正视她的目光："我猜你现在很恨我了。"

当我终于看着她，只见她的头歪向一边，好像在考虑我和我所做的事。她说："你想去屋顶吗？"

我挤出一丝微笑："去干什么，跳下去吗？"

"不是。"黛茜说，"我们聊一聊。"

\* \* \*

"我从来都不知道这里有个屋顶。"我一边说，一边跟着黛茜从餐厅后部的一个小房间里爬上梯子。她推开一扇木门，爬了出去。"我的意思是，屋顶肯定是有的，但是……哇。"

我跟着黛茜出了木门，来到一片铺着毛毡的平坦空间，四周是博物馆大楼的尖顶山墙。"你经常上这儿来吗？"

黛茜耸了耸肩："不是。事实上我从没来过。除了第一次发现这里的时候。"她蹙眉，"我来这里做什么呢？"

"因为这儿很美呀。"我呼吸着。从这里望去，整个曼彻斯特尽收眼底，一栋栋高楼大厦灯光闪烁，建筑之间的道路蜿蜒曲折。天空很晴朗，预示着温暖的春日很快就要到了，星星在我们头顶上的苍穹里眨着眼睛，城市的声音在空中飘来飘去，虽然凌乱遥远，却让人安心。城市里的生活在继续，精彩、辉煌、美好。在那一刻，我几乎无法呼吸，忘记了一切。

但是，这样的时刻转瞬即逝。在那些砖砌峡谷和明亮灯光之间的某个地方，约翰的车在行驶，载着露西娅和本，离我越来越远。也许他们要永远离开我了。我可以爬上很多梯子，也可以想爬多久就爬多久，但永远也不能逃开一个事实：我差点儿动手打了本。

"你不会打他的。"黛茜说，仿佛读懂了我的心思。

"要不是你进来，我可能会的。"

"你以前打过他吗？"

我摇摇头："我一直都发誓不会打他。可是……"

我环顾四周，我觉得自己需要坐下来。一边有几箱砖头和瓷砖，是建筑工人上次翻新时留下的。黛茜走过去，把两个箱子里的瓷砖转移到别的箱子里，然后把箱子翻过来，我们坐在上面，背靠着高高的山墙。

"喝酒吗？"她说。看到她手里的酒瓶，我惊讶地眨了眨眼。她红着脸，说："我从咖啡厅的自助餐桌上拿的。我想两位苏小姐是不会介意的。毕竟现在事出紧急。"

"你也拿了杯子吗？"我在黛茜拧开盖子时说。

她看起来垂头丧气的："老天。我把杯子给忘了。"

"没关系。"我从她手里接过酒瓶，对着瓶嘴痛饮了一大口。我用袖子擦了擦瓶口，把瓶子还给她，黛茜犹豫地朝我笑了笑，却还是对着瓶口喝了一大口，喝完，她的眉头拧了起来。

"口感不太好，不过挺管用的。"我说。我抬头看了一会儿星星，思索着我们和它们之间的距离。想着这样的问题，就会觉得自己是那么渺小，那么无足轻重，任何地方的任何人都对你的问题不感兴趣。

然后，黛茜用手肘推了我一下，又把瓶子递给我。"给我讲讲吧。"她轻声说。

于是我讲了起来。我说了特里·加维的事。我把一切都对她和盘托出。

* * *

我不是教徒，小时候也没去过教堂，所以并不清楚忏悔是什么感觉，但我想有点像我现在的感觉。有点筋疲力尽，有点空虚，又有点轻松。我几乎觉得我可以把头靠在砖墙上，好好睡上一觉，如果不是天气越来越冷的话。我注意到黛茜冻得直哆嗦，我不假思索地脱掉夹克，披在了她肩上。她给了我一个我看不懂的眼神，我想知道我是不是有点僭越了。我只是觉得应该这样做。

黛茜沉默了良久，才喃喃地说："纳特，你不是你爸爸。"

"我知道我不是。"我说，"事实上，我这辈子都决心要成为和他完全相反的人。"我停顿了一下，回想起过去十年的生活，当时情况和现在不一样,"本出生的时候,我觉得这是一个大好机会,可以把往事一笔勾销,终于可以让他的灵魂安息了。我列出了一长串我不会做的事,我要极力避免的事,这样一来,我就绝对不会像我父亲那样。而最重要的一点就是不要打我儿子。不打任何人。因为从小到大,我目睹了太多这样的事。"

然而,我还是做了,我的手举到了本的上方,准备给他一巴掌。我的第一规则差一点儿就被打破了。

"他小时候叫我跳跳虎。我是说本。"我说,突然想起了那件往事,"我竟然忘了。多么可怕啊。"

"《小熊维尼》里的跳跳虎?"黛茜说。

我点点头,突然觉得难过极了。"他说我总是蹦蹦跳跳,能逗他笑。"我抬头望着星星,"我不知道我从什么时候开始不再那样了。为什么我都没注意到呢?"

黛茜喝了一口酒,把酒瓶递给我,让我喝掉剩下的。"有时,光是知道不该做什么,是不够的。我们也必须知道我们应该做什么。而这通常要困难得多。"

"我以为我和本……可以成为朋友。"我说,"我以为,如果我试着从他喜欢的东西中找到乐趣,再让他做我喜欢做的事,那我们就能一直交心,永远做朋友。"我看了看黛茜,"他不需要朋友。他需要的是一个父亲。是指导,是规矩,是爱和支持。我爱我的儿子,这一点谁也不能否认,但是……也许其他几样……他从我这里得不到,就去从别人那里寻找了。"

"那个帮派。"黛茜说，她拉紧夹克，"从某种程度上说，这都是我的错。如果不是我告诉你那些孩子的事，你就不会生本的气。"

我坚定地摇摇头。"不。我必须知道。这样我就能阻止事情继续发展。这跟你一点关系都没有。"我停了下来，想起了本说的话，"你是受害者。真不敢相信竟然是他干的。他们竟然那样叫你。"

黛茜什么也没说，只是盯着博物馆外曼彻斯特的灯光。我说："你说我们是不是该下去了？我敢说你一定很冷，酒也喝完了。"

她没有任何行动，只是注视着夜空。最后她说："好吧，至少你知道他们为什么叫我疯子黛茜。很明显，我们总想着保密，但不让消息传出去几乎是不可能的。他们甚至不知道为什么这么说，也许有个孩子听妈妈说过，而他妈妈也是从别人那里听来的，别人则是从另一个人那里听了几句风言风语，而这个人邻居的女儿是罗茜的同班同学，罗茜有可能曾跟别人说起过这个秘密。事情往往就是这样，不是吗？三人成虎。"她看着自己的脚，哆嗦了一下，"你还能再这么说吗？"

"你不是疯子。"我轻声说，"那是很久以前的事了。"

她看着我，好像在我的眼睛里搜寻着什么。她微微扬起了眉毛："不见了。"

"什么？"我迷惑不解地说。

"你以前的那种眼神。在我给你讲那件事之后，我看到你有那种眼神。那个眼神表示你很……害怕？厌恶？怀疑？"她看向别处，"现在你没有那种眼神了。就是这样。我都不知道我为什么要提到这件事。"

"黛茜。"我说，她回头看着我。她的眼睛注视着我的眼睛。从她的目光遇到我的目光，我们之间像是有什么东西在涌动。那种感情太强烈了，我无法移开视线。

我也不愿意别开目光。

我感到胸口一紧，仿佛有一根细丝把我和黛茜连接起来，现在有什么东西或什么人把细丝拉紧了。

我不知道是因为酒还是冷风，但我突然觉得自己很了解了。对她有了深刻的认识。就像我一直都了解她一样。

这时候，我的电话响了。

我眨了眨眼，好像被震醒了一样，我掏出手机。该死的垃圾信息。所有的美好时刻都被毁了。我正准备把手机放回口袋时，黛茜问："那是什么曲子？"

"我的手机铃声？"我说，"是埃塔·詹姆斯的《终于》。她是我妈妈最喜欢的歌手。她以前总是放她的歌。"

黛茜的脸上浮现出了一种怪异的表情："能把整首歌放一遍吗？"

我在手机里的声破天（Spotify）应用软件上搜索，找到了这首歌，开始播放。前奏的弦乐似乎在飞来荡去，充满了整个夜晚。我们默默地把歌听完。

"真好听。"黛茜说，"可惜太短了。"

"三分钟。恰到好处。爱上一个人，正好需要这些时间。"我再次按下播放键，站了起来。我觉得自己有点鲁莽，还有点疯狂，感觉好像有什么东西要从我的胸腔里爆发出来。我伸出手："和我跳支舞吧？"

我以为黛茜会说，什么，这里吗？或是我不会跳舞，还可能会说别傻了，纳特。但黛茜站了起来，目不转睛地凝视着我。她把她的小手放在我的大手里，允许我把她拉到我怀里，她的身体贴合着我的身体。她把头靠在我的胸口，好像在倾听我的心声。我们一起移动，轻轻地摇晃着，节奏完全一致。埃塔唱着天空是蓝色的，与此时此刻的感觉一模一样。仿佛头顶上的夜空只为我们而存在，它所有不可知的美只为我们存在。等埃塔唱到有关咒语的歌词时，我正好鼓起勇气，抓住黛茜的肩膀，把她从我怀里拉开，我们的目光难舍难分。

"我能吻你吗？"有人这么说。我意识到这句话是我说的，不禁大吃一惊。

她什么也没说，只是一直注视着我。我还记得在盯梢的那个晚上，她的手摸着我的手，带来了触电般的感觉，那电流产生的涟漪在我全身蔓延。黛茜朱唇微启。我捧起她的脸，她倾身向我，她的眼光闪烁不定。

有人叹息了一声。可能是我。也可能是她。

我前倾身体，我的唇就要印在她的唇上。

"啊哈！"

埃塔的咒语解除了。我把手缩回来，黛茜从我身边挪开，我站直了身子。

"你们两个到底在搞什么？"珍妮丝出现在屋顶上，大声说，"黛茜·杜克斯，我不是告诉过你别缠着纳特·加维吗？"

我和黛茜快速地交换了一下眼色，然后我们同时开始说话。

"黛茜觉得有点不舒服……"

"我带纳特来看看这里的安全隐患……"

珍妮丝双臂抱怀，跺着脚："好了，好了，好了，我只能说，你们最好口径一致了。如果你的安全隐患解除了，黛茜也感觉好些了，你们两个或许可以去看看，有两位爸爸为了谁做的橡皮泥恐龙最好吵起来了。老实说，橡皮泥恐龙不应该是他们的孩子做的吗……"

# 第二十八章

## 纳特：一直都是好爸爸

　　就像黛茜说的，一切照旧，却又完全不同了。我无法掩饰我对她的了解。我无法忘记我们差一点就接吻了。我们的唇几乎碰到了一起。那感觉是如此美妙，没能完成那个吻，我的心甚至都疼了。

　　本也是如此。星期一我去接他上学，本以为露西娅会对我爱搭不理，可她一个劲儿地向我道歉，我忍不住吃了一惊。周末的时候，她从本那里了解了全部情况，还把他批评了一顿。他的游戏机和游戏带，乃至几乎他所有的东西，都在厨房的黑色垃圾袋里。

　　"我和他说了，哪天我醒来时不生他的气了，他就可以把这些东西拿回去。"她说。与此同时，本一直在低着头吃麦片，"如果到下周末，我还没把它们丢掉，就算他走运。"

　　露西娅上班前把我拉到一边，轻声说："你觉得我们应该怎么做？怎么处理帮派的事？现在不像我们小时候了，纳特。他们可能只是孩子，但谁能说得准他们会闯出什么祸事。他们可能会砍人。我看过很多人受了刀伤被送进医院。我不想让我们的儿子成为下一个。"

露西娅说，本在二十一岁之前都要禁足。但她是对的。现在需要防患于未然。不管她怎么说，我们都不能永远不让本出门。"我来处理。"我说。

"怎么处理？"

"还不知道。不过交给我吧。"

露西娅点了点头："我一直在想那个可怜的女人。"

"她叫黛茜。"

"就是你那个同事？我们去接本时见到的穿保安制服的女人？"

"是的。"

露西娅的脸上浮现出了那种表情。那意思是说，她什么都知道，而我什么都不懂，与她相差十万八千里。只是这次我落后她的距离并不大。

"那个叫黛茜的，她喜欢你。我看得出来。"

"你是怎么看出来的？"

露西娅耸了耸肩："女性的直觉。你喜欢她吗？"

本离开厨房，来到了门口："玉米辫的事，看来也不成了？"

见露西娅一直盯着他看，弄得他转身跑开了。露西娅给了我一个多年来最温暖的微笑。"纳特，我不记得收到过不允许你幸福的备忘录。"她吻了吻我的脸颊，"我得去上班了。好好想想吧，在那孩子证明他为自己的所作所为感到抱歉之前，不要有任何让步。"

*　*　*

那个星期一是通宵狂欢节之后我和黛茜第一次见面，我很紧张。珍妮丝打断了我们，黛茜便向西玛请了假，说她头疼就直接回家了。我对此一点也不惊讶，毕竟她喝了那么多酒。我本来也想偷偷溜走的，看珍妮丝截住了我，拉我去了咖啡厅，那里成了临时酒吧，没和孩子们一起待在展厅里的成年人都到这里消磨时间，而孩子则挤在睡袋中，打着手电筒听鬼故事。

"你们在屋顶上都说什么了？"珍妮丝责备地说，向一个塑料杯里倒了一些温热的葡萄酒，"我听说你儿子淘气了。"

我耸了耸肩，没有肯定，也没有否认，我抿了一口酒。说实话，我已经喝得够多了，在我差一点吻到黛茜时她脸上的表情一次次地在我的脑海里打转。我感觉到了她对我的吸引力。我的心好像打开了，醒来了，从它突然发现自己身处的枯燥牢笼中挣脱了出来。

我被珍妮丝缠着讲了一个鬼故事，到了熄灯时间，她不知用了什么样的手段，我竟不由自主地钻进了霍里奇之翼展厅的一个睡袋里，珍妮丝在我边上，她还去女厕换上了一条小短裤和背心。

"但愿那个大恐龙不会让我做噩梦。"珍妮丝说，"你会保护我的，对吗，纳特？"

孩子们兴奋的说话声安静了下来，大厅里回荡着参观者有节奏的呼吸声和轻柔的鼾声，我仰面躺在睡袋里，凝视着黑暗。我感觉到珍妮丝伸出手来，把一只手臂搭在我的小腹上。我静静地躺了一会

243

儿，她等着看我怎么做，于是我假装打了个呼噜，一翻身甩开了她的手臂，背对着她。我就这样躺着，想着黛茜，直到第一道曙光照进博物馆。

*　*　*

周一的交接班一如既往。黛茜摆出一副公事公办的样子，态度生硬，表现得好像我们自从上次上班后就没见过面似的。她问了我几个问题，都是关于当天发生的无关紧要的事，我离开时，她甚至都没跟我说再见。我等着她提到那个未完成的吻，但她没有。我先去了德里克多米诺骨牌——对不起，应该是麦克巨无霸，回家后，我看了村上春树的书，洒上了果汁，纸张都变皱了。每读完一章，我都停下来，翻回前面的藏书票。本书属于黛茜·杜克斯。我抚摸着黛茜手写的日期，可知她什么时候把书借给我，以及何时应该归还。已经过期了。我给了她一本新的，但这就够了吗？

珍妮丝开始在博物馆里缠着我。一天，在午餐时间，当我在西奥多展厅里读《希腊神话》时，她蹑手蹑脚地走近我，说："哈！你不觉得这里很阴森吗？瞧瞧那个头骨，太瘆人了。"

"我在休息，珍妮丝。"我说，"有什么事吗？"

"没有。"她说，"我想问问你的意见。你喜欢我在通宵狂欢节上穿的那条裙子吗？"

我想不起那条裙子是什么样子，但我不想显得不礼貌，只好说："是的，很漂亮。怎么了？"

244

"我在想去那儿的时候，要不要再穿一次，还是该买件新的。你说呢？"

我皱起眉头，摇了摇头："去哪儿？"

珍妮丝拍了拍我的胳膊，大笑起来："你真是个傻瓜。周六的员工聚餐啊。春日员工联谊会。每个人都去。你那个怪怪的小朋友黛茜也不例外。"

我眨了眨眼。啊，员工聚餐。"黛茜去吗？"

珍妮丝的眉头拧了起来。"是的。怎么了？不管怎么说，你觉得这条怎么样？"

她拿出手机，给我看了一个服装购物网站的页面。上面有一个比珍妮丝年轻二十岁的模特穿着一件橙色的连衣裙，胸部和大腿都没有留下太多的想象空间。我耸耸肩，大胆猜测一下："很漂亮？"

珍妮丝大笑起来，又拍了拍我的手臂，这次，她没有把手拿开，而是轻轻地捏着我的二头肌。"啊，纳特·加维，你真调皮！"

"是吗？"如果我总是觉得自己不懂露西娅，那我就更不懂珍妮丝了。

珍妮丝从眼镜上方眯起眼睛看了我一眼："你自己心里很清楚。我想你是对的。我还是买这件吧。虽然有点不雅，但是……我相信你的判断，纳特。人只能活一次，对吗？"

\* \* \*

一天晚上，我又梦到了父亲。不过这次他不在牛头怪的迷宫里。

他就在我面前晃悠，挥舞着拳头，没完没了地大笑："儿子，你越是从我身边跑开，就离我越近。你明白吗？你跑得越远，就越接近。现在为什么不拥抱一下老爸呢？"

我整天想着这个梦，直到黛茜来上班。交接班的时候我说："什么东西都没丢。"

她茫然地看着我："什么？"

"没有展品失踪，这几天没有发生失窃事件。你说这是怎么回事？"

黛茜想了想："不知道。怎么了？这有关系吗？"

我不能像什么都没发生过一样，继续跳这种奇怪的舞蹈。我就要被逼疯了。于是，我说："黛茜，你还记得那次盯梢吗？你还记得，躲在横幅后面的时候，还有在屋顶上，都发生过什么吗？"

"如果你要说的只有这些，那你该下班了。"她立即说。

离开之前，我把我做的梦和她说了："你认为这是什么意思？"

她耸了耸肩："和你在屋顶上说的一模一样，你尽全力不成为你父亲那样的人。"

至少她终于承认屋顶的事确实发生过，不然，我都开始怀疑那是我的想象了。"可是他为什么要我拥抱他？"

黛茜闭上眼睛，摇了摇头："我也说不好你的潜意识想告诉你什么，纳特。也许逃离并不是解决办法。也许你得接受你对他的记忆。"她停顿了一下，思考着，"他身上就没有优点吗？"

"即使有，也被他干的那件不可饶恕的坏事掩盖了。"

黛茜轻轻地笑了："没错，坏事往往就是这样。再见，纳特。"

我去坐巴士，一路上把自己骂了个狗血淋头。为什么我讲话前不动脑子呢？现在她肯定认为在我眼里，她干了一件非常坏的事。就像特里·加维的拳头一样。我怎么才能接受特里·加维？那就意味着我会受到父亲的影响，哪怕只是一点点，也将一发而不可收拾，而我会陷入万劫不复的境地。

会是这样吗？在坐巴士回家的路上，我想到了一个主意。

* * *

那些男孩子并不难找。他们有五个人，在购物街关闭的店铺周围闲逛。他们的年纪都比本大，有几个的下巴上还长了不规则的胡子。我向他们走过去，他们全都狠狠地瞪着我。

"你们认识本·加维吗？"我说。

他们都耸耸肩。其中一个孩子与我对视，他年纪最大，个子最高，是个黑人，脖子上挂着一条很粗的金链子。"他遇到麻烦了？"

"他做了什么？"一个亚裔男孩说，"过马路的时候闯了红灯？"

他们纷纷窃笑起来，可见我死死盯着他们，他们又都安静了下来。金链子说："你是他老爸？"

"他年纪这么小，你们带着他，是为了什么？"我说。

金链子耸了耸肩："因为你老爸呀，我叔叔说他是'黑色轰炸机'。特里·加维，右勾拳天下无敌。"

我皱着眉头瞧着他："这没什么了不起的。我再问你一遍：你们为什么带着本一起？"

"我们原以为有了他，就能长我们的威——风——"金链子拖长音说，"想想看，小黑色轰炸机在我们的帮派里。"他抽了抽鼻子，看向别处，"只可惜他是个孬种。"

时机到了。

现在，我该选择是做我父亲，还是不做。

我可以伸出手，揪住金链子的黑色 T 恤的前襟，把他狠狠地往后推到店铺的墙上。我可以把脸凑到他身边，对他咆哮，告诉他如果再被我看到他跟本说话，我就宰了他。

特里·加维一定会这么做。

而我不是特里·加维。

所以我说："你叔叔都是怎么跟你说'黑色轰炸机'的？"

金链子努力表现出一副很酷的样子，但我看得出他很害怕。我能嗅到他的恐惧。那是因为我没有生气。或者更确切地说，我生气了，怒火在我的心里燃烧着。但我不会让这影响我的感觉和判断。一切都在我掌控之中。我在磨炼我的愤怒，将其锻造成武器，我可以选择使用，也可以选择不用。就像父亲在拳击台上能做到的，但在家里却做不到。

"他说'黑色轰炸机'是最棒的。"金链子漫不经心地说。

"他就是最棒的。"我说，"他把他知道的一切都教给了我。我有话告诉你们，而且我只说一遍。你们不可以在街上骚扰女性，连看都不可以看。如果我听说你们中有人骚扰我儿子，我会再来。明白了吗？"

金链子点了点头，所有伪装的坚强都从他身上消失了。我看清了他的真面目。他就是个小孩子，但需要受点教训。

我没有难为他。我本可以揍他一顿。我的确可以打他。他那么对本，我恨不得杀了他。我若有所思地说："你知道吗？人们不需要任何借口，就能诋毁黑人孩子。你为什么不改变一下，做点有用的事？"

我转过身，没有回头看。我没打他，没杀他。我选择不那么做。我选择不做父亲那样的人。当我离开的时候，我觉得我终于找到了走出迷宫的路。

\* \* \*

星期六，我去扫墓。我带了鲜花。这次不只是为了母亲，也是为了他。我感觉我必须这么做，必须做一个了断。

"我仍然恨你所做的一切。"我对着墓碑说，"但我想我并不恨你这个人。不再恨了。"

我记得黛茜对我说的话。我想到了那些美好的时光。让我惊讶的是，那些好时光不仅存在，还有很多。它们一直掩埋在特里·加维右勾拳的阴影下，却真实存在。

"你说得对。"我说，"我越是从你身边跑开，就离你越近。我花了那么多时间努力不成为你这样的人，以至于我都忘了要做自己。不管喜不喜欢，我身上都有很多你的影子，爸爸。所以我这么做了。我拥抱了你，接受了你，我以硬汉的面目示人，但我知道什么时候该停下来。我已经证明了那样做并不代表我会成为你。"我把花插进花盆，站了起来，"你本可以做得更好的，爸爸。这完全有可能。我现在明白了。你不必像以前那样。我也不用再从你身边逃离了。没有什么是不可避免的。"

我离开了坟墓。我觉得再也不必经常来了，不必再隔周周六来一次。也许一个月一次就够了，也许时间间隔可以更长一些。我并非像我对自己说的那样，是来看母亲的。我是来确认特里·加维还在他的棺材里，没有从干燥的泥土里爬出来找我，试图让我变成他那样的人。他做不到。再也不可能了。

就像黛茜说的，一切照旧，但所有的事情都不一样了。

# 第二十九章

## 黛茜：亲爱的妹妹

罗茜把上衣贴在我身上，头歪向一边琢磨了一下，五官皱在了一起，随即把衣服放回了架子上。她眯着眼睛环顾四周，如同警犬在嗅来嗅去，搜寻藏起来的坏蛋。"啊哈！"她大叫一声，朝另一堆衣服走去。我拖着疲倦的身体，跟了过去。

"罗茜，已经有四件上衣了。"我说着，举起挂在手指上的衣服。

"你可以带五件衣服去试衣间里试穿。"她说，用挑剔的眼光看了看一件卡其绿色的衬衫，然后看了看我，又看了看那件衬衫，"试试这件吧。"

我们出门好像已经有几个钟头了，我很担心母亲。有家庭看护员偶尔来家里照顾母亲，通常是每个月或六周一次，让我们可以"喘口气"。罗茜预定了看护服务，这样我们才能在这个晴朗的周六下午去曼彻斯特市中心，表面上是为了给我买下周末员工聚餐穿的衣服。

"我都还不确定要不要去。"

"你当然要去。"罗茜说着，把我推向试衣间。我们前面有长长一队女人，在这家木头和金属装饰都已破旧、一直放着嘈杂舞曲的店里，她们看起来比我自在多了。"想必纳特也去吧？"

我尽量不置可否地耸耸肩。"是员工聚餐，而纳特是员工。他可能会去吧。"我能感觉到罗茜盯着我看，我气哼哼地转向她，"怎么了？"

"我只是不明白你还在等什么，黛茜。"她说，"生活不会站在原地等你。你必须跟上生活的节奏。"

"这是你从福饼里拆出来的人生格言吗？"我一边嘟囔着，一边随着队伍缓慢前进。为了改变话题，我看着罗茜为我挑选的其中一件上衣上的价签，惊讶得瞪大了眼睛："太贵了！"

"你买得起。你向来都不出去玩，黛茜，你从来不买东西，你一定存了很多钱。"

也许存不了多久了，如果我们最终都被炒鱿鱼的话。我还没对罗茜说这件事。我不想让她担心我们照顾母亲的安排会出问题。其实罗茜不是那种焦虑的人。她只会耸耸肩，便开始为我找别的工作。但我想先弄清楚会发生什么，才让家人知情。

队伍再次移动，而罗茜并没有被我搪塞过去："那么，关于他，我们都知道些什么？他离婚了，有个孩子，一个人住。他多大了，三十七，还是三十八？"

"差不多。"

"他长得很帅，对吧？"

"我想是的。"

"你想？"

"我想什么？"我皱着眉头说。

罗茜用手掌一拍前额。"老天，黛茜。"她还没来得及详细解释，就轮到我们了，我和罗茜一起走进更衣室的小隔间，把几件上衣都挂在挂钩上，"脱吧，老姐。"

我迅速脱下 T 恤，开始穿上第一件衣服，这是一件丝质衬衫，有点军装风格。罗茜尖叫一声："天哪，黛茜，你上次买新胸罩是什么时候？你上次穿合适的胸罩是什么时候？"

我低头看了看自己的胸脯："不记得了。"

"你这胸罩都成灰色的了。你的奶子就像吊床上的两个瓜。我看我们一会儿要去玛莎百货逛逛了。把这件上衣脱掉，我不喜欢。"

我开始穿另一件衬衫，轻声说："我告诉他了。我把我们小时候的那件事和他说了。"

罗茜正要把丝绸衬衫放回衣架上，她停下手里的动作，盯着我看："你干了什么？"

"我们盯梢的时候，我对纳特说了。"

罗茜闭上眼睛，深深地吸了一口气。"你为什么要那样做？"她平静地说，尽管她的声音有些尖锐。

我一直等到她睁开眼睛细看第二件衬衫。"不好。"她说，"试试橙色那件。"

"因为我觉得说清楚更好。以前我和达伦搞成那样。我不想再经历一次了。我不想让自己陷得太深。"

罗茜给我扣好衬衫的扣子,在狭小的隔间里退了一步,仔细打量着。"不错。我很喜欢。"她把目光转向了我,"陷得太深?你和达伦住在一起,大家都以为你会结婚。你真的认为你和纳特会发展到那一步?"

"我不是那个意思。"我慌张地说,脱下橙色的上衣,"我的意思是……"

"你的意思是你已经考虑过了。"罗茜说着把最后一件上衣递给了我,"穿这个。"

"我还以为要买橙色那件。"

"这件的效果我们都还没看呢。问题就在这里,黛茜,你得多试几次,才能找到合适的。你把看到的第一件貌似合适的衣服买了下来,可事实证明并不合身,你总不能放弃之后,就不再买别的衣服了。"罗茜揉搓着下巴,"很好,就这件吧。看到了吧?得把四件都试穿了,才能找到合适的。"

我脱下衬衫递给她,又穿上了我的 T 恤:"你说的是隐喻吗,罗茜?"

她看了看最后一件衬衫上的价签牌。"不,这衣服不叫'隐喻',设计师叫贾斯珀·康兰。依我看,还得买一条短裙。"

\* \* \*

在逛了好似一个星期那么久之后,我买到了参加员工聚餐的全套新装备,包括鞋、手袋、穿起来舒服至极的新胸罩,甚至还买了短衬裤，只是衬裤的用料比我口袋里的手帕还要少，而我通常都穿裤子，所以衬裤无关紧要。回家前，罗茜非要去喝一杯。"出来购物，就必须喝一杯。"她说，"在我看来，这是规矩。"

我们在圣彼得广场附近找到了一家咖啡馆，咖啡馆外的桌子沐浴在春天的阳光下。我想给我们各要一壶茶，但罗茜向我投来了责备的目光，她为我们每人点了一大杯白葡萄酒。一辆电车叮叮当当地驶过，罗茜说："你把事情告诉纳特，我觉得是个错误。没这个必要。那是很久以前的事了，况且……"

"我必须告诉他。"我插嘴说，"我和你说过了。最好从一开始就把事情说清楚了。我已经吸取教训了。"

服务员端来了酒，他走后，罗茜说："他有什么反应？"

我耸了耸肩，想起他那个眼神。"正如你所料，这很好，这样最好。"我喝了一口清凉爽口的葡萄酒。

我不想把在屋顶上跳舞和差点接吻的事告诉罗茜。我自己甚至都不确定那件事是真的发生过、没有发生，还是差一点发生了。纳特差一点吻我的时候，那种感觉还是我这辈子第一次经历。就像我的皮肤着火了，一场龙卷风在我脑海中呼啸。好像我很想尿尿，但又不是真要尿尿。对着达伦，我从未有过这种感觉。也许是喝了酒的缘故。

珍妮丝打断了我们，我们便返回博物馆去处理爸爸们打架的事（纳特宣布捏橡皮泥恐龙大赛为平局，这安抚了双方的情绪。安抚。是个好词）。那之后，我们两人都没有提到所发生的事。在活动的后半段，我们几乎没见过面。在我看来，这表示他对那件差点发生的事后悔了。我说他的那个眼神消失了，但也许是我错了。也许他只是很善于隐藏。也许发生的事对他来说太过难以接受。

我对罗茜说："我必须接受一个事实，在很久以前，我就毁了自己的人生。我不配得到幸福。"

罗茜看起来有话要说，但她只是喝了一口酒。她点上一支烟，把烟吐到空中。终于，她说："说到幸福……我正好有件事要跟你谈谈。"罗茜盯着她的酒杯，我觉得她有点忧伤。"你知道的，我和伊恩来往得很勤……"

确实如此。伊恩每天晚上都来，经常在家里过夜，他们周末总是出去，去酒吧、餐馆，还会去看电影。他们认识没多久，但伊恩似乎已经成了罗茜生活中一个固定的部分。

"我真的喜欢他，黛茜。我对他是真心的。他能逗我笑。他让我觉得自己很特别。他让我……"

我举起一只手，想起伊恩留下来过夜时，罗茜发出的犹如猫叫一般的声音。"够了。我明白了。"

"就是他了，黛茜。我敢肯定。"

对于这样的情况，我不知道该说些什么。"我为你感到高兴。"最后，我这样说，可跟着我皱起眉，"但是你看起来并不高兴。"

"他找到了另一份工作。"罗茜说，她看着我，"是西班牙的一家大建筑公司。他的朋友在那里，还给伊恩在管道部门找了份工作。薪水很高，工作也很稳定，而且，西班牙是世界上最美的地方之一。"

我拉住桌子对面的她的手："我很抱歉，罗茜。现在……"

"他要我跟他一起去。"她脱口而出。

我皱起眉头："什么，去度假吗？"

"不，是去定居，和他一起生活。"

"在西班牙？"

"在西班牙。"

我把手从她手上拿开："你告诉过他你不能去吗？"

罗茜直视着我的眼睛："我和他说我愿意去。"

"妈妈病了，罗茜。她就要死了。"

"我知道，黛茜。"

"那意味着你不能去。"我说。真希望我们能谈点别的：衣服、酒、电视，甚至是纳特。

罗茜不慌不忙地回答："不，不是的，不完全是。这意味着我必须选择是去还是留，以及这对其他人意味着什么。"

"不。"我说，语气比我以为的要尖锐得多，"你不能去，就是这样。"我瞪着她，"我也有事告诉你，工作的事。我可能要失业了。"

罗茜立即露出了沮丧的神色："天哪，黛茜，为什么？发生了什么事？"

"还没有确定。"我低头看了看自己的手。我很郁闷，痛苦填满了我的心。我能感觉到黑狗在咖啡馆的桌子间来回走动。"他们可能会解雇所有的保安。我们仍在等待正式的消息。"

"他妈的。"罗茜揉了揉脸，示意服务员过来，"再来一杯。你要吗？"

"不了。"我说,"我们该回去看妈妈了。"

罗茜从桌上拿起手机查看时间:"我们还有很多时间。我们两个应该先把事情谈清楚,再回去让妈妈选择。"

我登时怒气冲天:"没有什么选择!她病了,而且越来越严重。我们都得待在她身边。我告诉过你医生是怎么说的。"

罗茜又点了一大杯酒:"可能要一年、两年,或者更多时间。我等不了那么久,黛茜。我不能错过这个机会。"

"你太自私了,罗茜。你一直都是这个样子。"我站起来,拿起包,"你向来只考虑自己,只考虑什么对罗茜最有好处。"

罗茜别开了脸。服务员端了酒过来,她拿来就喝。我狠狠瞪了她一眼:"回家见。随便你要以什么样的状态回去。"

\* \* \*

看护员是个可爱的女人,叫凯丝,她总是忙忙碌碌。我觉得她从来都没有站着不动的时候。这大概是我们第三或第四次请她来照顾母亲了,她似乎和母亲相处得很好。我回来时,凯丝正在洗母亲午饭用的碗碟。我把购物袋放在餐桌边上,她给了我一个灿烂的微笑。

"购物疗法吗,亲爱的?太棒了。我告诉我家科林,没有什么比一家好商店更妙的了,不过男人可不是这么以为的,不是吗?他想买牛仔裤,就会走进他看到的第一家卖牛仔裤的商店,买下看到的第一条适合他的牛仔裤。那还有什么乐趣呢?"

凯丝在我身边转来转去,把黄油放回冰箱。"我给她做了烤面包。

她说她饿了。午饭的时候，我给了她一块美味的馅饼。她还睡了个午觉。你母亲可真了不起。"

就在那时，我注意到微波炉旁边的面板上有两个威士忌空瓶子。我拿起一个，闻了闻瓶口，被浓郁的酒精味呛了一下。"这是怎么回事？"

"开派对了吗，亲爱的？"凯丝说着穿上了她的薄外套，"一个是在沙发后面找到的，另一个在你妈妈衣柜的最下面。没什么比派对更好的了，不是吗？我一直跟我家科林说，我们应该多开些派对。他更喜欢喝茶，晚上看历史频道。他最喜欢历史频道了，我家科林就是这样。真不知道我为什么要嫁给他。可是过了这么久，你会想，唉，想那么多又有什么意义呢……"

"凯丝。"我插嘴说，"你是在屋里发现这些酒瓶的？"

"一个是在客厅的沙发后面找到的，另一个在你妈妈衣柜的最下面。"她重复道。

我盯着空瓶子，火气越来越大。罗茜怎么能这样？她怎么能这么做？喝光了威士忌，还把酒瓶藏起来？更糟糕的是，她竟然把瓶子藏在母亲的房间里？

罗茜这次真的太过分了。

# 第三十章

## 黛茜：母亲与酒

罗茜大约比我晚回来一个小时，我把两个空的威士忌酒瓶放在桌上最显眼的地方，她走进厨房时正好可以看到。我背靠水槽站着，喝着茶。罗茜看了看我，又看了看瓶子，便出去挂外套。等她回到厨房，我说："怎么样？"

"我感觉好像正在挨校长的训。"她说着径直走到冰箱前，拿出了一瓶只剩下一半的酒。

"你不觉得你已经喝得够多了吗？"我说。

罗茜沉下脸。她瞪着我："实际上并没有，黛茜，我觉得我喝得还不够。我什么时候喝够了，由我来决定，你说了不算。"

我朝威士忌酒瓶点点头。"你是什么时候把这些东西收起来的？我是说，我觉得喝酒已经够糟糕的了。我开始在回收箱里看到威士忌酒瓶，但我认为那只是……我也不知道我怎么以为了。"我尽量装出一副和善的声音，"罗茜，你出问题了。"

"没错。"她说，"我他妈的有很大的问题，我有一大堆问题，但酗酒不是其中之一，如果你认为我酗酒的话。"

"不要说脏话。"我说。

罗茜张开嘴想说话，但又改变了主意。她咬着嘴唇，仿佛只有这样，她才能阻止自己说出任何她想说的话。

"你还把酒瓶藏起来！你以为我找不到吗？你觉得这里谁负责打扫卫生？不是妈妈，当然也不是你。你以为你去上班的时候，有仙女来做卫生吗？"

罗茜深吸了一口气，她的视线越过我，望着窗户。我正在大步前进，根本停不下来。"你想妈妈会怎么说？你打算做什么？走进她的卧室，对她说，啊，对了，我是个酒鬼，我要搬到西班牙去了，回头见？"

"好吧，你这头假清高的母牛，跟我来。"罗茜说。她站起来，抓起一个瓶子，另一只手抓住了我的手腕，"我已经受够了。"

"要去哪儿？"我说，试着把我的手抽开，但罗茜更用力地攥着我的手，把我拖过厨房，来到门厅，开始上楼。她没敲门就冲进了母亲的卧室。

母亲抬起头："啊，亲爱的。你们出去购物，还愉快吗？"

令我惊恐的是，罗茜竟然把空的威士忌酒瓶扔到了床上，瓶子弹跳起来，正好落在母亲身旁。她低头看着酒瓶，眼睛睁得大大的，眼泪掉了出来。

"现在高兴了吧？"我恶狠狠地说，把我的手从罗茜手里抽出来，"看看你对她做了什么。你为什么不把其他的事都告诉她？干脆都跟她说了好了。"

"对不起。"母亲剧烈地抽泣着。

"你没什么对不起的。"我厉声对她说，跟着便住了口。罗茜盯着我，眼神既有些得意，又有些失落。母亲抱着威士忌酒瓶，就像抱着刚出生的婴儿。我的目光在她们之间来回游移，我慢慢地说："这是怎么回事？"

"酒瓶不是我的。"罗茜说，"是妈妈的。"

\* \* \*

两小时后，母亲睡着了，我和罗茜在客厅里，把周六晚间电视节目的音量调低了一些。总的来说，我们度过了一个问题重重的下午。

我捧着一杯茶，罗茜给自己倒了一杯酒。我用责备的目光看着她，她也回瞪着我。"如果你要说，'你认为你应该那样做吗？'那就别说，好吗，黛茜？"

我耸耸肩。我正在手机上搜索当地戒酒中心的网站。我说："我认为我们应该从这家开始，他们属于全民医疗服务系统。这上面说要先找个全科医生。"

"妈妈不去看医生的。"罗茜说，"主要原因是，她不认为自己有问题。"

"不过，你也同意她有问题吧？喝威士忌，把瓶子藏得满屋子都是？"我突然想起了一件事，"所以她才常吃特浓薄荷糖！我像个白痴一样一直给她买。"

"你这算好的了。"罗茜低声说,"你以为是谁掏钱买威士忌的?"

我惊讶得张大嘴巴。到目前为止,我都没想过母亲的酒是从哪里弄来的。"这么说,你不仅知道这件事,"我缓缓地说,"还在帮她这么做?"

罗茜重重地叹了口气:"我没有太多选择。她得了癌症的时候,我才知道。她自己出不去,所以买不了。她求我不要跟你说。她知道这只会使你担心。"

"所以,她患癌症之前,就已经这样了?"

罗茜点点头,她瞥了我一眼,便看向别处。"多久了?"我追问。

罗茜没有马上回答,过了一会儿,她轻声说:"据她说,是在……那件事之后,她才越喝越多。"我不知道她是否意识到了,但她弯曲了一下右前臂的肌肉,那里的伤疤轻轻地起伏了一下。我妹妹身上的那道疤,是我弄出来的。

我深吸了一口气,向后靠在沙发上:"好了。所以,又多了一件我要负责的事。"

"黛茜……"罗茜说着,把一只手放在我的胳膊上。

"什么?"

她的五官拧成了一团,好像她在和什么东西搏斗。最后,她说:"你不能一直责怪自己。那件事已经过去很多年了。"

我站起来。"我去看看妈妈,然后上床看书。"到了门口,我停了下来,转向罗茜,"你说得对,那是很久以前的事了。可影响一直都在,不是吗?就像发生了一场地震,而余震不断。永远都不会结束。"

　　　　　　　\* \* \*

　　母亲断然拒绝去看医生。我们把她叫到楼下，在餐桌旁开家庭会议。到周日的午饭时间，她周六那天的眼泪汪汪的悔悟已经不见了。

　　"我不会去的。"她坚定地说。

　　"我早告诉过你了。"罗茜对我说。

　　我瞪了她一眼。她真是一点忙也帮不上。我对母亲说："他们有治疗的方法，可以帮你减少饮酒量。"

　　"我不需要减少饮酒量。"母亲平静地说，"我对现在的饮酒量很满意。"她瞪了罗茜一眼，"我的意思是，你给我买的那些纯属漱口水，要是能有贵一点的酒，我是不会拒绝的。不过我想，乞丐是没资格挑肥拣瘦的。"

　　"妈妈，喝酒会要了你的命。"我说，尽量使自己的声音保持镇静。

　　"黛茜，"母亲用同样理智的语气说，"癌症会先要了我的命。有了酒，我至少能死得开心一点。"

　　我们已经查实，母亲每天都要喝上大约五杯威士忌。我看了空瓶子上注明的酒精含量，在手机上计算了一下。"老天。你每天都要摄入五个单位的酒精。女性每星期建议摄入量才十四个单位。"

　　罗茜轻蔑地大笑了起来。我愤怒地指着我的手机。"这儿写着呢！全民医疗服务系统上写的！"我眯起眼睛，"也许你也应该去看医生。"

　　罗茜向我竖起中指。母亲握住我的胳膊："黛茜，亲爱的。我们都在做我们很清楚不该做的事。"

我皱眉："我没有。"

"是的，好吧。"母亲说，"我们大多数人都会做一些明知不该做的事。这就是他们所说的……"她看着罗茜。

"预期风险。"罗茜说。

母亲点了点头："就是这个词。我知道我不该喝那么多，我试过戒酒。可那样我更难过了。我不会醉，亲爱的。我只是每隔几个小时喝一杯而已。这能让我保持平静。我想，我的身体现在已经离不开酒了。"

"所以才会上瘾。"我耐心地说，"他们可以治疗酒瘾。他们有药物、辅导，还有时间可以……"

"我唯一缺少的就是时间了，黛茜。"母亲轻声说。

我能感觉到罗茜有话要说。我看着她，她说："也许……还有个办法。"她起身走到客厅，回来的时候手里拿着天堂临终关怀护理中心的小册子。

我开口想要抗议，但罗茜说："你们两个听我说完。"她翻了翻小册子，折起来给我们看其中的一页。"他们有一个专门的戒瘾中心，专门接收存在……问题的人。想想看，如果妈妈去了，就可以得到照顾和帮助……"

"不行。"我坚决地说，"我们不是已经谈过了吗？"我看着母亲，"告诉她啊。告诉她你不去。"

母亲拿过小册子，看了看罗茜打开的那一页。她看着罗茜："你知道这地方收费是多少吗，罗茜？"

"不知道。"她承认，"这我倒是没打听过。"

"我知道。"母亲说，"上次我去这个你想把我关进去的地方，我进去问了。他们说如果需要的是养老院方面的服务，收费要几千块。注意了，是一个月几千块。我一听眼泪都要掉下来了。"她翻了翻小册子，"不过，临终关怀服务是免费的。他们把这当成是在做慈善，是在筹款。全民医疗服务系统会给他们提供资金。真是太不可思议了。但如果现在把我送进去，我就得一直住在养老院，直到需要临终关怀的那一天。"

我瞥了罗茜一眼，只见她正看着我。她说："你可以把这栋房子卖了，足够支付。"

我吓得睁大了眼睛："但这是我们的家！没有了房子，我们该怎么办？"

罗茜别开了脸。啊，我们都清楚罗茜会怎么做。她会和伊恩一起去西班牙。

母亲若有所思地说："我一直以为那一天来的时候，我会在这里离开。在家里，我的女儿们守在我身边。"我听到罗茜深深地吸了一口气，"自从得病以来，这就是我的心愿。"

良久都没人说话。然后，母亲说："我想喝点东西。"

"我去烧水。"我说着把椅子往后推开。

母亲不自然地对我笑了笑："我需要劲儿更大的东西，亲爱的。如果你不介意的话，晾衣柜里有瓶酒。"

266

　　　　\*　　\*　　\*

　　我做了烤鸡当星期天的下午茶，搭配烤土豆和填料。母亲喝完威士忌后又去床上躺了一会儿，现在，她一边看《乡村档案》，一边吃着。我和罗茜在餐桌边吃。

　　"伊恩不来吗？"我说，"鸡肉还有很多。"

　　"西班牙的工作有很多表格要他填。"她说。在我看来，她有点闷闷不乐，"他还在找房子。刚去的时候先租，但他希望以后能买房。"

　　"那么，即便你不去，他也一定要去做那份工作吗？"我说。

　　她恶狠狠地瞪了我一眼，把剩下的鸡肉在盘子里推来推去："我叫他一定要去。这对他来说是个绝佳的机会。生活不是静止不动，黛茜。我已经告诉过你了。"

　　我拿起盘子，把剩下的烤肉倒进了垃圾箱。"好吧，反正都解决了。你想做什么就去做吧。我不会让妈妈卖房子的。我要留在这里照顾她。就算你走了，我也可以做到。哪怕是我丢掉了工作。"我转向罗茜，"这是我欠她的。发生了那件事，我那样对你们，我必须为此付出代价，罗茜，这就是我要做的事。"

# 第三十一章

## 纳特：黛茜，黛茜

员工聚餐定在周六晚上，但那天正好是本来我家过周末的日子，所以周五早上我告诉他和露西娅我不想去了。

"没关系。"露西娅说，"你今晚把他接走，星期六下午茶时间送他回来睡觉。没问题吧，本？"

本耸耸肩，点了点头。自从通宵狂欢节那件事之后，情况一直在好转。我不知道他和那些小混混还有没有联系，但我猜没有。他看起来放松了一些，也更满意了，我和露西娅谈了很长时间，都希望在他的问题上建立统一战线。"你或许不再是我的丈夫，但你永远是本的爸爸。"她说，"为了他，我们就试着好好合作吧。"

"我今晚能带游戏机吗？"

"《堡垒之夜》争霸赛？"我大胆猜测。

他点了点头。我朝他咧嘴一笑："也许你可以教教你那笨蛋老爸怎么玩。"

露西娅临出门上班前从客厅里拿出了几个手提袋："我去买衣

服了。"

"很好。"我说，我有点糊涂，不明白她为什么和我说这件事。

"给你的。"她解释道，"给你聚餐时穿的。你向来不会选衣服。不要再穿斜纹棉布裤和格子衬衫出门了。"

我朝袋子里看了看。里面似乎有一条黑色牛仔裤，一件灰色翻领薄羊毛衫，甚至还有一些新的平角短裤和袜子。露西娅说："我希望你能打扮得体体面面地去见黛茜。"

我张开嘴，想要抗议，但我忽然想明白了一件事。我也想为黛茜展现我最好的一面。一个星期以来，我几乎没有想过其他事，即使上班时情况照旧。我们依然只在交接班的时候见面，但看不见她的时候，我只会更想念她。我一直在等待时机。等待员工聚餐的那一天。那样我们就能好好谈谈了，自从通宵狂欢节以来，我们都没有好好说过话。所以我没有抗议，而是对露西娅说："谢谢你。你太体贴了。"我又看了看袋子里面的衣服，"如果不合身怎么办？"

露西娅扬起一边的眉毛说："你知道自己穿多大码？"

我想了想，耸耸肩："不太清楚。"

"那么，我知道你的码数，可真是太棒了。你把衣服放在这里，等下班来接本时再拿走。"

\* \* \*

我迈着轻快的步伐，走进了博物馆。天空湛蓝无比，树上的花都开了，和煦的微风阵阵吹来。而且，我还有一条新内裤。

"早上好，哈罗德！"我走进"洞穴"时说。他穿着外套坐在那里，双脚之间放着两个破旧的塑料袋。

"来得还挺准时。"哈罗德说。他怀疑地看着我，"什么事这么高兴？"

我耸耸肩，把水壶烧上："春天来了，哈罗德，年轻人盼着享受爱情的滋润。"

他翻了翻白眼："你说的是你吧，不要把我卷进来。以前呀，我们都说那是'男人杀手'。"

过了一会儿，我才明白他的意思，勺子里的咖啡粉末撒了一桌子："你说黛茜？"

哈罗德大笑两声。"我说的是接待处的那个珍妮丝。大家都知道她在勾引你，跟个轻浮的女学生似的。"他站了起来，"就像我说的，祝你好运。你会需要我的祝福的。"

"明天员工聚餐见？"我说，尽量不去想他刚才说的话。珍妮丝。老天。

"别算上我。"哈罗德说，"我晚上不想出去了。周六还是安静地休息休息吧。"

一定是我心情太好了，所以才有点鲁莽地说："哈罗德，你怎么会干一份工作时间这么晚的工作？你都这把年纪了，你妻子不介意吗？"

哈罗德突然瞪着我。"这不关你的事。"他喃喃地说。我弯下腰，要帮哈罗德拿袋子，与此同时，他也猫腰去拿袋子。我们两个抓住了同一个提手，其中一个袋子掉了下来，里面的东西滚到了地上。

"该死的白痴。"哈罗德说。我蹲下来帮他把东西塞回去。然后我停了下来，抬头看着哈罗德。

"我得走了。"他立即说，他抓起塑料袋，二话没说，就匆匆走出了"洞穴"。

我离开"洞穴"，在所有的展厅里快速地转了一圈，内心充满了兴奋。我都等不及黛茜今晚来上班了。我刚穿过大厅，珍妮丝就从接待处叫我："纳特！你好！"

我的心沉了下去，但我还是转向她，挤出一抹灿烂的微笑："你好，珍妮丝。有什么急事吗？我还有点事要处理。"

"我只是想确定一下，你已经准备好参加明晚的活动了。"她说。尽管我在很多书里看到过，但我其实从来都不知道卖弄风情是什么意思，直到此时，我看到珍妮丝对我笑的样子。

"都准备好了。"我说，"我很期待。"

"我敢打赌你准备好了。"珍妮丝说，"啧啧，加维先生。"

我礼貌地笑了笑，赶紧脱身。黛茜说珍妮丝是"螳螂"，我的脑袋里总是浮现那个画面。

我的好心情持续了一整天。我都不记得上次这么开心是什么时候了。事实上是一直持续到下午四点五十分，黛茜像平时一样提前十分钟来上班。

"黛茜。"她还没脱外套，我就说道，"有两件事。首先，关于明天晚上……"

"我不去。"她直截了当地说。

我此刻的感觉就像脚底踩空了。我本来想问她要不要我打车去接她，暗示我们一起去聚餐，甚至可以先找个地方喝一杯。我觉得我的笑容消失了："什么？"

黛茜看着我，好像我是个傻瓜："我都告诉你了，就是我妹妹的事。"

我耸耸肩。"那是很久以前的事了，已经无关紧要了。再说了……"我们两人始终都没有提起那个未完成的吻。我不太确定该怎么挑起那个话题，每当想到那件事，我就觉得自己像个张口结舌的小学生。

黛茜的眼睛里闪过一丝异样的神情，她的眉头微微一皱，但她走过去收拾我放桌上的杯子。"无关紧要。"她平静地说，"不，那件事一直很要紧。我明天不去。我家发生了很多事。"

我能感觉到好心情一下子就离开了我的身体，仿佛轮胎破了，空气泄漏掉一样。黛茜把我的杯子放在水槽里，看也不看我，说："我不知道你认为会发生什么，纳特，但什么也不会发生。不可能的。不会成功的。永远都不可能。"

她转过身来。她眼睛里的，是泪光吗？她说："另一件事是什么？你说有两件事的。"

"没什么。"我说。没有了。再也没有了。

\* \* \*

我没把黛茜的事告诉露西娅和本。我去接本的时候，一直保持着微笑，露西娅把那几袋衣服交给我，还在我脸上轻吻了一下，祝我玩得开心。约翰提出开车送我们去我家，我也没有反对。本下车去后备厢拿他的东西，约翰趁机说："露西娅把你怎么对付那些小流氓的事告诉我了。"他感激地朝我眨了眨眼睛，"干得好，纳特。你是个好爸爸。"

我一直在网上查菜谱，想给本做点好吃的下午茶，不必从德里克那里点外卖。我的咖喱羊肉做得不是很成功，但可以凑合吃，而且我是和本一起做的，我们玩得很开心。那之后，我看着他玩了两三个小时的电子游戏，我不是很懂，但觉得很有趣。看到其他玩家偷偷靠近，试图用各式各样越来越可笑的武器杀死他，我忍不住大声尖叫，还跳上跳下。

趁他玩的时候，我从床底下拿出了一个东西，多年来，上面积满了灰尘。我从没想过会拿它出来。但现在似乎是时候了。

本不再看电视，扭过头来，看着我在客厅沙发后面的墙上钉了一个钩子，把一个相框挂了上去。我拿出一块抹布和辛先生清洁剂，把玻璃相框擦干净。

"是爷爷。"本说，"'黑色轰炸机'。"

这是他葬礼上摆在画架上的那张照片。母亲一直留着，而我不忍心扔掉，即使我很想丢掉。不过，我从没想过要把它拿出来。

"为什么要把相片挂起来？"本说，"你从没摆过爷爷的照片。"

"是的。"我说。我坐在沙发上，拍拍旁边的垫子，让他坐到我身边来，"但我认为现在是时候了。我们该谈谈他了。"

本乖乖地依偎在我怀里，我则思考着该说什么："本，你爷爷……他做了很坏的事。在很长一段时间里，我都努力不让自己成为和他一样的人。不过，虽然我不像他那样用拳头，也许我在做父亲方面和他一样失败。"

"你是个好爸爸。"本说，我突然很想哭，但我忍住了，"我也做了坏事。我加入了帮派。还对黛茜那样。"

我点点头："这就是这整件事的意义所在。特里·加维以前以打人为生，到了场外，他不知道怎么停止打人，他的人生就这样越来越糟。还有我……就像你说的，我和你妈妈让你失望了。所以你才加入那个帮派，寻求你认为你需要的支持。然后你就做了那些事。"

本微微从我怀里挣开，睁大眼睛看着我："我已经道歉了。你又要骂我吗？"

"不。"我把本拉到身边，"人们做了坏事，并不意味着他们就是坏人。你明白吗？我们永远不知道一个人经历了什么，或者是什么驱使他们去做坏事。"我转过头，看着父亲的照片，"所以我把照片挂起来，这是在提醒我，每个人都有好的一面。本，每个人都有好的一面。他们只是需要恰当的机会来展示。"

喝了些热牛奶，看了会儿电视后，本的眼皮开始耷拉，我告诉他该睡觉了。"你能给我讲个故事吗？"他睡眼蒙眬地说。他很久都没这么要求过我了。

"你想听什么？"我一边说，一边给他盖好被子。

他笑了："我刚才玩《堡垒之夜》，你知道你蹦蹦跳跳的样子让我想起谁了吗？"我摇了摇头。"你不记得我小时候是怎么叫你的吗？"他提醒道。

我突然觉得心都要碎了。我小时候。他现在才十岁，但在很多方面都很成熟。

"跳跳虎。"我说，伸手去拿书架上那本破旧的《小熊维尼》故事书。本在很小的时候就喜欢这本漫画，在我和露西娅离婚之前，我刚开始给他看 A.A. 米尔恩①写的故事。"哪个？"

"悲伤的那个。"本说。

悲伤的那个。那是《小熊维尼》故事书的最后一章。克里斯托弗·罗宾带小熊维尼去了加利恩，那儿很迷人，可以俯瞰整个百亩林。克里斯托弗·罗宾告诉维尼，他们的冒险结束了，他得回去上学，而学校里没有空间留给爱吃蜂蜜的熊、容易兴奋的老虎和袋鼠妈妈。那儿是一个容不下孩子气的地方。

这是我读过的最令人心碎的故事，即使是现在，我看了也会流泪。过去，我常常因此哭泣，因为随着本越来越大，我知道我们将失去他小时候那种一切都如同冒险的魔力。我和露西娅要离婚了，我看这个故事会哭，因为我担心再也见不到本了。现在呢？现在我哭，是因为失去了一些我差点就拥有却没能拥有的东西。我失去了黛茜。

本已经开始轻轻打着呼噜，我还是继续往下读，读完了整个故事。就在我把书放回书架的时候，本醒了过来，不过还是睡眼蒙眬

---

① 《小熊维尼》的作者。

的，他向我伸出一只手。

"你知道跳跳虎最棒的是什么吗？"他喃喃地说。

"不知道。"我低声道，"跳跳虎最棒的是什么？"

"你是唯一。"本说，然后翻了个身，蜷缩在羽绒被下，进入了梦乡。

我关掉了床头灯，在他的床边坐了一会儿，陷入了彻底的崩溃中。

\* \* \*

虽然发生了那么多事，但在星期六晚上，露西娅和约翰把本接走之后，我还是不由自主地穿上了前妻给我买的新衣服，叫了一辆出租车，前往曼彻斯特市中心。车来之前，我看着卧室门上镜子里的自己。露西娅的眼光不错。我看起来……挺像样的。我真希望黛茜能来，但她不会来了。我们又只是同事了，每天只能见上几分钟做交接。一切都将如初。

在他们裁掉我们之前——如果他们真要这么做的话，一切都会恢复以往的样子。

星期六一整天天气都很阴沉，就像我的心情，当我从北区下了出租车，终于开始淅淅沥沥地下起雨来。员工聚会的地点在一家酒吧，我从突然从天而降的猛烈暴风雨中冲进去，只见其他人都到齐了。我在他们之间穿梭，表现得像是他们认识的那个纳特，面带笑容，开玩笑，和大家跳舞，逗得每个人都开怀大笑。然而，从始至终，我的心里都空落落的。

珍妮丝径直朝我走来。"怎么样？"她说着在我面前转了一圈。我对她笑了笑。

"纳特！"她拍着我的胳膊说，"这就是我给你看的那件衣服！你说我应该买的！我听了你的建议！你觉得怎么样？"

我觉得我今晚真不该来。但我还是说了一些我希望很中听的话，喝了一杯又一杯的酒。再等一会儿，我们要去吃咖喱。我又喝了好几杯，开始放松下来。这些在博物馆工作的人都是好人。如果一切都结束了，真是太遗憾了。

有一会儿，我感到珍妮丝在拽我的袖子，把我拉到外面去。雨依然很大，我们在酒吧外面一张桌子上方的大伞下避雨。"我们来这儿干什么？"我环顾四周，问道。我们在酒吧里的时候天已经黑了。"该去吃咖喱了吗？只是我在想，说实话，我可能去不成了。"

"我眼睛里进了东西，真的很疼。"珍妮丝说。

"是吗？"我被她搞糊涂了，"要不要找急救人员？我想多萝茜可以胜任。"

她摘掉眼镜，把左下眼睑往下拉了一点："你能给我看看吗？有没有看到什么？"

我眯起眼，注视着她的眼睛，然后摇摇头："没有。"

"仔细看，纳特，疼死了。"

我又往前探了探身，仔细看她的眼睛："珍妮丝，我看不到……"

就在这时，她捧起我的脸，把我往前一拉，她的嘴唇随即紧紧地贴在了我的嘴唇上，她热切地吻着我，还把舌头硬塞进了我的嘴里。

　　我从眼角余光注意到黛茜·杜克斯站在雨中，她看着我们，脸上的神情让我难以理解。

# 第三十二章

## 黛茜：最初的真相，最后的眼泪

星期六下午，我去购物街采购，虽然满心厌恶，却还是给母亲买了一瓶威士忌。罗茜非要我买。她说母亲戒酒会更糟，还不如让她继续喝，但我觉得这说不通。如果一件事给你带来了伤害，自然要停止。就像我对和纳特的关系所抱的希望。我感觉在过去的几个星期里，我被人下了慢性毒药，这种药让我在不知不觉之中逐渐喜欢上了他。但从长远来看，这段关系只会以悲剧收场。所以我叫停了，不让自己伤心。

我刚从药店出来，就看到了帮派里的那些男孩子。但纳特的儿子本没和他们在一起，这让我很高兴。其中一个看到了我，就推了推其他人。来吧。但是，那个年纪最大的孩子，也就是那群人的头头儿摇了摇脑袋。他们全都看向了别处。很好。正如母亲所说，每一朵乌云都镶着金边。

我又办了点其他事，便回家了。罗茜倒了杯酒，据我所知，这是她今天的第一杯酒。过了一会儿，她走进院子点了根烟，眯着眼仰望天空："看来今晚要下雨了。"

我咕哝一声，不置可否，把我买来的东西拿出来。罗茜说："我给妈妈送了一杯茶。她问起了天堂护理中心的事。"

"可是，这样做没有意义，不是吗？"

"她说还想看看小册子。"

我把一罐豆子摔在台面上，只是用的力道大了些。"我们已经谈过这件事了，罗茜。她不会去的。我会照顾妈妈。"

罗茜耸了耸肩，走进客厅看电视。那部电视剧讲的是人们到一个阳光明媚的国家开始新生活。对她和伊恩，我有点内疚。我是说，又不是永远都这样，对吧？她可以去看他。等到母亲……去世后，她就可以去定居了。我把母亲离世的念头甩掉。

我拒绝去想那个可能性。

我坐在桌边喝茶，又翻看起了养老院的宣传册。想必是罗茜故意留在桌上的。我是说，这地方看起来的确挺不错的。但母亲不愿意去，我也不想让她去，就是这样。

"我先去洗个澡，可以吗？"罗茜把头探进门口说，"伊恩今晚过来。我想着你要出门了，所以没关系。"

我没有纠正罗茜，由着她去洗澡。她在用手机放音乐，听起来不错，乐观，快乐。我突然想起父亲以前常在客厅里播放 CD。可过不久，母亲就会叫他把音量调小或是关掉，结果就会演变成一场争吵。我想知道他再娶的妻子和孩子会不会任由他播放音乐？我想知道，他现在是否还活着？我从来没有如此急切地想去探清真相。母亲总说他抛弃了家庭，所以不必在意他，让他自己面对他的选择带来的结果。你的选择决定你的人生，她总是这么说，而他的人生里没有我们的空间。

趁罗茜在浴室时，我走进卧室，躺在床上看了一会儿书。我上周末买的衣服就挂在我的衣柜外面。我老是不由自主地抬头看，于是我放下书，把衣服塞到衣柜里。眼不见，心不烦。

我听见罗茜走下楼，我来到母亲的房间门口，探头进去，但她正在睡觉。等会儿再给她准备茶点好了。我回去又看了一会儿书，完全沉浸其中，看着看着，我的眼皮开始耷拉，我睡着了。

\* \* \*

我做了一个梦。我梦到了一种完全不同的生活，更美好的生活：和纳特在一起。也许只有在梦境中的生活里，我才能承认……我才能承认，如果情况有所不同，我可能会爱上他。我会爱他，给他我从未给过达伦的那种爱，给他我从不相信在书中以外的地方存在的爱。

我梦见了在横幅后面，他的手拉着我的手。我梦见我们在屋顶上差一点儿接吻。我梦见了在我的脑袋和全身蔓延的那种吱吱作响、犹如爆炸一样的感觉。我梦见他向我探过头，我们的嘴唇之间仿佛有一股磁力。我梦到了如果情况完全不同，我可以过上的美好生活。

我梦见我们住在乡村的一间小屋里。只不过它不再是一间小屋，不再是了，它是一间格局不规则、摇摇欲坠的大房子。非常非常漂亮，让我想起了查尔斯·狄更斯笔下的《荒凉山庄》。

"荒凉山庄一点也不荒凉。"纳特在我的梦里说,我嘲笑他净说些无聊的笑话。能够大笑的感觉妙极了。我很少痛快地大笑。

我不清楚我们在梦中的生活做的是什么工作,但显然不在博物馆。不再是黛茜上晚班,纳特上白班。我们一直在一起,阳光从窗户射进来,我们面对面坐在厨房里的一张大桌边吃早餐。

然后纳特走到我这边,从后面抱住我,亲吻我的头顶。

那种吱吱作响、爆炸的感觉又出现了,就像从商店里买来装在小纸袋里的跳跳糖,把它们放在舌头上,它们发出的声音似乎震耳欲聋,你还把舌头伸出来给朋友们看,就这么傻兮兮地伸着舌头问他们能不能听到那种不可思议的滋滋爆炸声,你觉得那个声音在你脑海里是那么响亮。

可他们从来都听不到。只有你一个人能听到。就像这个梦只属于我一个人。就像没有人会明白,一个微笑、一个笑话、一次拉手、一个未完成的亲吻,这一切微小的接触对我来说有多么重要的意义。罗茜永远不会明白的,毕竟她有那么多手机应用软件,还会大声地与伊恩做爱。罗茜永远也明白不了,这辈子都不可能。在我的梦里,纳特亲吻我的头,用双臂拥抱我,我感受到了安全和关心,感觉自己受到了呵护。

梦,都是残酷的。

生活不会因为一个梦就改变,永远不会。母亲就要离开这个世界,她还是个酒鬼。罗茜想去西班牙。我始终被那件事困扰着,无法打开心门。那件事发生在过去,却影响着现在。我把那件事告诉了纳特。我打开了瓶子，放出了妖怪，我那黑暗的小秘密现在暴露在光天化日之下了。

那件事，就在那天，我刺伤了自己的妹妹。那天，我露出了真面目。那一天，我暴露出了自己邪恶的本性，我证明了自己是个疯子，是个靠不住的人。我不正常。我永远也做不了一个正常人。

疯子黛茜。

在我的梦里，纳特从我身边消失了，他的手从我的手里渐渐淡去，让我们的唇互相吸引的磁力出现了反转，我们感觉到一股无形的推力袭来，把我们分开。

所以说梦是残酷的。梦境让你知道事情可以有多美好，却用真相从你身边夺走那些美好的可能。

\* \* \*

我猛然醒来，惊讶地发现脸颊上满是泪水，随即想起了我的梦。黛茜，你真是个傻瓜。你暴露了你盔甲上的裂痕，由着希望涌入，但等着希望的，只有岩石。你真蠢，太愚蠢了。我瞥了一眼手机，发现我才睡了二十分钟。我曾经读到过，睡着的十九分钟后才能进入有梦境的深度睡眠中，如果只想小睡，就该把闹钟设到十九分钟后响起，这样醒来时才能感觉神清气爽。由此可见，不过是在一分钟内，黛茜那愚蠢的潜意识便向我展示了我本可以拥有的生活，又把它从我身边夺走。可能连一分钟都不到。但这些时间足够让我大脑里的电子连接启动。也许只要几秒，或是几毫秒，就足够了。

我用袖子擦去脸上的泪水，又拿起书。至少对于书，你可以相信作者会做正确的事。书并不像梦那样残酷。

* * *

我再抬头时，天已经黑了，外面楼梯平台的地板上传来嘎吱嘎吱的声音。我的房门开了，罗茜瞪大了眼睛盯着我。

"黛茜！你在干什么？我过来问你要不要伊恩送你去市里，你倒好，竟然还没准备！你连澡都没洗！"

"我不去了。"我说。

"什么？你不去是什么意思？纳特怎么办？"

"什么纳特怎么办？"我生气地说，"你为什么老是提起他？"

罗茜坐在我的床边，尽管我没有邀请她。"因为你喜欢他，我看得出来。现在是个机会，让你可以在工作时间以外见见他。你可以在放松的状态下多了解了解他。"

"我用不着多了解他。"我说着又开始看书。罗茜一把从我手里夺过书，放在床上。

"黛茜，现在去准备一下吧。"

"不。把书给我。"

罗茜翻了翻白眼，深吸了一口气："是因为你把那件事告诉他了，对吗？你觉得达伦的事又将重演。"

"我做了那件事，这辈子都无法逃避。"我平静地说，"我永远也逃脱不了。"

罗茜的神情变得严肃起来："很好。跟我来,我受够了。"

她再次抓住我的手腕,拖我下床,又把我拖出了房间。我挣脱了她的手,但还是跟着她走进了母亲的房间。她打开了大灯。

"罗茜!"我惊恐地说,母亲醒了过来,眯着眼睛看着我们,"你干什么?"

"告诉她。"罗茜说,"现在就告诉她。"

母亲从睡眼惺忪到困惑不解,最后看起来像是有点……恐慌?我皱起眉头,瞪着罗茜:"告诉我什么?"

"我连一天都忍不了了。"罗茜对母亲说,"我们都受不了了。要么你现在告诉她,要么我来说。"

"告诉我什么?"我问,"你在说什么?"

罗茜拉起上衣的袖子,猛地把那道伤疤举到我面前。"这个!我说的就是这个!"她转过身来瞪着母亲,"说不说?"

母亲急促地叹了口气,看了看罗茜,又看了看我。她闭上眼睛,一秒钟后,她说:"黛茜,不是你刺伤了你妹妹。"她睁开眼睛,悲伤地看着我,"动手的人,是我。"

# 第三十三章

## 黛茜：黑夜里的大雨

故事的真相，与我脑海里出现的画面一模一样。但在某个时间，情节改变了。就像是导演剪辑版。

我慢慢地洗着切肉刀，用百洁布摩擦刀刃。父亲把我抛向空中的那一幕浮现在我的脑海里，蔚蓝的天空在我周围旋转，他伸出双臂接住我。

这部分是一样的。

"都是你们的错。"母亲缓缓地说。她的声音很低，听起来一点也不像她，"在有孩子之前，我们一直很幸福。"

这部分也是一样的。

我又开始在空中旋转起来，我哈哈大笑着，既是因为害怕，也是出于得意。父亲正伸出双手接住我，保证我的安全。

母亲的版本里没有这一段，但我的版本里有。她向我讲述当时的情况时，这段记忆依然存在。

我把刀从水里拿出来，看着泡沫顺着刀片往下流。

"都是你们的错！"母亲突然尖叫起来。罗茜不哭了，安静地看着她，眼里充满了恐惧。

接下来发生了什么，我记不清了。我依稀记得母亲去抓那把刀，但我不知道她是为了阻止我，还是在我做了那件事之后去夺刀。从那一刻起，一切都陷入了一片漆黑之中。

事实是，母亲确实从我手里抢走了刀，但不是为了保护罗茜或我。她这么做，是因为盛怒之下，她根本无法控制她自己，她不停地尖叫，不停地咆哮。她这么做是因为她喝醉了。母亲说不下去的时候，罗茜继续讲。

母亲抓起刀，罗茜哭了，我也哭了，母亲叫我们两个闭嘴，她高高举起刀，狠狠地刺了下去，同时尖叫道："闭——嘴——！"

那把刀抖动着，刀尖嵌入了台面里，刀锋直接穿透了罗茜的前臂。

我倒在地板上昏迷不醒。罗茜受了惊吓，再加上手臂传来剧痛，她几乎说不出话来。母亲跑去叫救护车。救护车来了，母亲对罗茜耳语了几句，但不是安慰她，叫她冷静下来，而是欺骗。

"我记得很清楚。"这会儿，罗茜冷冷地说，"那时候你对我说，'如果他们知道这事是我干的，就会把你们两个从我身边带走，送到孤儿院里去。他们永远也不会允许你们再见我。我们必须说这是个意外，必须说是黛茜干的。'"

我看看罗茜，又看看在床上抽噎着的母亲。"这是真的吗？"我说，我的声音很低，我无法让自己大声讲话。

母亲可怜巴巴地朝我点点头："最后，一切都解决了。我这么做，是为了让我们在一起，亲爱的。"

罗茜面对着我，抓住我的手，她的眼睛里充满了泪水："我很抱歉，黛茜。我很抱歉。当时我也不知道发生了什么。我当时很小，还受了伤，我吓坏了。我让自己相信是你干的。后来我们长大了……我只是不知道该怎么告诉你。妈妈求我不要说。她说，讲出真相，一点好处也没有。"

"我这一生……"我轻声说，"我这一生都认为自己做了坏事。"我盯着母亲，"最后都解决了？你确定吗？我很确定，这个谎言彻底毁了我的人生。"

我感觉头重脚轻，好像要晕倒了。那件事是我人生的转折点，是它造就了今天的我。九岁那年，我在愤怒之下刺伤了妹妹，而我甚至都不记得了，这件事影响了此后我人生中的种种。我不记得那件事。

而这是有原因的。因为那件事根本就没有发生过。

没有发生过。

这些年来，我就像希腊神话里的普罗米修斯，因为偷火给人类而被宙斯锁在岩石上，一只老鹰每天都来啄食他的肝脏。我每天都取出自己的肝脏，为刺伤罗茜而惩罚自己。

但我根本没有那么做过。

我忽然觉得心里空荡荡的，我有点恶心，又是高兴，又是难过。那些生命中的时光都白费了。悲伤、愤怒和恶心充满了我的心。然而……我还拥有未来。再也没有阴影笼罩着我，这就像是我整个人进行了一次彻底的清洁，好像我得到了净化。

想着想着，我突然跑出房间，冲进卫生间，伏在马桶上把我今天吃的食物和茶统统吐了出来，我时而干呕，时而呕吐，直到肚子里空无一物。

那件事也随之消失了，那件事并没有发生过。我停止呕吐，擦去嘴边的口水，我忽然感觉自己……焕然一新。

我回到卧室，母亲和罗茜坐在那里，瞪大眼睛等我回来。她们看出来了。她们能看出我不一样了，她们能看出，事情已经改变了。

母亲一遍又一遍道歉。我双手抱着头。"我以为自己是个疯子，我以为自己很危险。"我看着罗茜，"你怎么能这样呢？这么多年了，你们怎么能……串通一气，隐瞒真相？"

罗茜号啕大哭起来。"对不起。"她痛哭流涕，"我那时候只是个孩子。比你还小。我只是按吩咐做了。"她怒视着母亲，"我只是照她说的做了。后来，一晃过去了那么多年……说什么都太晚了。我想，就连我自己也有点相信事情就是那样的。"

"我一直不能让任何人爱我，我把达伦赶走了。"我闭上眼睛，"还有纳特。我把纳特推开了。"

我听到罗茜倒抽了一口气："纳特。你可以去了。现在，你可以去见他了。"

我摇摇头："不，我们得把这件事说清楚。"

"没那么多可说的。"罗茜擦着眼泪说。她把我推出房间，同时回头看向母亲，"我们是要谈这件事，自然是要谈的。但是，你该得到回报了，黛茜。这是你应得的。否则你永远不会原谅自己。"

罗茜把我推进浴室："现在赶紧洗个澡，再去穿好衣服。对了，还要化妆。"

"没时间了，罗茜。"我抗议道，我的脑子里一片混乱。我不能去。我得跟母亲和罗茜好好谈清楚。但是，在龙卷风的中心，有一个念头一直挥之不去：纳特。

"还来得及。"罗茜坚持说，"如果你现在能把你的屁股塞进裤子里的话。"她抚摸着我的脸，"求你了，黛茜。我对你撒了二十五年的谎，我要补偿你，从现在开始补偿你。我向你保证，总有一天你会为此感谢我的。"

我以为我什么都不会做，可我还是不由自主地站在淋浴间，热水打在我的皮肤上。感觉好像我把一个东西洗掉了。我一生都背负着的那个谎言被水冲刷掉了。我能感觉到自己的肩膀松弛了下来，心中的一块沉重大石不见了，脑海里的浓雾也消散了。

不是我。不是我干的。我没有伤害罗茜。

我的胃里一阵翻腾，我连忙前倾身体，又吐了起来，我不停地呕吐，一直吐到什么都不剩。但我不觉得难过。我不觉得空虚。我觉得我只是腾出了空间，可以容纳真相，容纳我自己。

\* \* \*

半小时后，我站在客厅里，害羞地问罗茜的想法。

"太美了。"她一边摆弄着紧身裙的背面，一边说，"等我把这该死的价签都撕掉，你就更棒了。你真的是不常买衣服，啊，对吧，黛茜？”

罗茜留下来照顾母亲，我猜她会很严肃地和母亲谈谈。伊恩开车送我去市中心。“真像是电影里的情节。”当我在座位上系安全带时，他笑着说，“就像《BJ 单身日记》的结局一样。现在来放一首好听的歌吧。”

伊恩翻看着他的手机，与此同时，罗茜猛向他招手，让他快点开车，然后，扬声器里响起了一首歌。“是犹大圣徒乐队的《好东西》。”他说，“出发了，BJ。”他说完便猛踩油门，驶离路边。有那么一刻，我心想，太棒了，我的人生中终于也有好事发生了。

\* \* \*

伊恩刚把我送到聚会的酒吧附近，就下起了瓢泼大雨。我谢了他，冲动之下，还吻了吻他的脸，这一点也不像我的风格。

“玩得愉快！”他高兴地说。

我撑起雨伞，挡住了倾盆的大雨，朝酒吧走去。外面有几张桌子，桌边撑着大阳伞。我走到近处，一个人影进入了我的视线，我的心都提到嗓子眼儿了。是纳特。

跟着，我看到他和一个人在一起。一开始，我有点不明白我看到了什么，然后我恍然大悟。突然一阵风吹走了我手里的伞，我松开了手。豆大的雨滴哗啦啦落下，把我淋得浑身湿透，而我只是站在那里看着。

纳特和珍妮丝在接吻。

纳特抬头一瞥，看到了我。我们的目光碰触到一起。我看不懂他脸上的表情是什么意思，可能有任何含义。我能感觉到我的新衬衫贴在身上，裙子被雨水打湿，都下垂变形了。

纳特直起身子，对我挥了挥手："黛茜！"

黛茜，你就是个大傻瓜。好像黛茜·杜克斯的生命中真会有好事发生似的。宇宙给了你最微弱的一丝光亮，最渺茫的一线希望，然后大雨就从天而降，让黑夜更加黑暗。

我转过身，飞奔起来。

# 第三十四章

## 黛茜：破碎的我们

我穿着罗茜让我买的那双该死的鞋，根本跑不起来，于是我踢掉一只，又踢掉了另一只，把它们丢在了街上。我赤脚跑着。我不知道我要跑去哪里，只是不停地跑。我要逃离，逃离每一个人，纳特、珍妮丝、母亲、罗茜、伊恩、工作和癌症。我要逃离所有人和所有事。雨下得很大，我冲过一条条马路，汽车的喇叭声接连响起。一辆电车嗖地从我身边驶过，我不停地跑着。我跑过阿戴尔中心、皇家交易所剧院和圣安教堂。我跑啊跑啊。我能听到纳特大喊着让我停下来，但我还是继续跑，我一直跑到厄威尔河，看到河水缓缓地在我面前流过。但这也阻止不了我。我向圣三一桥跑去，桥上的橙色条形灯照亮了中央桥柱和白色蛛网一样的电缆。大桥的另一边是弯曲的曼彻斯特洛瑞酒店，酒店里灯光闪闪，每盏灯后面都有一个房间，每个房间里都承载着一种生活。而那些生活，都强过我的生活。我停在桥上，羡慕着那些人的人生。

"黛茜！黛茜，等等！求你停下来！"

我真的停下来了，我的脚被割破了，突然之间，我没有力气再跑了。我走到桥的中央，抬头看着灯光照耀下的雨滴落在我身上，每一滴都是自别人的梦境中射出的阳光。

　　我转向纳特。他扶着肋部，靠在栏杆上。他举起一只手，摇着头，试图喘匀呼吸。他和我一样全身湿透。我们在桥上站了很长时间，就这样凝视着对方。

　　"不是你想的那样。"他说。

　　"不。"我说，"事情从来都不是你想的那样。"

　　"听我说完。"纳特说着深吸了一口气。

　　"实际上，我希望你能听我说完。"我说，"从来没有人听我把话说完。从来没有人听我说话。"

　　"我在听你说话，黛茜。"纳特说，他的声音是那么轻，在滂沱大雨中我几乎听不到他的声音，"你想说什么？"

　　我注视着他。我不知道我想说什么。再也不知道了。今天发生了太多事情。我甚至可以在雨中躺在这座桥上呼呼大睡。

　　最后，我说："今天，我发现了一件事，和我告诉你的事有关。"

　　纳特向我走近了一步："你妹妹的事？"

　　我点了点头。我笑了，但同时，我的眼泪也流了出来："不是我干的。我没有做那种事。这么多年来，我都以为是我干的。但我没有。是我妈妈做的。"

　　"老天。"纳特又向我走了一步。

　　"从九岁起，我就认为那件事是我做的。我生命中的每一件事都受到了影响。"我望着河水，"想想吧，如果我早知道的话，一切都会完全不同。我可能会允许自己活得更放松一些。我也许会允许自己去爱。"

纳特张开嘴，但什么也没说。我看着他："自从达伦之后，我从没和任何人说过我以前发生的那件事，纳特。遇见你之后，有甜蜜，也有苦涩。跟你说话，感觉是那么美好，那么适合。可是，即便是在我和你聊天的时候，我也知道你会恨我。"

"不是的。"

"也许吧，但最终还是会那样的，那件事将永远横亘在我们之间。终有一天，你会对我说，你无法不去想这件事，我让你感到害怕。"

"我不会的。"纳特说。他又迈了一步。

我给了他一个悲伤的微笑："你知道吗？有一段时间，我也是这么认为的。我人生中第一次遇到了一个人，我觉得如果我允许自己冒险，那么这件事对他来说也许并不重要。我以为我遇到了一个我可以信任的人。因此，我一得知真相，就直接来了。我不知道我要说什么。我不知道我期待发生什么。但这都不重要了，不是吗？因为你已经和珍妮丝在一起了。"

纳特使劲摇了摇头："不是的。黛茜，不是的。是珍妮丝……她说她眼睛里有东西。我刚俯身去看她的眼睛……"

我狂笑起来："很好。按照妈妈的话说，这还真是个老掉牙的借口。"

"我说的是真的！"纳特说道。

我摇摇头。"几个星期了,珍妮丝一直被你迷得神魂颠倒。"我叹了一口气,"她喜欢你。你应该和她约会。她是一个善良、正常的女人。"

　　"我不想要正常。"纳特轻声说,声音太轻,几乎听不见,"我试着做个正常的人,但没有成功。我想要别的。"

　　我的心里有种奇怪的感觉在颤动。我说不清那是一种什么感觉,因为我以前从未经历过。我想知道这是不是希望。但我吞了吞口水,把这种感觉从心里抹去。我不能有希望。我不知道如何怀揣希望。希望不是可以记录在日程表或交接报告上的东西。它无法量化,没有道理可言,也不能检查。我读过艾米莉·狄金森的几首诗,大都是与死亡有关,但她有一首诗叫《希望长着翅膀》,她说得太对了。希望就像一只飞鸟,野性而自由,遥不可及。如果你试图抓住希望,希望就会溜走。它经不起仔细审查。如果你这样做了,如果你抓住希望,把它关进笼子里只为你自己取乐,那么它就会枯萎死亡。最好就是不要抱任何希望。

　　"没关系。"我说,"再也不重要了。"

　　"为什么?"纳特厉声说。雨水冲刷着他,就像有人从上面把整个海洋倾泻在我们身上。"一切都变了,不是吗?你害怕的那件事,其实并没有发生过,不是吗?没有什么能把我从你身边推开了。"

　　"但已经太迟了。"我轻声说,不知道在狂风暴雨中他是否能听到我的声音,我也并不在乎。"我已经破碎了。"

　　我的心直往下沉,我知道这是真的。是不是我刺伤的罗茜其实并不重要，也可以是我做的，因为从那一刻起，我的生活就改变了。那是所有事情的转折点，那是黛茜·杜克斯的人生基础。我做过的每一个决定、干过的每一件事、说过的每一句话，都是由那一刻决定的。我之所以是我，是因为我相信那件事是我干的，即使我现在知道不是我，也无法重塑自己了，无法抹去过去二十五年的人生。我也不愿意那么做。我是黛茜·杜克斯，这就是我。

"现在我能说话了吗？"纳特说。他的衬衫贴在胸前，牛仔裤湿透了。

他向前迈了一步，即使雨水噼里啪啦落在桥上，我也能听到他的鞋子发出的咯吱声。

"我们都是破碎的，黛茜。或是以这样的方式，或是以那样的方式。请告诉我有谁的生活在某种程度上不是破碎的？从我们出生的那一刻起，生活就开始鞭挞我们，除非我们非常幸运或非常富有。大多数时候，即使有这两样也无济于事。你是破碎的，黛茜。我也是，珍妮丝、西玛或多萝茜可能也是。还有你的妹妹。我很确定你母亲一定也是的。

"是什么把我变得支离破碎？我父亲把他的失败发泄在我和我妈妈身上。我害怕自己会变成他那样的人。露西娅和我离婚。还有本……"纳特闭上眼睛，擦去脸上的雨水，"本和那帮家伙鬼混，对你做了那些可怕的事。但是，黛茜，我们都会做一件事，那就是自我修复。有时不容易，有时我们做得不好，但我们还是会修补好自己，一瘸一拐地走下去，毕竟，我们还有别的选择吗？"

"所以我们都是破碎的。"我耸耸肩,"我们尽我们所能修补好自己。"

纳特点点头:"但是如果我们不能完全修补好自己呢?如果我们需要另一双眼睛来关照我们呢?如果……如果两个破碎的人能够彼此修复,结果比一个人单打独斗要好呢?"

又来了。长着翅膀的希望再次降临。"你在说什么?"我问。

纳特说了什么,但一辆地铁列车从桥下驶过,嗡嗡的喇叭声淹没了他的话。

"什么?"我说。

他捏了捏鼻子,深吸了一口气。

"我没听见。"我说。

"黛茜。"纳特说,"我想我爱你。"

纳特又朝我走了一步。这一次,我也向前走了一步,直到我离他足够近,他伸出修长的手臂,将我搂在了怀里。他俯下身,他的唇印在了我的唇上。

\* \* \*

说来不可思议,我们沿着来路往回走,竟然找到了我的鞋子,仍在我踢掉它们的地方。我穿上鞋子,纳特说:"我喜欢你的新衣服。"

"是我妹妹选的。我也喜欢你的新衣服。"

"我前妻给我买的。"他看了看马路对面,"我想我们谁也不愿意去参加什么员工聚餐了吧?"

我微微一笑："我们就像一对落汤鸡。"

纳特向前倾，吻了吻我湿透的头顶："我有个主意。不如我们去'洞穴'吧？我们可以在暖气片上把衣服烤干，还可以喝杯茶。我有东西给你看。"

"你真懂怎么哄女士开心。"我说。

纳特突然咧开嘴笑了："黛茜·杜克斯，你是在开玩笑吗？我们真是进入了一个未知的领域。"

"没错。"我说，在步行去博物馆的路上，我靠向纳特，让他搂着我的肩膀。绝对是未知的领域，不会有错。

＊ ＊ ＊

"怎么样？"纳特说，"你觉得怎么样？"

我觉得我们看起来很可笑。我们悄悄溜进了博物馆，没有弄出半点声响，毕竟现在是周末，安保工作由外聘的公司负责。到处都见不到他们的影子，或者说，他们根本没有来过。我怀疑他们一天大概只会草率地巡逻一次。

我们走进"洞穴"，一路上留下了很多积水，纳特说："你换衣服吧，我在外面等着。"他过去拿了两件清洁工的灰粉色工作服。我脱下衣服，只剩下已经湿透的新胸罩和内裤，把湿衣服放在暖气片上。纳特敲了敲门，把门开了一条缝，他伸出一只胳膊，手里拿着一件工作服。

接下来发生的事很不符合我的风格。我似乎把所有的理智和其他一切都抛弃了。然而，人生中第一次依照本心去做事，感觉真是妙极了。

我抓住他的胳膊，把他拉进了"洞穴"。纳特睁大眼睛盯着我，我只穿着内衣裤站在那里。"你要不要先脱掉湿衣服，再吻我？"我说。

接下来发生的事与和达伦在一起时完全不同。很明显，我不会告诉你细节。不过我只能说交接班再也不会是以前的样子了。不可能了。我认识纳特这么久了，我们之间的交集就只在交接班的时候。交接各自的活儿。只能见上短短五分钟，把工作的接力棒传给另一个人。我们两个都是破碎的，就像其他人一样，所以我们几乎没有发现，让我们两个少一点破碎的答案一直就在自己面前。我想知道，如果我们从来没有仔细看对方，会发生什么；我想知道，有多少人明明站得离那个可能帮他们修复的人很近，却从来没有意识到。所以我在这里，和纳特站在一起，只穿着清洁工的衣服，我们在马龙展厅里手牵着手，盯着一个玻璃柜看。我这辈子从没想过自己会这样。

"我觉得你说得对。"我说，"肯定少了什么。"

"少的是一个玩具。"纳特说，"好像是个毛绒玩具狗，带发条的，很破旧了。"

这里展示的是旧玩具和游戏，旋转陀螺和弹弓之类的东西。但展品上都没有标签。"你怎么知道？"

"因为，我想我已经解开了谜团。"纳特说。

# 第三十五章

## 黛茜：借东西的老人

"你不觉得现在太晚了吗？"我说，纳特把我和他自己都塞进了出租车。我们穿着皱巴巴的湿衣服，我无法想象我们是什么鬼样子。

他看了看手机："才刚九点半而已。他要是睡了，我们就明天再去一趟。不过我感觉他还没睡。"

出租车把我们送到了一栋叫厄姆斯顿的房子前面，整条街上都是带有高大栅栏和电子安全门的豪宅，这栋房子十分扎眼。纳特轻轻地吹了一声口哨儿："谁能想得到呢？这才是富人区。"

"可是看看这房子。"我说。虽然和其他豪宅一样大，但房子十分破旧，就跟废墟差不多。花园对着街道，杂草丛生。一扇宽大的凸窗里面亮着灯，脏兮兮的白窗帘拉着。

"我打赌邻居们肯定喜欢这个地方。"纳特说，"重新装修一下，肯定很值钱。看起来跟个穷亲戚似的。"

我们穿过花园里一条布满了裂缝的小路，纳特敲了敲门，门上的黑色油漆都剥落了，露出了下面弯曲的木料。他朝我笑笑，捏了捏我的手。我其实并不确定我们要做什么，不禁暗自希望里面没人。可这时，只听到门闩拉开，钥匙在锁里转动，随即门开了一条缝。一只眼睛在阴影中看看纳特，又看看我，然后门开大了一些。

"你们两个怎么来了？"哈罗德说，"你们看上去像是被人从树篱后面拖过来的。"他沉重地叹了口气，"我早就知道会这样。我想你们最好进来吧。"

哈罗德穿着一件很厚的格子晨衣，里面穿着衬衫和一条灰色裤子，脚上穿着破旧的拖鞋。他带着我们穿过一条昏暗的走廊，走廊上的宽大楼梯通向上面几层楼，然后，他把我们带进了厨房。一半的橱柜门都掉了，厨房的一端有一个炉灶。哈罗德把水烧上，向我们点了点头，示意我们坐在餐桌旁。

"你这地方不错。"纳特说，"我都不知道你住这儿。"

"我在这里住了一辈子了。"哈罗德抽了抽鼻子，把三个茶包扔进三个有裂缝的杯子里。"是我父母的房子。他们去世后，我继承了这里，我和温妮结婚后就搬进来住了。那时候，这些该死的雅皮士还没有来，也没有什么……怎么说来着……下层住宅高等化。那些傻子，竟然花那么大的价钱买这条街上的房子。"

哈罗德砰的一声把茶放在我们面前，他坐下来，望着我们："你们到底有何贵干？学《哈特夫妇新冒险》里的情节？"

我和纳特都皱起眉头，对视了一眼。哈罗德叹了口气："是以前的电视剧，讲的是一对夫妇打击犯罪的故事。"

"哈罗德，你犯过什么罪吗？"我小心翼翼地说。

他狠狠地瞪了我一眼。"如果你们不是以为我犯了罪，怎么会在星期六的这个时候跑到这儿来？我早就料到会有人来，或者说点什么。尤其是他昨天看到了我的包。"哈罗德向纳特点点头。

"哈罗德，我想不明白你为什么要拿走那些东西？为什么每次只拿走几天就还回去？"我说，"你是不是想把它们卖掉，但没人感兴趣？"

哈罗德看起来受到了很大的侮辱："我不是贼，小姐！"

"但你一直在偷东西。"纳特温和地说。

"只是借而已。"哈罗德说着抽抽鼻子，"这之间有很大的区别。"

"但你没有得到允许。"我说，"你为什么要把展品拿走？你大可以在博物馆里看个够。一整夜都只有你一个人在工作。"

哈罗德喝了一大口茶，目光在我和纳特之间徘徊："好吧，我想现在游戏结束了，是不是？我被抓了现行。你们还是知道整个故事为好。"

哈罗德站起身，走出厨房，片刻后，他突然将头探出房门："别担心，我不会跑路的。潜逃不是我的风格。我只是去看看是不是一切都好。"

"你觉得这是怎么回事？"我小声问纳特。

纳特耸了耸肩。"我想马上就要弄清楚了。"他喝了一口茶，从杯子的边缘看着我，"我认为接下来的问题是，我们该怎么做？"

哈罗德回到厨房，招呼我们上楼。"来吧。"他说，"我想你们最好见见温妮。"

哈罗德把我们带进了一个舒适的客厅，里面点着用煤块烧的火。电视没开，但角落里的一台收音机发出很轻的声音。一个人坐在火边的一把椅子上，旁边一盏高大的灯上有一个暗黄色的灯泡，我猜那人就是温妮。她身上盖着羽绒被，瘦得皮包骨头，留着一头浓密的白发。她脸色灰白，脸上布满了皱纹，但她注视着面前小咖啡桌上的东西，眼睛里闪动着愉快的神情。

"是博物馆的玩具狗。"纳特说。毛绒小狗摇摇晃晃地向前迈了一步，便蹲坐下，挥舞着一只爪子。温妮开心地笑了。

哈罗德在她对面的椅子上坐了下来，身体前倾："温妮，亲爱的，来客人了。"

她的目光一离开玩具狗，眼睛里的光芒似乎就变得暗淡了下来。她看了看我，又看了看纳特，然后又转向我，眉头皱了起来："我认识他们吗？"

"不认识。"哈罗德温和地说，"他们是我的同事。"

"工厂里的同事吗？"

哈罗德微微笑了笑："是博物馆里的同事。我离开那家工厂都二十年了，亲爱的。"

她看起来突然有些烦躁。哈罗德立刻站了起来，把一只手放在她的肩膀上安抚她："没关系，亲爱的。这种事很容易忘记。我去给你做一杯热可可，在厨房里和朋友们聊一会儿。"

温妮似乎恢复了精神，在哈罗德给玩具狗上发条时，她好奇地看着我："你肯定我不认识你吗？你叫什么名字？"

304

"黛茜·杜克斯，"我说，"我非常肯定我们从未见过面。"

"你看起来很像我的一个熟人。"她说。哈罗德把狗放到桌子上，它叮当作响，温妮又高兴地拍着手。

\* \* \*

"她两年前患上了阿尔茨海默症。"哈罗德说，他又给我们每人倒了一杯茶，给温妮做了一杯热可可。"温妮以前最注重自己的外表了。在我看来，这是最令人震惊的了。如果我不提醒她，她不会梳洗，也不会穿衣服。"他拿起热可可，要给温妮端过去，"她比我小八岁呢，今年只有六十五岁。有时，她看起来比实际年龄老十岁。这种该死的病太可怕了。"

哈罗德回来后，一直盯着棕褐色的茶水。"赶上运气好的时候，她很冷静。但她想到的都是二十、三十、四十年前的事。很多时候她都不知道我是谁。"哈罗德忍住了抽泣，用手背抹了抹鼻子，"我们结婚已经四十五年了。还有些时候，她对我大吼大叫，以为我是个贼。"

"不过我还是不明白你为什么一直从博物馆里拿东西。"纳特说。

"我想我明白。"我说，想起了哈罗德放下玩具时温妮眼中的喜悦，"温妮小时候也有一只这样的发条狗吗？"

哈罗德叹了口气："是的。和那只差不多。"

"那织梭呢……她以前在纺织厂工作过？"

哈罗德点点头："她曾经玩过一个米老鼠防毒面具，面具是她表姐在战争时戴的。她在 20 世纪 70 年代戴过一顶人体模型上的那种帽子。温妮以前是个很时髦的女人。"

"这些都是她的回忆，对吗，哈罗德？"我柔声说，"看着它们，温妮会……沉浸在幸福的时光里。"

哈罗德叹了口气："这能让她保持冷静。我这么做有好几个月了。这可以让她暂时忘记大多数时候在她脑子里盘旋的想法。我也能喘口气。"

纳特隔着桌子向前倾着身子："所以你才一直上夜班，就为了借东西出来？"

"在一定程度上是吧。"哈罗德耸耸肩说，"这只能算是额外的收获。其实我是为了钱。维护这破房子，可需要不少钱。我们的养老金没那么多。"

"但你肯定需要帮手。"纳特说，"你去上班了，谁来照顾温妮？"

哈罗德扫了我们两个一眼："没人。我从医生那里拿了一些药。我说我睡不着，是我自己吃的。我每天晚上都放两片在她的热可可里，她就可以一直睡到我早上下班为止。"

我瞪大了眼睛："哈罗德！你不能给她下药！如果发生了什么事呢？比如失火什么的。"

哈罗德攥起拳头，猛击自己的前额。"我知道！我知道！但我不知道还能做什么。"他的眼里含着泪水，"想必你们会去告发我了，是不是？他们会炒掉我的。我不能失去工作。我不久前才从网上拿到贷款补贴家用。"

我隔着桌子握住哈罗德的手："我们不会告诉任何人，但你不能再这么做了，你得让温妮得到很好的照料。我们会解决那些贷款的人。你们两个都该休息一下了，哈罗德。"

他看起来很放松，眼神里却充满了悲伤："那太好了。但怎么休息？去哪里休息？"

"我倒是有个主意。"我说，"但我需要好好想一想。"

临走前，我们去向温妮说再见。她指着我："我知道你让我想起谁了。是芭芭拉·莱斯。"

我眨眨眼睛，看着她："你说的是我母亲，那是她的闺名。"

"没错。"温妮说："她嫁给了一个姓杜克斯的人。在我结婚搬到这里之前，我和芭芭拉是非常要好的朋友。"她突然沉下了脸，向四周看了看，"哈里在哪儿？"

"我在这儿，亲爱的。"哈罗德说。

温妮惊恐地看着他："你不是哈里！你是个老头子！我丈夫在哪儿？"

"你们还是走吧。"哈罗德轻声说，"你们在这儿，她是平静不下来的。"

"再说一件事，很快的。"纳特在哈罗德送我们到门口的时候说，"我们看了监控录像。想必是你把电线从墙里扯出来的吧。为什么你拿展品的画面从没有出现在录像上？"

哈罗德耸了耸肩："我每天都把文件删除，再把旧的录像改成新的日期。我也许老了，但我不笨。在温妮患上阿尔茨海默症之前，我和她在社区中心学过电脑。但这始终是个问题，我知道早晚会被人发现的，所以我就把那该死的电线扯了下来。"

温妮大喊："哈罗德？你在哪儿？"他闻声回头看了看。

然后，他看着我和纳特："谢谢你们。我不知道你们有什么打算，也不知道这会不会有帮助，不过和别人聊一聊，感觉舒服多了。"

来到街上，纳特叫了一辆出租车。他说："你想到什么计划了吗？"

"我想是的。"我说，"但我得先和我妈妈谈谈。"

"我明天能见你吗？"

我冲纳特笑了笑："我有很多事情要处理。周一交接班的时候见吧。然后我们再行动。"

他点了点头："好吧，现在谜团是解开了，可这似乎也无助于保住我们的工作。"

"是的。"我说。我的手指与纳特的手指交缠在一起，"但也许生命中还有比这更重要的事。"

# 第三十六章

## 纳特：向前看，也看身边

俄耳甫斯和欧律狄刻的故事有很多种版本，但我最喜欢西奥多展厅里的那一版。俄耳甫斯是阿波罗之子，没有人能抗拒他用七弦琴演奏的音乐。他爱上了美丽的凡人欧律狄刻，欧律狄刻也爱着他。但他们的故事却以悲剧告终。

欧律狄刻和俄耳甫斯要结婚了，但是有一天，在和仙女们跳舞时，她被蛇咬死了。心碎的俄耳甫斯请求众神允许他进入冥界，他用优美的音乐迷住了冥界之王哈迪斯。哈迪斯同意俄耳甫斯把欧律狄刻带回人间，但有一个条件：在他们返回人间之前，如果他转头看她，这笔交易就取消了。

这是希腊神话，所以，就在他们即将离开冥界的时候，俄耳甫斯忍不住回头去看欧律狄刻有没有跟上。他在最后一刻功亏一篑。她立即就被带回了冥界，他们永远都不能在一起了。

我合上书，把它放回书架上。我觉得这是我最后一次看这本书了。就好像它代表了我和黛茜分开但又如此接近的那段时间，书把我们联系在一起，却又总是被书分开。

在某种程度上，我们都被困在了自己的地下世界里。但我们都出来了，就像俄耳甫斯和欧律狄刻并没有做到一样。

那是因为他们做错了。

只要并肩走，就不存在一个人在前、一个人在后的问题了。也就不需要回头看了。这就是黛茜和我打算做的。我们要一起面对一切，一起向前看，不要回头。

*　*　*

我们已经说服哈罗德在周一早上请病假，同时我们想办法解决问题。想到可怜的温妮每天晚上在安眠药的作用下独自一人在家里，而哈罗德在上大夜班……我就忍不住掉眼泪。我一直认为哈罗德是个脾气有点坏的老家伙。有一点我们常常忘记，在街上、工作中、酒吧里，与我们有过短暂眼神接触的每一双眼睛的背后，都存在着完整的生活。

我去上班感觉很奇怪。一切都和以前一样，但再也不可能像以前一样了。我们还是轮班工作。在我下班和黛茜上班的时候，我们仍然只能在交接时见上短短的几分钟。我每天早上依然送本去学校，黛茜需要在家照顾她的母亲。事情将会改变，进展却是缓慢而渐进的。不过，我们还有时间。我们有耐心。还有周末值得期待。

周三又要开员工会议，也就是说我下班后不能走，至少能和黛茜多待一会儿。只是开会并不是为了公布令人兴奋的新举措，有的只是坏消息。

西玛站在一份 PPT 演示文稿前，那上面写着"合理化建议"几个字，在我看来，用这个词来形容即将公布的消息，非常不合适。西玛讲了一大堆废话，都还没讲到正题，黛茜握了握我的手。

"所以，你们应该知道，自从几个月前周末值班的保安离开后，我们雇用了一家外聘公司负责周六日的安保工作。"西玛似乎一直在回避与我或黛茜对视，"我们一直在与这家公司谈，而我们都同意让他们投标，将从周一到周五的安保工作也交给他们负责。"

一阵嘈杂的说话声响起，其他人都转过头来看我和黛茜。珍妮丝顿时变得愁眉苦脸。说来也怪，星期六晚上我在接吻的时候丢下她去追黛茜，我以为她会对我发火，但她显然醉得不记得发生了什么，或者她根本不在乎。

西玛举起了一只手。"现在还没有确定下来，我们也尚未做出永久的改变。如果真要这样做，我们也会进行充分和适当的协商。但与此同时，我们都同意给那家外聘公司设置为期四周的试用期。这意味着纳特、黛茜和哈罗德将从周一开始享受一个月的全薪休假。"

我和黛茜已经知道了这一点，之前我们已经和西玛、迈耶先生见过面了。他们也打电话通知了哈罗德。也许一个月甚至一个星期前，这可能是一个可怕的消息，是一场灾难。但事情已经改变了。每个人都转过身来，同情地看着我们。

"但是我们爱纳特和黛茜！"美人儿苏说，"你们不能解雇他们！"

"是吗？"黛茜皱着眉头说。

美人儿苏责备地看了她一眼："当然！你在说什么呀？"

"他们是很般配的一对。"珍妮丝说着向我眨了眨眼睛。我觉得黛茜放开了我的手，好像我的手很烫，她的眼睛睁得大大的。珍妮丝大笑起来："你们两个啊！你们喜欢谁，我想我们都比你们知道得要早。"

\* \* \*

星期四晚上，约翰送我去哈罗德家。哈罗德和温妮在客厅里，正在仔细阅读黛茜给他的一本小册子。上面介绍的是一个叫天堂护理中心的地方。据黛茜说，哈罗德一开始非常反对这个主意，说什么也不肯"把温妮关起来"。不过黛茜让他看了辅助生活区的介绍。温妮可以在阿尔茨海默症病房得到适当的照顾，还可以和哈罗德一起住在那儿的一个小公寓里。哈罗德本来都要改主意了，可在得知收费之后，他又打起了退堂鼓。因此，我和约翰此时才会去他家。

我得承认，我越来越喜欢约翰了。他对露西娅很好。我看得出来他让露西娅很幸福。本也喜欢他，对此，我并没有像想象中那样感觉到这是一种威胁。我们在哈罗德家外面下车，约翰轻轻地吹了一声口哨儿。

"纳特，这是黄金地段。"他说，他看了看街道，"这房子至少价值百万英镑。"他开始用手机给房子拍照，"我的意思是，房子太烂了。也许还是拆了重建比较好。但这个地点……"

"我们不是来坑他的，约翰。"我提醒他，"你会和他做公平的交易，对吧？"

约翰把一只手放在心口上："我用童子军的荣誉担保，纳特。"

哈罗德给我们每人泡了一杯茶，我打开了随身携带的购物袋："我在家里找到的。好像是我妈妈的。想必你会喜欢。"

我把丹塞特唱机递给温妮，她惊讶得瞪大了眼睛。这东西塞在一个橱柜的后面，和一堆七英寸的单曲唱片放在一起。都是 20 世纪 60 年代末 70 年代初的歌，各种风格都有。不过我留下了埃塔·詹姆斯的单曲《终于》。

"我也有一台一样的，是不是，哈里？"

"没错，亲爱的。"哈罗德温和地说，"那是很久以前的事了。看啊。大卫·鲍伊。你以前可迷鲍伊了，还记得吗？"

温妮咯咯笑了起来。"他很可爱！"有那么一会儿，她的神情变得很沮丧，"他死了，是吗？可怜的小伙子。"

温妮翻看着唱片，哈罗德说："我看了小黛茜带来的宣传册。她说如果我们愿意，她周末会带我们去看看。"他环视了一下房间，"我不知道。我在这里住了一辈子。我还以为能把这所房子一代代传下去。可惜我和温妮没有孩子，我们也不知道为什么。所以我们更爱对方了。"

明白我的意思了吗？坏脾气的哈罗德。我只在每天早上见他五分钟，现在却被他说得鼻子发酸。我向前探着身子，说："哈罗德，不过是砖瓦罢了。只是一个地方而已。你和温妮在哪里，你的家就在哪里。你们去那个地方，就可以一直在一起。你不需要为了保住这个地方，明知没有希望，还是要努力工作。你也不必再离开她了。"

哈罗德看着温妮，眼中充满爱意："但那里太贵了，不是吗？黛茜算了算费用，我真是吃了一惊。"

"你可以把这个地方卖了，足够付那儿的费用了。"

哈罗德又摇了摇头。"我不知道。我不知道。这么多年来，这里满是记忆。"他看着约翰，"你觉得值多少钱？"

约翰在记事本上写了一个数字，推到咖啡桌对面哈罗德的面前。

"好吧。"停顿了一会儿，哈罗德说，"我在哪儿签字？"

\* \* \*

星期五，我出门上班，这可能是最后一次了。与黛茜的交接班，也可能是最后一次了。我坐在桌子上，她脱下外套挂在挂钩上。她说："有什么要报告的吗？"

"有。"我说，"我疯狂地爱着你。"

她面无表情地点了点头，把水烧上："我会把这一点写到文件里。谢谢你！还有吗？"

"我想你也许愿意吻我一下，因为这是我们最后一次交接班了。"我觉得头晕目眩，很鲁莽，但我不在乎。

黛茜走到门口，把门关上，用钥匙锁住。她转过身来对我笑了笑："我想我们可以做点更好的。"

所以，当我去接本度周末的时候，我的步伐有点蹦蹦跳跳也就不足为奇了。露西娅眯着眼睛看了我一眼。"看来是真的了。"她惊讶地说。

"什么是真的？"

"本说你又变成跳跳虎了。他是对的。"她笑了，"你还记得他过去常这么叫你吗？"

我点头，有一点伤心，也有一点开心："是的。露西娅。我很抱歉我们两个没有走到最后。"

她耸了耸肩，转过身去，但我还是看到她眼中闪动着泪光。"这种事时有发生。"她说，"生活就是这样的。但我们从中得到了一个珍宝，那就是本。除了我们俩，没人能创造出他。世界上的其他人都不行。我们将永远拥有他。"

我很高兴她转过身去了，因为我能感觉到眼泪刺痛了我自己的眼睛。天知道我最近怎么了。我做任何事都很情绪化。我想是这些年来我一直在训练自己不要在父亲面前哭，不管他做了什么。眼泪是软弱的象征，如果特里·加维闻到了软弱，他就会像狮子一样猛扑过来。但他不在了，永远都不会回来了。至少，他的那一面消失了。

"露西娅。"我说，"你和约翰在一起很幸福，我真高兴。他是个好人。我真的很喜欢他。"

她终于转过身来，对我笑了笑。"我也一样。事实上，我想我爱他。我还担心，不知道该怎么告诉你这件事呢。"她把头歪向一边，"你呢？和黛茜怎么样？"

"我们才刚开始……"我说。

"纳特。"露西娅说，狠狠地瞪了我一眼，"你千万不要吊儿郎当，浪费这个大好机会。你们在一起很好。你们很般配。她很可爱。别拖拖拉拉，什么也不做，错过了她，有你后悔的。"

"没那么容易。"我说，"一切都悬而未决。她妈妈，我们的工作，还有……"

"别找借口了！"露西娅坚决地说，"抓住这个改变人生的机会吧，纳特。争取更好的生活。要及时行乐。我真不知道你还在等什么。"

我摇摇头，伸出双手："被你说中了，露西娅。我就是这样。做事毫无章法，拖拖拉拉。我一向都是这样。也许这就是我们离婚的原因。"

露西娅用一只手捧住我的脸，就像她以前那样。"纳特。"她和蔼地说，"我对你有点太苛刻了。对此我很抱歉。这么多年来，我可能说了一些不该说的话。你是个好丈夫，还是个好爸爸。你永远都是本的好爸爸。他跟那帮人混在一起，我们都有责任，我们都让他失望了。但是你独自解决了这个问题。你是个好男人，纳撒尼尔·加维。"她停顿了一下，嘴角露出了微笑，"但有时候你真是和猪一样蠢。黛茜在等你。你现在需要行动起来。"

我恼火地摇摇头："我的意思是，你想让我做什么？让她搬来和我一起住，还是怎么的？"

露西娅抬起眼睛望向天空，双手放在胸前。"哈利路亚。"她说，"我想他终于开窍了。"

# 第三十七章

## 黛茜：越来越大的世界

就这样，一切都变了。

我想每个人都以为我会生母亲的气，也以为我会生气罗茜把这个秘密瞒了我那么久。星期天，我们聚在餐桌旁聊天。但我的心里没有怒火。我看不出生气有什么意义。

"对不起。"母亲说，"真的，黛茜，我很抱歉。我很抱歉让你撒谎了，罗茜。我是个糟糕的母亲。"

"你的确做了一件可怕的事。"我同意，"但这并不意味着你就是一个可怕的人。你也不是个糟糕的母亲。我们都在这儿，不是吗？相对而言，我们还是一个整体。是你一个人把我们养大的。"我朝罗茜笑了笑，"总的来说，我认为你做得相当不错。"

罗茜对我笑了笑，却流露出好奇的眼神："可是你说过……那件事毁了你的生活。"

"我现在所做的一切构成了我的生活。"我说，"所有发生过的事情，无论是好是坏，都促成了现在的我。如果事情不是这样，也许我会过得更好。但我现在还会在这里吗？"

我想了很多那天纳特冒着雨在圣三一桥上对我说的话。在某种程度上，每个人都是破碎的。有时严重，有时轻微。在某种程度上，我们都可以修复自己，还有其他人可以帮助我们。

但我不需要修复，往事不需要修复，也无法修复，发生的已经发生了，无从改变。我们能做的就是尽量让未来不那么破碎。

"我认为你应该去天堂养老院。"我对母亲说。

罗茜看着我。母亲则看着自己的手。我说："我的意思是，如果你不想去的话，我们不会强迫你。"

"房子怎么办？那就得卖掉了。我本来是想留给你们……"

"没关系。"我说，"反正我们都不想要。罗茜想和伊恩一起去西班牙生活。我觉得她应该去。她可以每两个月来看你一次。"

"每个月一次。"罗茜满怀希望地说，她看着我，"那你呢？"

我耸耸肩："会有转机的。"

母亲想了想："真有趣，你竟然会碰到温妮·盖尔。她居然和你的同事哈罗德是夫妻。我们年轻的时候是那么好的朋友。你认为他们也会住进天堂护理中心吗？"

"我过段时间会把小册子拿给他们看看。"我说，"妈妈，你先考虑考虑，现在不需要做任何决定。"

"我已经决定了。"母亲说，"我觉得这是个好主意。我想我会喜欢的。知道你们终于得到了幸福，我也很开心。如果我能为你做那件事，我就满足了，最后的满足。"

母亲去楼上休息，罗茜把我拉到一边："为什么突然改变主意了？"

我想了一会儿。"我想，我的心没有变，我只是终于放它自由了。"我说。

罗茜出乎意料地给了我一个大大的拥抱。我们从来都不喜欢拥抱。至少自从那件事发生后就没有了。

"对不起。"她对着我的头发小声说，"我只是不知道怎么告诉你这一切。我试图把这一切都憋在心里。"

"我想你就是因为这事才喝酒的。"我说，"你怕我，不知道该怎么告诉我。"

罗茜拉开我们之间的距离，抓住我的肩膀，与我相距一臂之遥。"黛茜。"她说，"我并不觉得我有酗酒的问题。我希望你也别这么想了。"

"你喝得太多了。"我轻声说。

"我们只能求同存异了，姐姐。人和人是不同的。"

姐姐。她从没叫过我"姐姐"。我喜欢她这么叫，我突然鼻子一酸。"我担心会失去你。"我说。

罗茜朝我笑了笑："你不会失去我的。"

"可是你要去西班牙了。我就要失去你了。我觉得我刚刚才找到你。"

"只有几英里而已。"罗茜说，她的眼泪像断线的珠子一样止不住地往下掉。"距离。地理位置。我和你，我们之间有一条纽带。直到永远。"她拉起我的手放在她的心口，也把她的手放在我的心口。她的袖子滑了上去，我看到了她的伤疤。我们都看到了。她轻轻一笑。"伤疤的确存在，可因为它们，也因为这么久以来伤疤带给我们的一切，我们才彼此相连。我爱你，黛茜。"

"好吧。"我点点头，尽管泪流满面，却还是笑了笑，"我也爱你。妹妹。"

\* \* \*

就这样，母亲搬进了天堂护理中心，哈罗德和温妮也搬到了那里。罗茜和伊恩去了西班牙。我搬去和纳特住。在短短几周的时间里，一切都变了。我和纳特得到了一个月的带薪假期，与此同时，曼彻斯特社会史博物馆则要决定是否还需要我们。

"四周的假期，而且是带薪的。"纳特说，休假前的最后一天，我们去"洞穴"收拾自己的东西。

"也许再也不用来了。"我说。

"这个假期，我们要怎么过？"他说。

我把米科诺斯岛的明信片从他很久以前所钉的地方拿下来，微微一笑："我有个主意。"

\* \* \*

尘土飞扬的小路蜿蜒向上，四周是干燥的草地，一排排的橄榄树枯萎弯曲，闪闪发光的爱琴海犹如一片挂毯，在我们脚下铺展，蝉声响彻四面八方。纳特搂着我裸露的肩膀，他指着大海，不远处是一栋美丽的小屋，小屋边上有一个果园，里面种着橘子、柠檬和石榴，还有一片小小的私人海滩自小屋边上倾斜向下。花园里，三只鸡正大步走来走去，一只狗在树荫下躲避正午的阳光。

"就是在那里，酒馆里的人说有一座沉没的神庙，离海岸大约两百米，"纳特说，"可以潜水过去。我打赌一定很不可思议。"

一个穿着宽松长衫、戴着宽边太阳帽的漂亮女人从小屋里走出来，她端着一杯葡萄酒，走到一张桌子前，桌上放着一台打开的笔记本电脑。我看着她开始敲键盘，心想世界上再也没有比这更好的生活了。

"想象一下，"我说，"你家隔壁就是波塞冬的花园。"

"我们或许是在这片充满传奇的土地上，但我们不是生活在希腊神话中。"纳特说，他搂着我回到小路上，不再盯着那个女人看，"反复无常的神不能摆布我们，我们是自己命运的主宰。我们现在要走这条路。"

山顶是一座巨大的石头建筑，前面有一个用鹅卵石铺成的庭院。在万里无云的蓝天的映衬下，它仿佛是用黄金雕刻而成的。一辆破旧的摩托车停在门口，四周都看不到人，只有一个人影在院子里的一棵橄榄树下躲避炽热的太阳。

"喂！"本喊道，"你们怎么才来？"

来希腊度假是我的主意，又正好赶上复活节假期，我便提议问问露西娅是否允许本和我们一起来。我觉得纳特很紧张，毕竟我和本之间发生了那样的事，不过我们相处得很好，甚至可以说是十分融洽。

他是个好孩子。

也很聪明。

说来也怪，但我从来没有想过去希腊度假，即使我看希腊神话，每天都会梦到这个地方。我把自己的世界缩得太小了。只有我、母亲、罗茜和工作。我这个小世界里的一切都是交接。把接力棒从一个人传给另一个人。每个人都做自己的一份，然后交给下一个人。但让我的世界变大，比我想象的要容易。只需要再多一个人进入我的生活。从此，一切都打开了，就像我打开我的书，让所有其他的故事涌现出来。纳特、本、露西娅和约翰。哈罗德和温妮。罗茜和伊恩。母亲。所有这些人都是有联系的，不再是孤立的人物。

"真不敢相信，我们明明是来度假的，你们却要去博物馆。"本哈哈大笑着说。

"我们今天下午去海滩，我保证。"纳特说，"我只是想看看。酒馆里的那个人说……"

"按照母亲的话说，这就是有名无实的假期。"我说，"要不要一起去，本？"

"我还是坐在这里看书吧。"他说。纳特在机场给他买了一本希腊神话，他看得津津有味，"这个关于独眼巨人的故事太邪恶了。"

"好吧，我们很快就回来。"纳特说，"待在阴凉处，多喝水。别乱跑。"

博物馆里很凉爽，只有我们两个人。我们在玻璃柜之间徘徊，看着陶器和古代箭头、雕像和衣服的碎片。这些都代表着过往。支离破碎的过往。这些东西属于博物馆。我突然捏了一下纳特的手，我的心好像都被填满了。

"你认为我们还能回去工作吗？"纳特轻声说。

"我不确定我是否愿意回去。"我说，"那样我们就不能见面了。也许是时候做点新鲜的工作了。"

"那我们能做什么呢？"纳特说，"我们能一起做些什么呢？现在我找到你了，我不想每天只见你几个小时。"

博物馆后面突然传来一阵骚动，一扇门打开了。一个穿着警察制服、看起来很邋遢的男人走了出来，一个穿着长裤套装、戴着眼镜的女人正滔滔不绝地用希腊语向他抗议。他愤怒地朝她挥挥手，便怒气冲冲地走了出去。只听噈噈两声，停在外面的摩托车启动了。

那个女人看到我们，晃了晃拳头，用英语说："白痴。傻瓜警察。"

"出什么事了吗？"纳特说，她招呼我们过去。

"我是博物馆的经理。"她说，"这里发生了罪案，我才报警。那个白痴说他什么都做不了。来看看吧。"

她带着我们穿过那扇门，进入了一个似乎是储藏室的地方。底座上有四个神明的雕塑。每座雕塑的脑袋都不见了。

"是谁干的呢？"那个女人气冲冲地说，"怎么可能？门是锁着的，没有窗户。昨晚还好好的。"她摘下眼镜，用手指捏了捏鼻梁，"对不起，我不该大声嚷嚷，那个白痴居然不肯帮忙。但我搞不清楚这是怎么一回事。请继续参观吧，没人能帮得上忙。"

我转头看着纳特，只见他已经在看我了，嘴角还挂着一丝微笑。这就是让你的世界变得越来越大的原因。它将一直变大，充满无尽的可能。我突然想到了一个主意。自从发生了这一切，自从……和纳特在一起，我一次也没有看到或感觉到黑狗。也许我的世界太大了，它再也找不到我了。

　　"我叫黛茜·杜克斯。"我说，"这位是纳特·加维。也许我们能帮上忙。"

　　经理疑惑地看着我们："你们想怎么做？"

　　纳特冲她笑了笑，也对我笑笑："这么说吧，我们很擅长破解博物馆里的谜团……"

**图书在版编目（CIP）数据**

曼城日与夜 /（英）戴维·M.巴尼特著；刘勇军译
. -- 北京：北京联合出版公司，2021.12（2022.4 重印）
ISBN 978-7-5596-4491-6

Ⅰ.①曼… Ⅱ.①戴… ②刘… Ⅲ.①长篇小说—英
国—现代 Ⅳ.① I561.45

中国版本图书馆 CIP 数据核字（2021）第 216833 号

著作权合同登记号　图字：01-2021-6380

First published in Great Britain in 2021 by Trapeze
an imprint of The Orion Publishing Group Ltd
Carmelite House, 50 Victoria Embankment
London EC4Y 0DZ
An Hachette UK Company
Copyright © David M. Barnett 2021Published by arrangement with Orion Publishing
Group via The Grayhawk Agency Ltd

**曼城日与夜**

作　　者：[英]戴维·M.巴尼特
译　　者：刘勇军
出 品 人：赵红仕
产品经理：孙淑慧
责任编辑：管　文
营销推广：周久琦　陶星星
封面设计：朱　琳
出版统筹：慕云五　马海宽

北京联合出版公司出版
（北京市西城区德外大街 83 号楼 9 层　100088）
北京联合天畅文化传播公司发行
文畅阁印刷有限公司印刷　　新华书店经销
字数 217 千字　880×1230 毫米　1/32　10.5 印张
2021 年 12 月第 1 版　2022 年 4 月第 2 次印刷
ISBN 978-7-5596-4491-6
定价：52.00 元

你可能
　　还会喜欢……

**《消失的另一半》**

（美）布里特·本尼特 著

ISBN: 978-7-5596-5490-8

定价：52.00 元

北京联合出版公司

安德鲁·卡耐基奖入围　美国国家图书奖入围

《纽约时报》《时代》《华盛顿邮报》《今日美国》

《智族》《卫报》年度好书

Goodreads 年度优秀历史小说

拥抱原生的自己，活出坦荡的人生

**《夜莺》**

（美）克里斯汀·汉娜 著

ISBN: 978-7-5596-5416-8

定价：68.00 元

北京联合出版公司

与石黑一雄《被掩埋的巨人》一同提名国际都

柏林文学奖

热销 50 国，全球销量超 500 万册

美国亚马逊网站、《华尔街日报》、Buzzfeed、

iBook 年度最佳小说

Goodreads 年度优秀历史小说

要经历多少次崩溃，才能成为真正的自己

**《点亮星星的人》**

（英）乔乔·莫伊斯 著

ISBN: 978-7-5596-5499-1

定价：68.00 元

北京联合出版公司

超人气高分电影《遇见你之前》作者充满正能
量的长篇小说

Goodreads2019 年度优秀历史小说

瑞茜·威瑟斯朋读书俱乐部 2019 年度选书

《每日邮报》《星期日泰晤士报》《今日美国》
年度优秀图书

没有任何人是黯淡而孤单的；
点亮心灵，微茫也能成为璀璨星光

**《巴黎图书馆》**

（美）珍妮特·斯凯斯琳·查尔斯 著

ISBN: 978-7-5217-2445-5

定价：59.00 元

中信出版社

美国独立书商协会月度选书

Goodreads 年度优秀历史小说入围

成长是关不住的鸟儿，
每一片羽毛都闪着勇敢的光